高博士现代汉语方言丛书

广东省普通高校人文社会科学重点研究基地暨南大学汉语方言研究中心

漳州闽南语诗词

高然 著

世界图书出版公司

广州·上海·西安·北京

图书在版编目（CIP）数据

漳州闽南语诗词 / 高然著. —广州：世界图书出版广东有限公司，2023.7
ISBN 978-7-5232-0070-4

Ⅰ. ①漳… Ⅱ. ①高… Ⅲ. ①诗词—作品集—中国—当代 Ⅳ. ①I227

中国国家版本馆CIP数据核字（2023）第114657号

书　　名	漳州闽南语诗词 ZHANGZHOU MINNANYU SHICI
著　　者	高　然
责任编辑	李　婷　魏志华
责任技编	刘上锦
出版发行	世界图书出版有限公司　世界图书出版广东有限公司
地　　址	广州市海珠区新港西路大江冲25号
邮　　编	510300
电　　话	（020）84184026　84453623
网　　址	http://www.gdst.com.cn
邮　　箱	wpc_gdst@163.com
经　　销	各地新华书店
印　　刷	广州市迪桦彩印有限公司
开　　本	880 mm × 1 230 mm　1/32
印　　张	5.625
字　　数	194千字
版　　次	2023年7月第1版　2023年7月第1次印刷
国际书号	ISBN 978-7-5232-0070-4
定　　价	32.00元

咨询、投稿：020-34201910　weilai21@126.com

总序

在华夏大地上，与众多的语（方）言相比，闽南语的历史不算悠久，以最古老的泉州话来说，也不过1500年左右，而漳州话则更年轻些，才仅1300多年。然而，这两种在任何特点上都大同小异的闽南语却是如今全世界不论哪个角落的闽南语的祖宗语言，即无论何地何种闽南语均出自这两种闽南语。尽管这两位老祖宗1000多岁了，而今仍健在。闽南语的子子孙孙关系有亲有疏，远的如海南话、雷州话、中山闽语等；不远不近的如潮汕话、海陆丰话、浙南闽语等；近的如中国厦门话、中国台湾闽南语以及东南亚各地“福建话”等，都与漳泉二腔的血缘或说基因紧紧相连，而不论它们偏漳或偏泉，或亦漳亦泉，抑或不漳不泉等（漳泉闽南语自身也在发展中）。更甚的是，不仅限于语（方）言，其同样的闽南文化习俗也都与之连在一起，有着千丝万缕的关系。全世界讲闽语的人口有8000万之众，而仅闽南语的人口已占其中的6500万（其他如闽东话、闽北话、闽中话、莆仙话人口占1500万），就算扣除广义的闽南语人口（海南、潮汕和海陆丰等地的闽南语人口），狭义的闽南语人口至少还有4000万之众（包括中国闽南漳泉厦、中国台湾以及东南亚地区等，闽南语在此区域内基本可畅通无阻）。从全球角度来看，这种高度一致，而且跨区域的人口达4000万以上的语（方）言也并不多见，更遑论加上其他闽南语或闽语方言呢？漳州闽南语处于这样一种地位，其重要性不言而喻。

作为闽南语的始祖语言之一，漳州闽南语自身的现实存在以及人们对其的记录、整理和研究等都显得十分重要，因为其是其他各种闽南语寻根问祖活生生的根语言和参照物。因此，漳州闽南人不仅要珍惜和保护已有1300多年历史的母语，专家、学者、有识之士还应该抓紧收集、整理，以及进一步研究漳州闽南语及其相关的非物质文化遗产等。

暨南大学汉语方言研究中心研究员、台湾中山大学客家研究中心特聘研究员高然博士编写了一套达20种的“漳州闽南语系列”，几乎涵盖了漳州闽南语口语之各种表现形式及其相关范畴，是其多年来从事漳州闽南语研究的总结性成果。

这套“高博士现代汉语方言丛书”之“漳州闽南语系列”共包含20种计25册，囊括了文学类、艺文类、词典类、研究类和教学类5大类（各4种）。

1. 文学类，有《漳州闽南语笑话》《漳州闽南语故事》《漳州闽南语寓言》和《漳州闽南语小说》。该类是体现漳州闽南语口语各方面最自然、最综合、最完整，也是最大篇幅的包括汉字、国际音标标音、词语解释、闽南语录音等的视（看书）听（录音）之语料性作品。这4本书内的闽南语都是地道、传统的漳州闽南语口语，而非读成闽南音的半闽南语半普通话作品。通过这种形式，能最大限度地固化有着悠久历史的传统闽南语。

2. 艺文类，有《漳州闽南语诗词》《漳州闽南语歌谣》《漳州闽南语歌仔》和《漳州闽南语戏本》。该类是记录和反映漳州民间文艺之视（看书）听（录音）作品。《漳州闽南语诗词》是有关漳州以及相关地区的人、物、景和事之传统古体格律诗词的个人原创合集，其诗词语言均以纯正闽南土语俗词为主，读音均为白读音；而《漳州闽南语歌谣》则是民间歌谣汇集，朗读则大体是白读音；《漳州闽南语歌仔》是闽南语歌曲集，歌词与旋律都乡土味十足；《漳州闽南语戏本》是多部歌仔戏剧本集，对白与唱词相当口语化，曲子基本取自歌仔戏曲牌或闽南调子。这些书都是为了最大限度地记录和反映漳州闽南语口语的事实与特点。

3. 词典类，有《漳州闽南语词典》《漳州闽南语谚语》《漳州闽南语熟语》和《漳州闽南语成语》。该类是漳州闽南语词语、短句汇集作品。《漳州闽南语熟语》还包括了惯用语、顺口溜、歇后语等；《漳州闽南语成语》则汇集了上千条闽南语四字成语。

4. 研究类，有《漳州闽南语研究》《漳州闽南语语法》《漳州闽南语修辞》和《漳州闽南语趣谈》。该类是供研究探讨漳州闽南语的学术类作品，是作者多年来的研究心得。《漳州闽南语趣谈》从语言的角度深入浅出地讲解漳州闽南语各种问题之汇集。

5. 教学类，有《漳州闽南语口语》《漳州少儿闽南语》《漳州闽南语对话》和《漳州闽南语教学》。该类是传承漳州闽南语的专门教材和口语教学理论书籍。《漳州闽南语口语》和《漳州闽南语对话》是成人教材,《漳州少儿闽南语》是一套6本的少儿教材；《漳州闽南语口语》与《漳州少儿闽南语》里都包含了闽南语口语各种形式的教学，如学单词、短语、惯用语、谚语、歇后语、口头禅等，练句型、学对话、吟诗词、哼歌谣、讲故事、唱歌、唱戏、演歌仔戏等等。《漳州闽南语教学》则是漳州闽南语口语教学理论与实践指导用书，也包含了教学类其他3本闽南语教材的使用指南等。

非物质文化遗产要有效地得到传承，首先是要有效地搜集、记录、分析和整理，进而采用有效的传承手段（如教学等），才能一代代不间断。高然博士这套书大体包含了记录与传承两个要素。

高然博士很早就涉及语言研究。早在福建师范大学外语系读本科期间，就已出版了英文翻译作品《俄罗斯民间童话故事集》(福建人民出版社1983）和发表了论文《福建人学英语语音遇到的一些问题》(1982)。毕业后在漳州三中任教英语时已钟情于漳州四周方言的搜集和整理工作：他只身去过福建东山岛各个角落，也基本单个儿爬过福建中部、北部数个藏于深山老林的畲族村落，为继续学习和深造语（方）言进行历练。后来，他考上了暨南大学中文系硕士和博士研究生，更能专心从事学习和研究。数十年来，他已发表和出版了100余种包括英语，汉语粤方言、闽方言、客家方言、官话等的学术译著述成果。高然博士每次回到漳州，总能和我有机会见面，每每相见甚欢。话题主要集中在漳州方言及其文化等，常引发妙趣横生之情形。近回想起来，看似嬉笑轻松的朋友间笑谈，竟然是一位有心于漳州闽南语之学者的调研手段。多年来心无旁骛，终于滴水成河，集腋成裘，高然博士终于把自己多年来对漳州闽南语的了解和研究，结合同样多年来从事其他语（方）言的研究，整理出这套系列丛书，是有关漳州闽南语及其相关文化、艺术等非物质文化遗产的具有重要意义的学术成果。

本套“漳州闽南语系列”共20种书的陆续出版面世，除了要真诚地感谢高然博士为漳州地方语言与文化的奉献外，还要特别感谢本套书的相关参与者，如闽南语配音人员、古体诗词朗读者、歌曲及戏曲表演者和音乐伴奏者、录音师、文字录入人员、行政辅助人员、出版社编辑，还有多年来提供漳州闽南语口语素材的各类发音人，以及各位热心的朋友等，都应是本套书要深深感谢的对象。漳州闽南语俗话说得好：“一侬摔篙，伓值逐家喝呦号［一人举竿子，不如大伙儿齐吆喝（助威）］。”本套书能顺利面世，全靠诸位助力了！

是为序。

张大伟

2019年6月6日

序
Xu

用纯粹的漳州方言来创作诗词，是高然博士的异想天开。当他向我表达有这样的冲动时，我认为他在开玩笑。没成想，过不了半个月，他拿了四张写满字的A4纸来找我，还真是如此，二三十首的诗词，都是用道地的漳州土语俗词写成，吟诵起来合辙合韵，与唐诗无别，另有意趣其中，是可乐一阵子。同音的借代字，对诗词的理解，因汉字字形的影响带来一定的障碍和误差。举《奇兰茶》一诗为例：

茶芽白暜无奇松，水色黄金有兰芳。
味抵花馨韵会滕，怨叹伓是平和侬。

诗首句之“暜”字，未见于字出，于字当用“普”，通俗且音、义相合，何必费神生造字！第三句之“滕”字，高博士注：比，争。但“滕”不含此义，何不采用“争”字，既通俗又妥贴。尾句“伓”字，本系“伾”之异体字，何来“不”之义乎？若用“蔑”，音、义俱备，又何不可。至于以“侬”为“人”，何不径用“人”字，或用《尚书》之“卬”字（《沿书·大诰》：“越予冲人，不卬自恤。”孔传，“卬，我也”）但话又说回来，“芳、人”是不合辙的。

如今，高博士将近300首的方言诗词结集，定名《漳州闽南语诗词》，并强制为之作序。迟迟未予动笔者，盖对于方言的用字，我与博士们相左。但班荆之讬，又不能不予应答，只好啰哩啰唆地写了一大堆有违序例的话。然有话不说，又非我之个性，只能得罪了。

用纯正的漳州方言土音和土字俗词来写古体诗词，确是高博士之首创。尽管见仁见智，会有不同的理解和看法，只要有人认真实践，终能踏出一条不算平坦的小路来。为闽南方言的传播和应用，提出切实可行的办法，这才是最可贵的。路已开辟，就要往下走，是所望焉。

李竹深
拟于浣碧轩
2023年5月10日

《漳州闽南语诗词》是“高博十现代汉语方言丛书”中“漳州闽南语系列”之个人原创，以闽南语口语为语言基础的传统古体格律诗词汇集。本书共收有270首绝句、律诗，20多种词牌之词赋等。这些诗词都尽量严格按古体格律诗词创作的基本格律（如平仄、对仗等）而作；在语言上尽量采用最地道的闽南话土语俗词；在内容上绝大多数都与闽南地区的人、物、景、事有关，是一本真正意义上的“漳州闽南语诗词”集。本书200多首诗词均创作于2021年，但诗词中描写涉及的东西大多是二三十年前（2000年之前）的人、物、景和事，带有浓厚“忆”的味道。

漳州闽南语1300多年的历史上，用纯闽南土语俗词来写作诗词的极罕见。过去海洋般的古体诗词，均从私学所谓“八股共同文”而出。在汉字流传地区，这种“八股共同文”无人不晓，即同一篇文章、一首诗/词里的汉字，识汉字能读书的人能领会和应用，尽管在实际上读音千差万别。例如，唐代王之涣的《登鹳鹊楼》中“欲穷千里目，更上一层楼”，当中字词含义无人不晓，但读音如“欲”，北京人读[y^{51}]，广州人读[juk^{2}]，漳州人读[ik^{121}]；“一”北京人读[i^{55}]、广州人读[$jɐt^{5}$]，漳州人读[it^{21}]等。但若换成本诗词集中的《仿王诗》之同样后二句“爱癀十铺目，佫恰跖悬楼”，如能读懂，非闽南人莫属。因此，本书实际上又可命名为《漳州闽南语古体格律诗词集》。

在编排上，本书所有成诗均出于同一年份，按时间顺序来排则显得繁缛，按体裁来排又容易造成读者审美疲劳，因此，不论内容、形式、体裁或容量等均尽量分开打乱来排，以增强阅读新鲜感。诗方面有不少内容上相关或类似的，合成“绝（五绝）、叹（七绝）、咏（五律）、题（七律）”组合，也分别插入其他诗词中，以强化阅读效果，200多首诗词都以编号为序。每首诗/词文下面都有“注释”一栏，主要对诗/词文中的语言成分进行解释，某些需进一步说明的内容、背景等都尽量简明扼要地解释。诗词正文用国际音标标注漳州闽南语读音，音标是整本书中最重要的部分。除了标音外，本书还配有相应的音频供读者选听。书中的正文前面，有“漳州闽南语声韵调表”“漳州话声韵调表及其音标使用说明”和“国际音标表”；正文后面则附有“漳州闽南语古体格律诗词读音基本规则”和“主要参考文献”等内容，供读者选用。

在诗词读音方面，以“八股共同文”写就之诗或词传统上闽南地区会读另一套与日常口语读音不同的读书音，也叫“文读音”，而口语音又称“白读音”，如“水tsui^{53}→sui^{53}（前白读后文读，下同）、平pɛ̃^{23}→piŋ^{23}、山suã^{45}→san^{45}、托t‘uʔ^{21}→t‘ɔk^{21}、光kuĩ^{45}→kɔŋ^{45}、苔t‘i^{23}→t‘ai^{23}”等。这些文读音的出现，都是闽南语为了表示更接近北方话音而模拟造出的另一套读音系统，即日常说话与读书话音几乎是两套系统，使得闽南语一字两读或多读现象比比皆是，如“生，白读sɛ̃^{45}，生囝（生孩子）；又白读ts‘ɛ̃^{45}，生烫（涮煮）；文读siŋ^{45}，学生”。还如“方，白读puĩ^{45}，姓氏；文读hŋ^{45}，药方；又文读hɔŋ^{45}，方向”等。本书的漳州闽南语诗词是以地道闽南语口语来写就，读音只用白读音，也即口语音，与“八股共同文”写就的读文读音的诗词截然不同。如书中《五绝·东山宫前湾》“铜岛宫前门，日头刺目光。海水透青绿，沙滩显白黄”里的“铜taŋ^{45}→tɔŋ^{45}、宫kiŋ^{45}→kiɔŋ^{45}、前tsiŋ^{23}→tsian^{23}、门muĩ^{23}→bun^{23}、刺ts‘iaʔ^{21}→ts‘iʔ^{21}、目bak^{121}→bɔk^{121}、光kuĩ^{45}→kɔŋ^{45}、水tsui^{53}→sui^{53}、青ts‘ɛ̃^{45}→ts‘iŋ^{45}、绿lik^{121}→liɔk^{121}、沙sua^{45}→sa^{45}、滩t‘uã^{45}→t‘an^{45}、显hiã^{53}→hian^{53}、白 pɛʔ^{121}→pik^{121}、黄 uĩ^{23}→hɔŋ^{23}”等，前者是白语（口语）音，后头是文读（读书）音，而诵读该首诗时就要用白读音。本书中所有诗词都要读白读（口语）音，这是与“八股共同文”诗词最大的区别之一，即一白一文泾渭分明。另一巨大差别是诗词里语言风格截然相反，本书的诗词尽量使用土词俗语，而“八股共同文”诗词则用雅字僻词，一俗一雅黑白不混。“八股共同文”诗词是给文人书生看的，而本书里的诗词却可雅俗同赏。自唐宋以来，海量的“八股共同文”诗词不愿就范严格的格律之规则，然而本书中不论诗或词，绝大多数均严格按格律要求来创作，而遣词造句又尽力地“土”，顺溜又带诗意，严谨讲究又不失自然，是本书诗词的另一大特色。虽然本书某些诗句听上去犹如顺口溜，也仍是讲究格律，遵循严格平仄规则的（少数词例外）。词方面，由于词牌规则限制，如全词都以平声或仄声押韵脚，或上阙平下阙仄，或相反，相连两句要对仗，就有韵脚不分平仄的问题。本书中的词句，不少地方都已暗含了这种对仗，仅仅需要更改韵脚平仄或个别字眼而已，如《菩萨蛮·月暝船踅莲潭》中“船轻水静莲潭措，暝深月起荷芳和。噌鼻箬花甜，光相悬月鲜。　依迷麗曝月，船恬穿莲豁。偶蹭蛤鱼越，突惊船尾摇”，八句四对似乎对仗工整，韵脚却因词牌内在规则缺少平仄的对应（第一、二句都是“平平仄仄平平仄”，第三、四句虽然是“仄仄仄平平”对“平平平仄平”，但韵脚仍受制于平声。后面四句都有这类问题，但至少韵脚都相同，便无严格对仗而言。像这类例子，书里超百首词例枚不胜举，在此特别说明，也当个人创作体会之一二。

本书的诗或词都没有相应普通话译文，但在所有诗或词的后面都附有普通话注释说明，以此来阅读、理解和欣赏原汁原味闽南语不亦乐乎？这种规模的注释说明似乎也是个人诗词集所不曾有的（书中注释均为笔者所注），其目的正是避免出现与原诗词意思差异较大或寓意不合的译文。能够解释清楚的，便无需类似普通话译文（外语例外）。

在内容上，本书200多首诗词中的绝大多数涉及的是以漳州为主的闽南地区之天气、风景、物产、风情等，因此又可说本书是闽南风俗民情展示之大成。

本书所有诗词诵读的漳州闽南语，指的是以今漳州老城区（芗城区）、龙文区为主，包括周边多县区的所谓“漳州腔”。

本书著者高然，山东东平人，出生于福建漳州。本科毕业于福建师范大学英语系，获学士学位（1982）；硕士与博士毕业于暨南大学中文系现代汉语专业，获硕士和博士学位（1992/1997）。长期担任汉语教研室主任，现任暨南大学汉语方言研究中心研究员，台湾中山大学客家研究中心特聘研究员；曾受聘美国威斯康星大学（University of Wisconsin）外语系任副教授。已发表、出版语言学专业学术译著述100余种，研究涉及汉语闽方言、粤方言、客家方言、华语（普通话）以及英语等语（方）言的教学与研究。有关闽南语的研究成果主要有《漳州方言音系略说》(1991)、《漳州方言音系》(1992)、《漳州方言形容词的重叠式》(1996)、《漳州方言词汇概说》(1997)、《中山闽语研究》(1997)、《闽南话、北京话、广州话常用量词的比较》(1999)、《印尼苏门答腊北部的闽南方言》(2000)、《中山闽语语音的一致性与差异性》(2000)、《交际闽南语九百句》(2003)、《邵江海口述歌仔戏历史》(2013，与陈彬合著)、《中山三乡闽语分类词汇》(上、中、下)(2014—2015),《邵江海歌仔戏闽南话唱词与对白的语言特点》(2015)、《中山闽语语法概述》(2017)、《漳州闽南语口语》(2019)、《漳州闽南语歌谣》(2019)、《漳州少儿闽南语》(2020)、《漳州闽南语谚语》(2021)、《漳州闽南语熟语》(2021)、《漳州闽南语趣谈》(2023)、《漳州闽南语笑话》(2023）等40多种。在大学主要讲授英语、英汉语言对比概论、大学汉语、大学语文、写作、闽南语教程、广州话教程、对外汉语、对外粤语、语音学、方言学、现代汉语等课程。

本书的编写与出版，始终得到长期担任漳州市图书馆馆长张大伟先生、漳州诗词界前辈李竹深先生，世界图书出版广东有限公司总经理卢家彬先生、副总经理刘正武先生，以及魏志华和李婷二位编辑的大力支持和帮助，本书采纳了他们许多宝贵意见或建议，在此深表谢意。

本书还得到张大伟先生为丛书作总序，李竹深先生为本书作序；高然先生、许洁莉、朱莹二女士为本书中的诗词作闽南语配音，林大伟先生负责录音事宜；董一博、林宸昇二位博士为本书电子版录入文字，他们均为本书付出了艰辛的劳动，对他们的敬业精神表示敬意。

本书还要感谢朋友的支持，对陈建华先生、陈清秀先生、高峯先生、陈少强先生、陈温静女士的厚爱深表谢意。

高　然

2023年初秋于广州暨南园

漳州闽南语声韵调表

1 声母（18个，包括零声母在内）

双唇	p悲	p' 披	m棉	b微	
舌头	t猪	t' 黐	n妮	l离	
舌尖	ts芝	ts' 鳃		z字	s诗
舌根	k基	k' 欺	ŋ硬	g疑	h稀
零声母	ø移				

2 韵母（89个，包括声化韵在内）

口韵		a鸦	ɔ乌	o婀	e挨	ɛ下	ai哀	au瓯
	i医	ia爷		io腰		iu优		iau妖
	u扵	ua娃			ue煨	ui威	uai歪	
鼻尾韵		am庵	ɔm揞	an安		aŋ翁	ɔŋ汪	
	im音	iam阉	in因	ian烟	iŋ英	iaŋ央	iɔŋ勇	
			un温	uan弯				
鼻化韵		ã馅	ɔ̃唔	ẽ嘤	ɛ̃婴	ãi揹背负	ãu藕	m̩姆
	ĩ圆	iã影			iũ挐	iɔ̃羊	iãu猫	ŋ̍秧
		uã碗			uĩ黄	uãi檨		n̩嗯
塞尾韵		ap压	ɔp莫	at遏		ak沃	ɔk恶	
	ip邑	iap揖	it日	iat谒	ik亿	iak摔	iɔk约	
			ut郁	uat斡				

喉塞韵		aʔ鸭	ɔʔ蟆	oʔ学	eʔ呃	ɛʔ客	auʔ落	
	iʔ铁	iaʔ瘟		ioʔ药		iuʔ搐疼	iɔʔ喏	iauʔ撬
	uʔ托	uaʔ活			ueʔ豁			
鼻塞韵		ãʔ趿扑	ɔ̃ʔ膜		ɛ̃ʔ脉	ãiʔ揨击	ãuʔ蹘	m̩ʔ拇击
	ĩʔ闪	iãʔ挠拿					iãuʔ殍	ŋ̍ʔ哼
						uãiʔ咥门响		n̩ʔ嗯

3 声调（7个）及连读变调

	阴平	阳平	上声	阴去	阳去	阴入	阳入
本调值	45	23	53	21	33	21	121
变调值	33	33	45	53	21	5（ʔ53）	21

漳州话声韵调表及其音标使用说明

1 本声韵调表里所使用的音标是1888年国际音标学会在法国巴黎制定并开始运用的“国际音标”。其制定原则是“一个音素只用一个音标表示，一个音标只表示一个音素”，即所有“国际音标表”中的任何音标符号只代表一个读音，如[a]就只读[a]，不读[ei]或[æ]或其他任何音。国际音标所采用的符号大都是拉丁字母（也叫“罗马字母”），个别采用希腊字母，不够用时还采用大写、倒写、连写或添加符号等办法来补充，以便准确记录上各种不同语言的各种不同的读音。国际音标的标准是统一、唯一的，所代表的音全世界是一致的。

2 音标是音素（语音）的记录标写符号，为了区别于作为文字字母而使用的欧美和上其他国家以拉丁（罗马）字母的文字，音标特地加上方框符号“[ ]”以示区别，如英语bar[baː]（酒吧）；法语an[ɑ̃]（年、年龄）；北京话chīfàn[tʂʻʅ^{55}fan^{51}]；闽南语[ε$^{33}_{21}$muĩ^{23}]（厦门）等。上述例子中英语的bar是文字，是英文，是b、a、r三个字母组成的文字，不是读音，带方框的[baː]才是该词的读音，方框里的b、aː是音标；北京话的chīfàn也仅是文字而已（原来设计该套《汉语拼音方案》是为取消汉字而行“拉丁化”，即改写拉丁（罗马）字母而设的拼音文字方案），方框里的[tʂʻʅ^{55}fan^{51}]才是该词的读音，也即音标。所以，要留心音标不是文字。还如英语的bee[biː]（蜜蜂）中的[b]是个浊声母（浊辅音），而普通话里的“必、毕、弊、襞”等的bì[pi^{51}]

的音标[p]则是个清辅音，全称叫“不送气双唇清塞音”，送气的是[p‘]，如[p‘i^{51}]（屁、劈、僻、薜等），而“双唇浊塞音[b]”普通话里并没有这个音，也即[bi]不是[pi]，更非[p ‘i]，这是三个完全不同的音。在本书中，因汉字与拉丁（罗马）字母不相象，标写音标时大体省略方框“[ ]”符号，如漳州话“食饭[tsiaʔ$^{121}_{21}$puĩ^{33}]（吃饭）”与成“食饭tsiaʔ$^{121}_{21}$puĩ^{33}（吃饭）”等。

3 除了零声母音节外，每个汉字（或单个口语音节）读音大体由三部分组成：①声母（大体类似英语辅音）；②韵母（大体类似英语的元音及附加成分等）；声调（即“声韵调”中的“调”）。例如，普通话“华huá[xua^{35}]”，声母是[x]，韵母是[ua]，声调是35（中高升调，属阳平调，或第二调）；漳州话的“中[tiɔŋ^{45}]”，声母是[t]，韵母是[iɔŋ]，声调45（是个高升调，属阴平调）。

4 本声韵调表里带“‘ ”符号的声母如[p‘、t‘、ts‘、k‘]都是送气辅音，“‘ ”表示送气符号，有的音标也用[h]来表示，例如[p、t、ts、k]就是非送气辅音，用于普通话中，带送气符号“‘ ”或[h]的[p‘a/pha、t‘a/tha、ts‘a/tsha、k‘a/kha]就是“趴、他、擦、喀”这样儿的音，而不送气的[pa、ta、tsa、ka]就是“八、搭、咂、嘎”这样儿的音。

5 “零声母”就是“没有声母、无声母”的意思，如普通话里的“恩，啊”等就是零声母音节；漳州闽南语“锅ue^{45}”中的ue是复元音，前面没有声母（辅音），是零声母音节。“ø”符号的意思是“0（零）”，加条斜线“/”以免误看成字母O。

6 漳州闽南语里的声母b、g、z都是浊声母（浊辅音），与p、t、ts和p‘、t‘、ts‘都不一样，后二组不论送气与否，都属清辅音。在漳州话里，“悲pi”不是“披p‘i”，更不是“微bi”，当然也不会是“棉mĩ”。

7 韵母表里的“口韵”指的是不带鼻音，或塞音或其他方式发音的单纯元音，这类纯元音有单元音、双元音，还有三双元音。

8 韵母表里的“鼻化韵”指的是口与鼻子需同时读出的音节，如漳州话说“野 ia^{53}”是个单纯的口韵，而“影 $i\tilde{a}^{53}$”则得口与鼻子同时发音。下面的“鼻塞韵”等发音方法相同，只是还得加上塞音的效果。

9 韵母表中的“塞尾韵、喉塞韵、鼻塞韵”中的“塞（sè）”意思是发音时要有“堵塞”的感觉，即“塞”住再放开的感觉。因这类音有“短、急、促”的特点，又称为“促声韵”，相对于口韵、鼻尾韵、鼻化韵那些带有“长、缓、舒”特点的“舒声韵”，这一“促”一“舒”形成韵律上的差异。“促声”又多存在于入声字里，南方闽语、粤语、客家话等方言里都保留了这种入声，而在北方大多数方言里都只剩下“舒声”的读法了。闽南语的入声韵尾大都还有-p、-t、-k和-ʔ几种。作为尾韵，发这几个音时，应如英语的“不完全爆破音”之发音方式，如blackboard[ˈblækbɔːd]（黑板）中的[k]，不能读爆破音，但必须留下[k]的位置；还如good morning[ˈgud ˈmɔːniŋ]中的[d]也属这种情况，发音时得保留该[d]的空间位置，但不必爆破成音。

10 塞尾韵中的“-ʔ”是喉塞音，就是“喉部有某种程度的阻塞”，俗话就是“挤一下”，如漳州话“啊 a^{21}”，就轻轻松松张开口读a，但“鸭 $aʔ^{21}$”，就读[a]的同时，喉部接着一挤而连成一体的音。“鼻塞韵”则是得加上鼻化作用（口与鼻子同时发音）。喉塞韵来自本来读-p、-t、-k韵尾弱化后的音，如“鸭”原来应读 ap^{21}，现已弱化读作 $aʔ^{21}$。

11 声调方面，闽南语大都有七个调，普通话则只有四个声凋：阴平、阳平、上声、去声。这里的意思是说就声调而言（即读一个音节时该音节调子的高低曲折升降等），同样的音节，在普通话里只有四种读法（不含轻声音节），如“mɑ”，只有mā（妈）、má（麻）、

mǎ（马）、mà（骂）四种读法（也称之为“四声”），而在闽南语里有七种读法，如厦门话的“kun”这个音节，读kun^{55}（军）、kun^{35}（群）、kun^{53}（滚）、kun^{21}（棍）、kun^{33}（近），再加上入声的kut^{21}（骨）、kut^{5}（滑）共七个调类。不同的方言调类数目差别很大，多的如广西玉林（粤语）十种、广州话（粤语）九种、潮州话（闽语）八种、漳州话（闽语）七种、梅县话（客家话）六种、上海话（吴语）五种、北京话（官话）四种、甘肃天水话（官话）三种等。

12 声调不同的调类有不同的调值，就是实际读音高低曲折升降平等的幅度和时长等。本书中的标高符号阿拉伯数字的“45、23、53”等是表示调值的符号，置放在音标的右上角或右边。这些数字并非数字，而是类似音乐简谱中表示音阶旋律的音高符号，如“45”就是“发嗦”，“53”就是“嗦咪”，余下类推。实际读音要读得“圆滑”一些，一如音乐上的“上滑音$^{4}5$”或“下滑音$^{5}3$”等。“45”是个上滑音，如漳州话“爸[pa^{45}]”与普通话的“拔[pa^{35}]”几乎一样；漳州话的“饱[pa^{53}]”又与普通话的“坝[pa^{51}]”相差无几。

13 声调中的“变调”：闽南语各单字调（即单独发音时的声调），与其他音节合读时发生“变调”，这种现象称“连读变调”。普通话极少这种现象，只有当上声调逢上声调时，前面的音节要变读如阳平调，如“马脚”得变读如“麻脚”、“老底”读如“牢底”等（还有少量如“一、八”等的变调）。闽南语变调涉及所有调类，大体上双音节以上说法前一字或几字都得变调，最后一字不必变，如漳州话“厦门$\varepsilon^{33}_{21}mu\tilde{i}^{23}$”，其“厦$\varepsilon^{33}_{21}$”右上角的“33”是该音节的本调（即原来的调子），单独念时的声调，但与后头的“门”音节合读时，“厦”字必须读变调，即“厦ε^{33}_{21}”中右下角的“21”调。还如“福建侬$hɔk^{21}_{5}kian^{21}_{53}laŋ^{23}$（福建人）、免客气$bian^{53}_{45}k‘ɛʔ^{21}_{53}k‘i^{21}$（不客气）”等。

14 本书还附有《国际音标表》供参考使用。

国际音标表

	方法 \ 部位			双唇	齿唇	齿间	舌尖前	舌尖后	舌叶 （舌尖及面）	舌面前	舌面中	舌根 （舌面后）	小舌	喉壁	喉
辅音	塞	清	不送气	p			t	ʈ		ȶ	c	k	q		ʔ
			送气	p‘			t‘	ʈ‘		ȶ‘	c‘	k‘	q‘		ʔ‘
		浊	不送气	b			d	ɖ		ȡ	ɟ	g	ɢ		
			送气	b‘			d‘	ɖ‘		ȡ‘	ɟ‘	g‘	ɢ‘		
	塞擦	清	不送气		pf	tθ	ts	tʂ	ʧ	tɕ					
			送气		pf‘	tθ‘	ts‘	tʂ‘	ʧ‘	tɕ‘					
		浊	不送气		bv	dð	dz	dʐ	ʤ	dʑ					
			送气		bv‘	dð‘	dz‘	dʐ‘	ʤ‘	dʑ‘					
	鼻		浊	m	ɱ		n	ɳ		ȵ	ɲ	ŋ	ɴ		
	滚		浊				r						ʀ		
	闪		浊				ɾ	ɽ					ʀ		
	边		浊				l	ɭ			ʎ				
	边擦		清				ɬ								
			浊				ɮ								
	擦		清	ɸ	f	θ	s	ʂ	ʃ	ɕ	ç	x	χ	ħ	h
			浊	β	v	ð	z	ʐ	ʒ	ʑ	j	ɣ	ʁ	ʕ	ɦ
	无擦通音及半元音		浊	w ɥ	ʋ		ɹ	ɻ			j（ɥ）	ɰ（w）			
元音				圆唇元音			舌尖元音 前	后			舌面元音 前 央	后			
	高 半高 半低 低			（ʮ ʯ y ʉ u） （ø o） （œ ɔ） （ɒ）			ɿ ʮ	ʅ ʯ			i y ɨ ʉ e ø ə ɛ œ æ ɐ a	ɯ u ɤ o ʌ ɔ ɑ ɒ			

目录

Mulu

1. 五绝·莲潭

siŋ$^{23}_{33}$tsu^{45}ts‘ɛ̃$^{45}_{33}$hioʔ^{121}lian^{21} k‘aʔ$^{121}_{21}$lɔ^{33}aŋ$^{23}_{33}$hua^{45}tian^{53}

承珠青箬辇，阖露红花展。

ts‘an$^{23}_{33}$nɛ̃^{45}hioʔ$^{21}_{53}$lui^{53}p‘aŋ^{45} hi$^{23}_{33}$a^{53}siu$^{23}_{33}$t‘am^{23}ts‘ian^{53}

塍蚭歊蕊芳，鱼仔泅潭浅。

注释：潭，池塘，鱼塘；闽南语罕用“塘”，都说“潭仔”。箬hioʔ^{121}，原指竹箬，泛指树叶，叶子。辇lian^{21}，滚动。阖k‘aʔ^{121}，卡，黏附，沾。塍蚭，蜻蜓，源自“塍婴ts‘an$^{23}_{33}$ɛ̃^{45}”之合音形式；塍，水田。芳，香，芬芳。

2. 七绝·木棉花

ts‘iaʔ$^{21}_{53}$nãʔ^{21}aŋ$^{23}_{33}$hua^{45}iau$^{53}_{45}$bɔk$^{121}_{21}$mĩ^{23} hua^{45}sia^{33}ka$^{45}_{33}$pɔk^{21} ts‘iŋ$^{45}_{33}$si^{45}tĩ^{23}

赤爁红花犹木棉，花谢枷暴千丝缠。

huĩ^{33}k‘uã^{21}pɛʔ$^{21}_{53}$tsuã^{53}aŋ$^{23}_{33}$tiŋ^{45}ts‘io^{33} lui^{33}tɔk^{21}kɛ$^{45}_{33}$hiaŋ^{45}ban$^{33}_{21}$liam^{33}tĩ^{45}

远看百盏红灯炤，泪砉家乡万念甜。

注释：爁nãʔ^{21}，闪，烁。枷暴，木棉树/花，外来语词，音译自印尼—马来语kappok。炤ts‘io^{33}，照，耀，如“炤手电（照手电筒）”等。砉tɔk^{21}，掉，落。

3. 如梦令·芳茉莉

giɔk^{121}ban$^{33}_{21}$bi^{23}hua^{45}k‘ui$^{45}_{33}$t‘ɛʔ^{21} p‘aŋ$^{45}_{33}$ŋɛ̃$^{53}_{45}$kiau^{45}bo$^{23}_{33}$t‘aŋ$^{45}_{33}$tɛʔ^{21} hua^{45}

玉万枚花开澈，芳雅娇无通踅。花

pɛʔ$_{21}^{121}$ kiat^{21} ts‘iŋ$_{33}^{45}$hun^{45} si$_{53}^{21}$ui^{33} am$_{53}^{21}$gian^{23} tsiau$_{33}^{23}$k‘ɛʔ^{21} sim^{45} lɛʔ^{121} sim^{45} lɛʔ^{121}

白洁清芬，四位黯妍缯客。心裂，心裂，

hu$_{53}^{21}$ luaʔ$_{21}^{121}$ tse^{33} si^{45} pɛ̃$_{33}^{23}$ tsɛʔ^{21}

赋偌侪诗平仄？

注释：万枚花，茉莉花。开澈，全/都开放；澈t‘ɛʔ^{21}，净，光，全，都，如“侬拢走澈（人都走光）”等。无通砉，压不了，不能压（因对手牌最大）喻之最；砉tɛʔ^{21}，压，轧；通，可以，能，如“伊通去我怀通去（他能去我去不了）”等。黯妍，黯然失色的周围花朵。缯tsiau^{23}，全，都，均匀。偌侪，多少，几多；偌，几多，如“偌远（多远），偌久（多长时间）”等。侪tse^{33}，多，盈。四位，四周，到处。该诗喻写多少平仄诗词才能赋茉莉这种花呀。

4. 蝶恋花·蝶恋花

bue$_{45}^{53}$ iaʔ^{121} k‘iŋ$_{33}^{45}$suan^{23} pue$_{33}^{45}$ban$_{21}^{33}$bu^{53} iat$_{21}^{121}$ sik^{121} kiu$_{33}^{45}$k‘a^{45} hue$_{33}^{23}$seʔ^{121}

尾蝶轻旋飞漫舞，拽翼勼骹，迴踅

hɔŋ$_{33}^{23}$kiau$_{33}^{45}$bu^{53} kin$_{21}^{33}$ua^{53} tsim$_{33}^{45}$hua^{45} hua^{45} ts‘uan$_{45}^{53}$p‘u^{33} hua^{45} ts‘iu^{45} iaʔ^{121}

癀娇妩。近倚唚花花喘哮，花羞蝶

hɔŋ^{21} sio$_{33}^{45}$tĩ^{23} ku^{53} iaʔ^{121} k‘i^{21} kam$_{33}^{45}$li^{23} hua^{45} sit$_{5}^{21}$tsu^{53} au$_{45}^{53}$lui^{53} hian$_{53}^{21}$

放相缠久。蝶弃甘离花失主，拗蕊献

sim^{45} nĩ$_{33}^{45}$nɛ̃^{45} si$_{33}^{45}$an$_{33}^{45}$hu^{53} iaʔ^{121} bu^{53} hua^{45} ŋiã^{23} hua^{45} iaʔ^{121} ts‘u^{21} hua^{45} luan^{23}

芯，昵聻需安抚。蝶舞花迎花蝶趣，花恋

iaʔ^{121} ai^{21} t‘ĩ$_{33}^{45}$kɔŋ^{45} su^{21}

蝶爱天公赐。

注释：尾蝶，蝴蝶；“蝶”有两个读音：白读iaʔ^{121}，文读音tiap^{121}。拽翼，挥动翅膀；拽，搧。勼骹，收腿/脚；勼kiu^{45}，回缩，退。踅seʔ^{121}，旋，转。癀hɔŋ^{23}，炫耀，炫示。唚tsim^{45}，亲吻，外来语，音译自马来—印尼语cium。喘哮，喘气，呼吸急促。甘，舍得。拗蕊献芯，折卷花蕊袒露花芯。昵羣nĩ$^{45}_{33}$nɛ̃^{45}，撒娇，扭捏。天公，老天。

5. 七律·龙眼花

pɛʔ$^{121}_{21}$ pɛʔ^{121} uĩ$^{23}_{33}$ uĩ^{23} tɛʔ$^{21}_{53}$ts‘iu$^{33}_{21}$tsaŋ^{23} uĩ$^{45}_{33}$ uĩ^{45} iap$^{21}_{5}$ iap^{21} giŋ$^{23}_{33}$ i$^{45}_{33}$ laŋ^{23}

白 白 黄 黄 硩 树 枞，挟 挟 掖 掖 凝 伊 侬。

hua^{45} p‘aŋ^{45}ts‘un$^{45}_{33}$bue^{53} siã$^{23}_{33}$ p‘aŋ^{45} ts‘ai^{53} ko^{53} kiat^{21}ts‘iu$^{45}_{33}$ t‘au^{23} in$^{53}_{45}$ tsiaʔ$^{121}_{21}$ t‘aŋ^{23}

花 芳 春 尾 涎 蜂 采，果 结 秋 头 引 食 虫。

ko^{53} loʔ^{121}tsit$^{121}_{21}$ tso^{33} huan$^{23}_{33}$ kɛ$^{45}_{33}$ tso^{33} hua^{45}k‘ui^{45}tsiã$^{23}_{33}$ taŋ^{45} uã$^{33}_{21}$ tsit$^{121}_{21}$ taŋ^{45}

果 落 一 造 还 加 造，花 开 成 冬 换 一 冬。

hua^{45} k‘ui^{45} iau$^{53}_{45}$ kiat^{21} hua^{45}k‘ui^{45} ko^{53} ts‘iu$^{33}_{21}$k‘a^{45}k‘aŋ$^{45}_{33}$ lɔŋ^{45} m$^{33}_{21}$ kĩ$^{21}_{53}$ laŋ^{23}

花 开 犹 结 花 开 果，树 骹 空 啷 伓 见 侬。

注释：白白黄黄，龙眼花大致黄白二色。硩，压，轧。树枞，树；枞，植株，如“花枞（花儿）”等，又可当量词，如“一枞菜（一棵菜）”等。挟掖，遮掩，躲闪；挟，遮，盖；掖，藏，掖。凝，注视，凝想，专注。伊侬，他，她。芳，芳香。春尾，春末。涎，引诱，吸引。秋头，初秋。食虫，吃龙眼的昆虫。果落，果子成熟。造，季，轮。加，多，增。成冬，一整季/年；冬，原指农业收成之季，又泛指年，如“六月冬（早稻收割晚稻播种季，在农历六月得名）、放冬（放假）”等。树骹，树下；骹，脚，在……下，如“山骹（山根儿）、天骹（天下）”等。空啷，空荡。伓，不。

6. 五绝·闲伫厝内

t‘au$^{21}_{53}$ tsa^{53} tsiaʔ$^{121}_{21}$ tɛ^{23} p‘aŋ^{45} ɛ$^{33}_{21}$ pɔ^{45} pĩ$^{21}_{53}$ baŋ^{53} taŋ^{33}
透 早 食 茶 芳，下 晡 变 魍 动。
zit^{121} t‘iã^{45} tsiau$^{53}_{45}$ a^{53} tsiu^{45} mɛ̃^{23} tue$^{21}_{53}$ tsiu$^{45}_{33}$ kɔŋ^{45} baŋ^{33}
日 听 鸟 仔 啾，暝 [illegible] 周 公 梦。

注释：伫厝内，在家里；伫ti^{33}，在，于，厝，房子，家。透早，早上，清晨。食茶，喝茶，饮水。下晡，下午；晡，午，如“顶晡（上午）”等。变魍，玩儿，整东西，玩花样儿。暝，晚上，夜。趁tue^{21}，跟，从，学。

7. 七绝·微风佮开花

bi$^{23}_{33}$ hɔŋ^{45} bi$^{23}_{33}$ bi^{23} seʔ^{121} nuĩ$^{21}_{53}$ hua^{45} hua$^{45}_{33}$ m^{23} sɔŋ$^{53}_{45}$ sɔŋ^{53} k‘ui$^{45}_{33}$ ki$^{23}_{33}$ p‘a^{45}
微 风 微 微 踅 遨 花，花 莓 爽 爽 开 奇 葩。
hua^{45} sui^{23} hɔŋ$^{45}_{33}$ un^{33} hun$^{45}_{33}$ ts‘iŋ$^{45}_{33}$ ts‘u^{21} hɔŋ^{45} tua$^{21}_{53}$ hua^{45} p‘aŋ^{45} zip$^{121}_{21}$ ban$^{33}_{21}$ ka^{45}
花 随 风 韵 薰 千 厝，风 带 花 芳 入 万 家。

注释：微微，轻微，轻轻地，又说“微微仔”等。踅seʔ^{121}，旋，转，转悠，逛。遨nuĩ^{21}，钻，穿越，如“遨空（钻洞），遨被空（钻被窝）”等。花莓，花苞。爽，欢愉，喜悦。厝，房子，家庭。

8. 菩萨蛮·月暝船踅莲潭

tsun^{23} k‘iŋ^{45} tsui^{53} tsiŋ^{33} lian$^{23}_{33}$ t‘am^{23} ko^{21} mɛ̃^{23} ts‘im^{45} gueʔ^{121} k‘i^{53} ho$^{23}_{33}$ p‘aŋ^{45}
船 轻 水 静 莲 潭 捁，暝 深 月 起 荷 芳

ho^{33} p‘u^{53}p‘ĩ$^{33}_{21}$hioʔ^{121}hua^{45}tĩ^{45} kuĩ^{45}siɔ̃$^{21}_{53}$kuan$^{23}_{33}$gueʔ^{121}ts‘ĩ^{45} laŋ^{23}
和。暗鼻箬花甜，光相悬月鲜。侬
be^{23}t‘e^{45}p‘ak$^{121}_{21}$gueʔ^{121} tsun^{23}tiam^{33}ts‘uĩ$^{45}_{33}$lian$^{23}_{33}$ueʔ^{121} ŋɔ̃^{53}ts‘iŋ^{33}kap^{21}hi^{23}
迷躧曝月，船恬穿莲豁。偶蹭蛤鱼
tio^{23} tut^{121}kiŋ^{45}tsun$^{23}_{33}$bue^{53}io^{23}
趒，突惊船尾摇。

注释：拮，划（船），扒桨。暝，夜，晚上。暗p‘u^{53}，灰暗，光线模糊。鼻，动词，闻，嗅。箬，叶子。光，亮，明亮。相，盯着看，注视。悬，高，不低。侬，人。躧t‘e^{45}，倚，斜躺。曝p‘ak^{121}，晒，露于光亮中。恬tiam^{33}，静，安详。莲豁，荷花稀疏或不生长处。蹭ts‘iŋ^{33}，碰，遇。蛤，青蛙，蛙类。趒tio^{23}，跳，跃，蹦，如“趒井（跳井）”等。

9. 西江月·龙眼林

ts‘iu$^{33}_{21}$kuã^{53}uan$^{45}_{33}$k‘iau^{45}lun$^{33}_{21}$k‘iu^{33} ki$^{45}_{33}$hioʔ^{121}ts‘ɛ̃$^{45}_{33}$lun^{33}tsia$^{45}_{33}$im^{45} ts‘iu$^{33}_{21}$
树杆弯跷韧軥，枝箬青嫩遮阴。树
tsaŋ^{23}e$^{45}_{33}$k‘eʔ^{21}li^{45}sio$^{45}_{33}$tsim^{45} ua$^{53}_{45}$ts‘iu^{33}t‘e$^{45}_{33}$ua^{45}e$^{33}_{21}$sim^{21} ts‘un^{45}kau^{21}
松挨揳哩相唚，倚树躧桠会踸。春遘
pɛʔ$^{121}_{21}$hua^{45}kui$^{45}_{33}$p‘o^{33} hua^{45}p‘aŋ^{45}gioʔ$^{21}_{53}$p‘ĩ$^{33}_{21}$k‘aŋ^{45}im^{45} tu$^{53}_{45}$ts‘iu$^{45}_{33}$k‘a^{45}kue$^{53}_{45}$
白花归抱，花芳谑鼻空淹。抵秋骹果
sik^{21}uĩ$^{23}_{33}$kim^{45} bit$^{121}_{21}$tsiap^{21}siã^{23}laŋ^{23}oʔ$^{21}_{53}$zim^{53}
色黄金，蜜汁涎侬恶忍。

注释：弯跷，弯曲；跷k‘iau^{45}，弯，曲。韧軥lun$^{33}_{21}$k‘iu^{33}，韧，有韧劲儿；軥，韧。挨揳，拥挤；挨，拥，推搡；揳，挤。哩相唚，在接吻；哩，正，在；唚tsim^{45}，吻，亲。躧t‘e^{45}，倚，如“躧椅（躺椅）”。踸sim^{21}，颤，摇，晃。遘

kau^{21}，到，达。归抱，一大串；归，一整。谑，诱惑，抛媚眼，调情。鼻空，鼻子，鼻孔。抵，遇，碰。秋骹，秋天，初秋。涎侬，引诱人。恶oʔ^{21}，难，不易。

10. 卜算子·青狂雨

zuaʔ^{121} loʔ$^{121}_{21}$ ai$^{21}_{53}$ tan$^{23}_{33}$ lui^{23}　tuĩ$^{53}_{45}$ bak^{121} ɔ$^{45}_{33}$ hun^{23} sau^{21}　si$^{21}_{53}$ keʔ^{21} lui$^{23}_{33}$ kɔŋ^{45}

热　咯爱瞋雷，转目乌云扫。四廓雷公

sĩʔ$^{21}_{53}$ nãʔ^{21} kɔŋ^{23}　tua$^{33}_{21}$ hɔ^{33} sui$^{23}_{33}$ sui$^{23}_{33}$ kau^{21}　huã$^{45}_{33}$ hɔŋ^{45} t'au$^{21}_{53}$ ui^{33} ts'ue^{45}

闪爁　狂，大雨随随　遘。　横风透位吹，

ts'u$^{21}_{53}$ tiŋ^{53} p'ɔŋ^{21} p'ɔŋ^{21} hau^{53}　tan$^{53}_{45}$ kau^{21} t'ĩ^{45} tsẽ^{23} tsui^{53} t'e$^{21}_{53}$ tsiau^{23}　kaʔ$^{21}_{53}$ kɔŋ$^{53}_{45}$

厝顶　[口蓬]　[口蓬]　吼。等遘天晴水退缯，　呷讲

t'ɔ$^{23}_{33}$ mãi^{23} kau^{33}

涂糜　厚。

注释：热，夏天，天热。咯loʔ^{121}，就，则。爱，（在此）容易，轻易，如“天变侬爱破病（天气变化人容易得病）”等。瞋tan^{23}，响，大声，如“钟瞋（钟响）”等。转目，转眼，瞬间。四廓，到处，四周。闪爁，闪电。随随遘，紧接着到；随，接着，随后。透位，四处，到处。厝顶，屋顶。水退缯，水全退了；缯，全，都，匀。呷讲涂糜厚，才说泥浆多；呷，才，则；涂，泥土；糜，粥，稀饭，粥状物；厚，多，充盈。

漳州风光四绝（五绝）

11. 洞仔岩

ki$^{23}_{33}$ suã^{45} ban$^{33}_{21}$ tsioʔ^{121} t'iap^{121}　kuai$^{21}_{53}$ niã^{53} ts'ian$^{45}_{33}$ gɛ^{23} tiap^{121}

奇山万石　叠，　怪岭　千崖牒。

seʔ$^{121}_{21}$ hun^{23} tɔŋ^{33} siu^{33} ts'im^{45} iu$^{23}_{33}$ k'ɛʔ^{21} pɔ$^{33}_{21}$ k'a^{45} tsiap^{121}

踅 云 洞 岫 深， 游 客 步 骹 捷。

✍ **注释**：洞仔岩，即云洞岩，于漳州城东约10公里处。牒，摩崖石刻。踅seʔ^{121}，转，旋。岫siu^{33}，窝，巢，穴。步骹，脚步，步子。捷，频繁，经常。

12. 白云岩

hɔ^{33} bu^{33} pɛʔ$^{121}_{21}$ hun^{23} tsia^{45} t'ĩ^{45} tsɛ̃^{23} suã$^{45}_{33}$ lɔ^{33} ts'ia^{23}

雨 雾 白 云 遮， 天 晴 山 路 笡。

k'ɛ̃^{45} k'aŋ^{45} u$^{33}_{21}$ tsioʔ^{121} k'ia^{33} ts'iŋ^{23} bat^{121} bo$^{23}_{33}$ am$^{45}_{33}$ ia^{45}

坑 空 有 石 徛， 松 密 无 庵 埃。

✍ **注释**：白云岩，于漳州城东南10公里处，今漳州火车站后。雨雾，下雨时多雾。笡ts'ia^{23}，陡，斜。坑，山涧，又"坑仔、坑泠仔"等。徛k'ia^{33}，站，立。埃，尘，埃，自"塕埃iŋ$^{45}_{33}$ia^{45}(灰尘)"。

13. 华安坪水

ts'ia^{45} pɛʔ^{21} ko$^{45}_{33}$ an^{45} tiŋ^{53} e$^{33}_{21}$ tsai^{45} ts'u$^{53}_{45}$ te^{33} ts'iŋ^{21}

车 跖 高 安 顶， 会 知 此 地 凊。

k'a^{45} tiŋ^{45} p'iã$^{23}_{33}$ tsui^{53} sia^{45} kiŋ$^{21}_{53}$ kak^{21} kuan$^{23}_{33}$ suã^{45} liŋ^{53}

骹 登 坪 水 畲， 更 觉 悬 山 冷。

✍ **注释**：坪水，是位于漳州属华安县高安乡的一纯畲族山寨，另有官畲村

位于新圩乡；此二畲村均位于崇山峻岭中。踮pɛʔ^{21}，爬，登，攀。瀓ts‘iŋ^{21}，凉，冷，如“瀓水（凉水）”等。骹k‘a^{45}，脚，腿。悬山，高山。华安县是漳州属最北的一个县。

14. 东山宫前湾

taŋ$^{23}_{33}$　to^{53}　kiŋ$^{45}_{33}$ tsiŋ^{23} muĩ^{23}　zit$^{121}_{21}$ t‘au^{23}ts‘iaʔ$^{21}_{53}$bak$^{121}_{21}$kuĩ^{45}
铜　岛　宫　前　门，日　头　刺　目　光。
hai$^{53}_{45}$ tsui^{53} t‘au$^{21}_{53}$ ts‘ɛ̃$^{45}_{33}$　lik^{121}　sua$^{45}_{33}$t‘uã^{45} hiã$^{53}_{45}$ pɛʔ$^{121}_{21}$ uĩ^{23}
海　水　透　青　绿，沙　滩　显　白　黄。

注释：。宫前，东山岛南部一地名。铜岛，东山岛，又称“铜山岛”，该“东”与“铜”虽一阴平调一阳平调，但连读变调时都读同一变调33。东山县是漳州属最东南的一个县

15. 七律·荔枝熟

tu$^{53}_{45}$ zuaʔ^{121}sian$^{23}_{33}$ a^{53}　t‘ĩ^{45}　sio$^{45}_{33}$　ki^{45}　hɔŋ$^{23}_{33}$ ts‘ɛ̃^{45}　ua$^{45}_{33}$ tsaŋ^{23}kiat$^{21}_{5}$　le$^{33}_{21}$　tsi^{45}
抵　热　蝉　仔　天　烧　吱，逢　青　椏　松　结　荔　枝。
ko^{53} zim^{33} t‘ŋ^{45} lau^{23} gun^{53}bɔŋ$^{53}_{45}$ kɔ^{21}　k‘ɛʔ^{21} iu^{23} nuã^{33} tiʔ^{21} laŋ^{23}k‘an$^{45}_{33}$ t‘i^{45}
果　任　汤　流　阮　罔　顾，客　由　㘓　滴　侬　牵　痴。
tsa$^{53}_{45}$ ts‘un^{45}k‘ui$^{45}_{33}$hua^{45}　u$^{33}_{21}$　tuĩ$^{53}_{45}$　zit^{121}　zuaʔ^{121}kau^{21}ts‘iaʔ$^{21}_{53}$sik^{121}bo$^{23}_{33}$　kui$^{45}_{33}$　ki^{23}
早　春　开　花　有　转　日，热　遘　赤　熟　无　归　期。
aŋ$^{23}_{33}$　le^{33} tsiã$^{23}_{33}$ p‘a^{45} ban$^{53}_{45}$ lik$^{121}_{21}$ts‘iu^{33}　gun^{53} sim^{45}k‘aʔ$^{121}_{21}$ts‘iu^{33} sɛ̃$^{45}_{33}$ ts‘ɛ̃$^{45}_{33}$　t‘i^{23}
红　荔　成　葩　挽　绿　树，阮　心　阖　树　生　青　苔。

注释：抵热，碰上夏天/热天；抵，遇，碰。蝉仔，一种小型蝉，黄绿色；黑而体形大的叫“盐栱船iam$^{23}_{33}$kɔŋ$^{53}_{45}$tsun^{23}”。天烧，天热得似火在燃烧。吱，蝉鸣声。桠枞，枝桠。阮，我，我们。罔顾，爱理不理。嘫滴，口水流；嘫nuã^{33}，唾液。侬laŋ^{23}，人，人类。有转日，有回来的日子。热遭，夏天。成葩，整挂，成串。挽ban^{53}，采，摘。阖，卡，粘附，沾。

16. 渔家傲·漳州

lian^{23} p‘aŋ^{45} tsu$^{33}_{21}$ kɔ^{53} taŋ$^{45}_{33}$ ɔ^{23} saŋ^{21}　hua^{45} aŋ^{23} an$^{21}_{53}$ zit^{121} tsi$^{45}_{33}$ suã^{45} paŋ^{21}　niɔ̃$^{23}_{33}$

莲 芳 自 古 东 湖 送， 花 红 按 日 芝 山 放， 梁

tsai^{23} bɔŋ^{33} tian^{53} se$^{45}_{33}$ ɔ$^{23}_{33}$ p‘aŋ^{33}　tsiaŋ$^{45}_{33}$ hu^{53} baŋ^{33}　lam$^{23}_{33}$ muĩ$^{23}_{33}$ k‘e^{45} tsui^{53} taŋ^{45}

才 墓 展 西 湖 缝； 漳 府 望， 南 门 溪 水 东

lau$^{23}_{33}$ taŋ^{33}　ts‘iŋ$^{45}_{33}$ nĩ^{23} ts‘ia$^{45}_{33}$ puaʔ^{121} tan$^{45}_{33}$ hɛ$^{23}_{33}$ baŋ^{33}　ban$^{33}_{21}$ laŋ^{23} iau$^{53}_{45}$ ki^{21}

流 动。 千 年 车 跋 丹 霞 梦， 万 侬 犹 记

lam$^{23}_{33}$ tsiu^{45} t‘aŋ^{21}　tsiŋ$^{23}_{33}$ siã^{23} m$^{33}_{21}$ si$^{33}_{21}$ ts‘iŋ$^{45}_{33}$ tsiaŋ^{45} aŋ^{21}　tiŋ$^{23}_{33}$ pĩ$^{21}_{53}$ laŋ^{33}　iu$^{23}_{33}$

南 州 痛， 前 城 怀 是 清 漳 瓮； 重 变 弄， 尤

tsai^{45} kɔ$^{21}_{53}$ ts‘u^{21} tsiaŋ$^{45}_{33}$ tsiu^{45} taŋ^{33}

知 故 厝 漳 州 重。

注释：芳，香。东湖，漳州原有大片水域绕城，东门外的称“东湖”，西门外的称“西湖”，均于清末淤塞而废成田园，今又变为居住区。梁才墓，梁才女墓，明代漳州知府梁太守之女，赋诗作词才学高，未婚早夭，其于西湖边上之墓渐成文人求学或功名等之祈拜地，本诗因作“梁才”而非“梁女”，墓也于清末民初毁。南门溪，九龙江西溪于漳州旧城南之一段名。车跋，折腾，捣鼓；车，翻，抄；跋，跌，摔。丹霞、南州、清漳，都为漳州旧称或别称。重变弄，重新搞，重整。故厝，故乡；厝，房子，家。

17. 清平乐 · 棕树骹

zip^{121}tsaŋ$^{45}_{33}$nã^{23}ba^{33} tsiɔ̃$^{53}_{45}$hioʔ^{121}tsiɔŋ$^{23}_{33}$t‘au^{23}ta^{21} ts‘u$^{21}_{53}$k‘iaʔ$^{21}_{53}$p‘aŋ^{33}ts‘ɛ̃$^{45}_{33}$
入 棕 林 峇，掌 箬 从 头 罩。觑 隙 缝 星

kuĩ^{45}sĩʔ$^{21}_{53}$nãʔ^{21} siɔ̃$^{33}_{21}$k‘i$^{53}_{45}$i^{45}t‘iã^{21}ka^{53} lim$^{23}_{33}$tiɔŋ^{45}kap^{21}tio^{23}kua$^{45}_{33}$kua^{45}
光 闪 爁，想 起 伊 痛 绞。 林 中 蛤 趒 呱 呱，

sin$^{45}_{33}$pĩ^{45}ts‘au^{53}puʔ^{21}hua$^{45}_{33}$hua^{45} ts‘iu^{33}ts‘au^{53}hua^{45}t‘aŋ^{23}u$^{33}_{21}$p‘uã^{33} tuã$^{45}_{33}$i^{45}
身 边 草 樸 花 花。 树 草 花 虫 有 伴，单 伊

tsit$^{121}_{21}$lui^{53}kɔ$^{45}_{33}$p‘a^{45}
一 蕊 孤 葩。

注释：棕林，棕榈树林。峇 ba^{33}，密，合。掌箬，似手掌之叶子，指棕或葵树叶（制“葵扇”之树）；箬，叶子。觑，注视，细看。闪爁，闪烁。趒 tio^{23}，跳，跃。樸 puʔ^{21}，长，冒。蕊，量词，朵，颗。

18. 浣溪沙 · 荷花

t‘aŋ$^{21}_{53}$t‘ĩ^{45}lian$^{23}_{33}$t‘am^{23}huĩ^{33}k‘uaʔ^{21}hai^{45} ho^{23}aŋ$^{23}_{33}$sai^{45}sɛ̃$^{45}_{33}$m^{23}kiat$^{21}_{5}$t‘ai^{45}
迵 天 莲 潭 远 阔 奒，荷 红 腮 生 莓 结 胎，

hioʔ^{121}ts‘ɛ̃$^{45}_{33}$lai^{45}hioʔ$^{21}_{53}$kap^{21}t‘iŋ$^{23}_{33}$kuai^{45} hua^{45}t‘iaʔ^{21}lian^{23}k‘ui^{45}lian^{23}zia$^{53}_{45}$
箬 青 睐 歇 蛤 停 蜅。 花 拆 莲 开 怜 惹

ai^{21} hɔŋ^{45}so^{45}p‘aŋ^{45}kau^{21}ke$^{53}_{45}$ts‘iu^{23}bai^{23} hɔŋ^{45}tiã^{33}iu$^{45}_{33}$k‘i^{21}iã$^{23}_{33}$laŋ$^{23}_{33}$huai^{23}
爱，风 挲 芳 遘 解 愁 眉，风 定 幽 气 萦 侬 怀。

注释：迵天，通天；迵 t‘aŋ^{21}，通，往。奒 hai^{45}，大，巨，如“尻川奒（大屁股）”等。莓 m^{23}，花苞。箬，叶子。青睐 ts‘ɛ̃$^{45}_{33}$lai^{45}，泛青光，青绿带光泽。蜅

kuai^{45}，蛙类。花拆，花张开，开放。风挲，风摩挲，风吹。遘，到，达。定，停，止。

19. 五绝・看河溪

ho$^{45}_{33}$ k‘e^{45} t‘ĩ$^{45}_{33}$ tiŋ^{53} p‘ua^{45} bak$^{121}_{21}$ lui^{53} t‘ɔ$^{23}_{33}$ k‘a^{45} hua^{45}

河 溪 天 顶 帔， 目 蕊 涂 骹 花。

siɔ̃$^{21}_{53}$ ku^{53} tsai$^{45}_{33}$ ka$^{45}_{33}$ ti^{33} laŋ^{23} su^{45} tsit$^{121}_{21}$ liap$^{121}_{21}$ sua^{45}

相 久 知 家 治， 侬 输 一 粒 沙。

注释：河溪，银河。天顶，天上。帔p‘ua^{45}，披，罩，如“帔衫仔（披/晾衣服）”等。目蕊，眼睛，又说“目睭”。涂骹，地上，地板。相，注视，关注。家治，自己。

20. 五律・闲侬

iŋ$^{23}_{33}$ laŋ^{23} siaŋ$^{33}_{21}$ bo$^{23}_{33}$ iŋ^{23} tsit$^{121}_{21}$ si^{21} bo$^{23}_{33}$ an$^{45}_{33}$ liŋ^{23}

闲 侬 上 无 闲， 一 世 无 安 宁。

zit^{121} tsim^{21} bu$^{23}_{33}$ liau$^{23}_{33}$ iu^{53} mẽ^{23} be^{23} bi$^{23}_{33}$ luan$^{33}_{21}$ tsiŋ^{23}

日 浸 无 聊 友， 暝 迷 糜 乱 情。

ts‘u^{21} puã$^{45}_{33}$ hai$^{53}_{45}$ te$^{53}_{45}$ huan^{53} gua^{33} tso^{21} tsi$^{53}_{45}$ biŋ$^{23}_{33}$ tiŋ^{45}

厝 搬 海 底 反， 外 做 指 明 灯。

bu$^{23}_{33}$ ti^{45} siaŋ$^{33}_{21}$ p‘ɛʔ$^{21}_{53}$ zio^{33} u$^{33}_{21}$ gɔŋ^{33} iau$^{53}_{45}$ io$^{45}_{33}$ liŋ^{45}

无 知 尚 帕 尿， 有 戆 犹 邀 朧。

注释：闲侬，闲人。上，最，顶，程度副词。无闲，忙，忙碌。一世，一生，一辈子。暝mɛ̃^{23}，夜，晚上。厝，家里，房子。搬海底反，演大闹海底龙宫戏；搬，上演，如“搬戏（演戏）”等。帕尿，垫尿布（防失禁）。戆gɔŋ^{33}，傻，蠢。邀朧io$^{45}_{33}$liŋ^{45}，吃奶，喂奶；邀，看护，养育，如“邀囝（育孩子）”等；朧，奶，乳汁，乳房。

花草果木六叹（七绝）

21. 茉莉花

buat^{121}pɛʔ^{121}lui^{53}kiat^{21}p‘aŋ$^{45}_{33}$hua$^{45}_{33}$li^{33}　hioʔ^{121}lik^{121}ki^{45}ts‘ɛ̃^{45}ho$^{33}_{21}$ban$^{33}_{21}$bi^{23}

茉白蕊洁芳花莉，箬绿枝青号万敉。

kɔŋ$^{53}_{45}$tsiã^{53}uan$^{21}_{53}$sɔ^{21}t‘ĩ^{45}bo$^{23}_{33}$hi^{53}　t‘in^{33}sui^{53}tsɛ̃$^{45}_{33}$p‘aŋ^{45}ta$^{53}_{45}$pi$^{53}_{45}$i^{45}

讲饗怨素天无许，媵水争芳底比伊？

注释：万敉，茉莉花，又称“万敉花”。饗tsiã^{53}，淡，不浓。媵t‘in^{33}，比，与……争。底，哪，谁。

22. 木瓜

bɔk$^{121}_{21}$kua^{45}kuan$^{23}_{33}$kuan^{23}tiau$^{21}_{53}$ts‘iu$^{33}_{21}$bue^{53}　ts‘ɛ̃$^{45}_{33}$ko^{53}liap$^{121}_{21}$liap^{121}sio$^{45}_{33}$pai$^{23}_{33}$tue^{21}

木瓜悬悬吊树尾，青果粒粒相排趟。

kau$^{21}_{53}$hun^{45}kua^{45}uĩ^{23}bue^{53}u$^{33}_{21}$sui^{23}　ti$^{21}_{53}$nuã^{33}tsiau^{53}tsiaʔ^{121}tsiɔŋ^{45}bo$^{23}_{33}$ts‘ue^{33}

遘芬瓜黄尾有随，致烂鸟食终无揮。

注释：木瓜，又称“番木瓜”“万寿瓜”，热带亚热带植物。悬，高。树尾，树末端。䟤tue^{21}，跟，从。遘芬，成熟，长大。尾有随，（果熟）一个接一个。揮ts‘ue^{33}，寻，找。

23. 碾雾

hun$^{53}_{45}$ aŋ^{23} kuan$^{23}_{33}$ tsiŋ^{45} ho$^{33}_{21}$ lian$^{53}_{45}$ bu^{33}　k‘ui$^{45}_{33}$ hua^{45} koʔ$^{21}_{33}$ tian$^{53}_{45}$ kiau$^{45}_{33}$ hua^{45} pu^{21}

粉红悬钟号碾雾，开花佫展娇花富。

hua^{45} tɔk^{21} ko^{53} puaʔ^{121} bo$^{23}_{33}$ laŋ$^{23}_{33}$ he^{23}　kui^{21} hiã^{53} hua^{23} pai^{23} tsiã$^{53}_{45}$ p‘iʔ^{21} p‘u^{33}

花砮果跋无侬傒，贵显华排饕譬哱。

注释：碾雾，莲雾；“莲”字阳平调，与lian^{53}上声调不符，为俗写字。佫koʔ^{21}，又，再。砮tɔk^{21}，掉，落。跋puaʔ^{121}，跌，掉。无侬傒，无人过问；傒he^{23}，轻碰，擦（过）。华排，摆出华丽态。饕譬哱tsiã$^{53}_{45}$p‘iʔ^{21}p‘u^{33}，味极淡状，无味。

24. 檨仔

uĩ^{23} pɛʔ^{121} suãi$^{23}_{33}$ a^{53} k‘ui$^{45}_{33}$ hua^{45} ziu^{23}　lik$^{121}_{21}$ ts‘ɛ̃^{45} io$^{45}_{33}$ sim^{45} hĩʔ$^{21}_{53}$ tɔŋ^{33} ts‘iu^{45}

黄白檨仔开花柔，绿青腰心撇动秋。

aŋ$^{23}_{33}$ ko^{45} pɛʔ$^{121}_{21}$ baʔ^{121} tĩ$^{45}_{33}$ p‘aŋ$^{45}_{33}$ ts‘ui^{21}　luaʔ$^{121}_{21}$ tsiɔ̃^{21} huan$^{45}_{33}$ kiɔ̃^{45} un$^{21}_{53}$ tau$^{33}_{21}$ iu^{33}

红膏白肉甜芳喙，辣酱番姜揾豆油。

注释：檨仔，芒果。撇动秋，荡千秋，晃荡；撇hĩʔ^{21}，扔，甩。喙ts‘ui^{21}，嘴巴。番姜，辣椒。揾un^{21}，蘸，沾。豆油，酱油。闽南与广东雷州地区均有吃水果蘸酱油、辣酱等的习俗。

25. 番仔荔枝

huan$^{45}_{33}$ a^{53} le$^{33}_{21}$ tsi^{45} hui$^{45}_{33}$ le$^{33}_{21}$ tsi^{45} pɔŋ$^{21}_{53}$ lap^{21} ts'ɛ̃$^{45}_{33}$ kiu^{23} tiau$^{21}_{53}$ ts'iu$^{33}_{21}$ ki^{45}

番仔荔枝非荔枝，肪凹青球吊树枝。

ko^{53} hun^{45} nuĩ$^{53}_{45}$ am^{53} bo$^{23}_{33}$ aŋ$^{23}_{33}$ k'ak^{21} baʔ^{21} sik^{121} tĩ$^{45}_{33}$ p'aŋ^{45} u$^{33}_{21}$ pɛʔ$^{121}_{21}$ tsi^{45}

果芬软饮无红壳，肉熟甜芳有白脂。

注释：番仔荔枝，番荔枝。枝，有两读音，“荔枝”之“枝”读tsi^{45}，“树枝”之“枝”读ki^{45}。肪p'ɔŋ^{21}，鼓出，胀，膨。饮am^{53}，软塌，稀软。

26. 竹仔

tit$^{121}_{21}$ tit^{121} ts'ɛ̃$^{45}_{33}$ ts'ɛ̃^{45} bueʔ$^{21}_{53}$ tu$^{53}_{45}$ t'ĩ^{45} io$^{23}_{33}$ io^{23} tsuaʔ$^{21}_{53}$ tsuaʔ^{21} ki$^{45}_{33}$ tsaŋ^{23} ts'ĩ^{45}

直直青青卜抵天，摇摇⿺辶瓜⿺辶瓜枝⿰木丛鲜。

tsiam$^{45}_{33}$ tsiam^{45} iu$^{21}_{53}$ iu^{21} gɛ$^{23}_{33}$ t'au^{23} tsĩ^{53} tan$^{33}_{21}$ tan^{33} kian$^{45}_{33}$ kian^{45} tik$^{21}_{5}$ kɔŋ^{53} ĩ^{23}

尖尖幼幼芽头茈，模模坚坚竹栱圆。

注释：卜，要，欲。摇⿺辶瓜，摇拽；⿺辶瓜，晃，摇。枝⿰木丛，植株。茈tsĩ^{53}，嫩，幼。模tan^{33}，硬，结实，如“模柴（红木，硬木）”等；坚模，结实。竹栱，竹筒。

27. 忆秦娥·漳州元宵暝

ian$^{45}_{33}$ hua^{45} kiɔk^{21} kuĩ$^{45}_{33}$ t'ĩ^{45} puã$^{21}_{53}$ kɔk^{21} kim$^{45}_{33}$ gin$^{23}_{33}$ bɔk^{121} kim$^{45}_{33}$ gin$^{23}_{33}$ bɔk^{121}

烟花踘，光天半廓金银沐。金银沐，

nã$^{53}_{45}$huan$^{23}_{33}$ts‘ɛ̃^{45}tɔk^{21} ts‘iɔ̃$^{33}_{21}$t‘ĩ^{45}k‘ui$^{45}_{33}$kiɔk^{21} mɛ̃$^{23}_{33}$tiŋ^{45}ts‘io^{33}nãʔ^{21}tiŋ$^{23}_{33}$

若繁星砻，像天开菊。 暝灯炤爁亭

tai$^{23}_{33}$kɔk^{21} muã$^{53}_{45}$ke^{45}iɔ̃$^{23}_{33}$bɛ^{53}hua$^{45}_{33}$tiŋ^{45}tsiɔk^{21} hua$^{45}_{33}$tiŋ^{45}tsiɔk^{21} tua$^{33}_{21}$laŋ^{23}

台阁，满街羊马花灯烛。花灯烛，大侬

tsui$^{21}_{53}$k‘iɔk^{21} kiã$^{53}_{45}$ɛ̃^{45}huan$^{45}_{33}$lɔk^{121}

醉曲，囝婴欢乐。

✍**注释**：踘kiɔk^{21}，猛踢，喷。光天半廓，照亮了半座城；光，亮。砻，掉，落。暝灯，夜灯。炤ts‘io^{33}，照，耀。爁nãʔ^{21}，闪，烁。囝，孩子。

28. 西江月·凤凰花

tu$^{53}_{45}$zuaʔ^{121}hua^{45}aŋ^{23}hue^{53}toʔ^{121} hua^{45}tɛʔ$^{21}_{53}$ki$^{45}_{33}$hioʔ^{121}hiã$^{23}_{33}$sio^{45} hioʔ^{121}ts‘ɛ̃^{45}

抵热花红火着，花硩枝箬熓烧。箬青

aŋ^{23}p‘ue^{21}k‘aʔ$^{21}_{53}$ts‘io$^{45}_{33}$tio^{23} lik$^{121}_{21}$hioʔ^{121}kap$^{21}_{5}$hua^{45}sio$^{45}_{33}$gio^{53} kuã^{23}kau^{21}

红配恰猏趒，绿箬佮花相睨。 寒遘

tɔk$^{21}_{5}$hua^{45}kui$^{45}_{33}$te^{33} aŋ$^{23}_{33}$hua^{45}sit$^{21}_{5}$sik^{21}k‘ue$^{23}_{33}$io^{45} hioʔ^{121}sui$^{23}_{33}$hɔŋ^{45}miã^{33}

砻花归地，红花失色瘸腰。箬随风命

su^{33}ts‘iu$^{45}_{33}$p‘io^{23} kɔ$^{45}_{33}$ts‘un^{33}ta$^{45}_{33}$ki^{45}io$^{23}_{33}$tio^{33}

似秋薸，孤恷焦枝摇佻。

✍**注释**：抵热，初夏，碰上天热；抵，遇。火着，火烧，燃烧。硩tɛʔ^{21}，压，轧。熓hiã^{23}，燃，烧。箬，树叶。恰猏趒，更突出，更显眼；恰，较，更；猏ts‘io^{45},（雄性）发情，好斗；趒，跳跃。佮kap^{21}/kaʔ^{21}，和，跟，与。相睨，互抛媚眼；睨，调情，抛媚眼。寒遘，冬天，到了冬天。瘸腰，折腰，有腰疾。薸

p‘io^{23}，浮萍。孤，仅，只，单。忖ts‘un^{33}，剩，余。燋枝，干树枝，枯枝。佻tio^{33}，颤，抖，动。

29. 五绝·静暝

ts‘iu^{53} ts‘un^{45} gɔ$^{33}_{21}$ tsai^{53} lo^{23} kau^{53} tiam^{33} pui$^{33}_{21}$ siã^{45} bo^{23}

手 伸 五 指 醪，狗 恬 吠 声 无。

t‘aŋ^{23} ki^{45} siã^{45} lɔŋ$^{53}_{45}$ am^{21} p‘iaʔ$^{21}_{53}$ kak^{21} u$^{33}_{21}$ laŋ^{23} to^{23}

虫 吱 声 拢 黯，僻 角 有 侬 啕。

注释：静暝，静夜。醪lo^{23}，混浊，不清，模糊。恬tiam^{33}，静，沉稳。拢，都，全。侬，人。啕，哭，泣。

30. 七律·茉莉颂

kiau$^{53}_{45}$ ho^{33} liŋ$^{45}_{33}$ zu^{53} pɛʔ$^{21}_{53}$ uan^{33} liŋ^{23} ts‘iŋ$^{45}_{33}$ sun^{23} bu$^{33}_{21}$ lɔ^{33} bo$^{23}_{33}$ ia^{45} iŋ^{45}

皎 皓 朧 乳 百 怨 宁，清 纯 雾 露 无 埃 塎。

hioʔ^{121} lun^{33} ki^{45} ts‘ɛ̃^{45} tɔk^{121} go^{33} liŋ^{53} hua^{45} pɛʔ^{121} lui^{53} kiat^{21} kɔ$^{45}_{33}$ tsi^{45} giŋ^{23}

箬 嫩 枝 青 独 傲 冷，花 白 蕊 洁 孤 脂 凝。

sim^{45} k‘iau^{53} pan^{33} sui^{53} t‘ĩ^{45} siŋ$^{23}_{33}$ tsiŋ^{53} m^{23} hɔk^{121} hua^{45} p‘aŋ^{45} te^{33} puʔ$^{21}_{53}$ hiŋ^{45}

芯 巧 瓣 水 天 成 种，莓 馥 花 芳 地 樸 馨。

ts‘iɔŋ$^{45}_{33}$ tsui^{53} p‘uã$^{33}_{21}$ tsui^{21} tsuã$^{45}_{33}$ tɛ$^{23}_{33}$ biŋ^{53} ts‘aʔ$^{21}_{53}$ hiŋ^{45} tsŋ$^{45}_{33}$ t‘au^{23} baŋ$^{33}_{21}$ pu$^{21}_{53}$ k‘iŋ^{23}

冲 水 伴 醉 煎 茶 茗，插 胸 妆 头 忘 富 穷。

✍ **注释**：䏻liŋ^{45}，乳汁，乳房。埃塕ia^{45} iŋ$^{45}_{33}$，塕埃，灰尘，尘大状；塕，扬尘。箬，叶子。[木暴]puʔ^{21}，长，冒出。

31. 好事近·**秋悔**

ts'iu$^{45}_{33}$ hɔ^{33} sa$^{53}_{45}$ siau$^{45}_{33}$ siau^{45} suaʔ$^{21}_{53}$ tiʔ$^{21}_{53}$ tiʔ^{21} ɔ$^{45}_{33}$ im^{45} ta^{21} kat$^{21}_{5}$ hin$^{33}_{21}$ bai^{23} t'o$^{23}_{33}$

秋雨洒潇潇，撒滴滴乌阴罩。结恨眉醄

t'o^{23} siɔ̃^{33} hit$^{121}_{21}$ hit^{121} sim$^{45}_{33}$ kuã^{45} la^{33} tue$^{21}_{53}$ bɔŋ$^{23}_{33}$ bɔŋ^{23} kau$^{53}_{45}$ uaʔ^{121} t'i^{45} sɛ̃^{45}

醄想，仡仡心肝摎。[走替]茫茫苟活痴生，

ut$^{21}_{5}$ ut^{21} sim$^{45}_{33}$ tŋ^{23} ka^{53} iã$^{23}_{33}$ puã$^{21}_{53}$ si^{21} k'ɔŋ$^{45}_{33}$ k'ɔŋ^{45} tɔ^{33} k'iat$^{121}_{21}$ k'iat^{121} bo$^{23}_{33}$ sɛ̃$^{45}_{33}$ tsa^{53}

郁郁心肠绞。赢半世空空度，竭竭无生早。

✍ **注释**：结眉，眉头皱，又说"眉结"。醄醄，呆呆的样子；醄t'o^{23}，呆，呆滞。仡hit^{121}，晃，动，摇。摎la^{33}，搅，翻抄，搅拌。[走替]tue^{21}，跟，从，仿，学。郁郁，郁闷，忧愁。心肠绞，愁肠翻绞。赢，多于，超过。半世，半辈子，大半辈子。空空，脑中无物状，傻，又单说"空k'ɔŋ^{45}"；读k'aŋ^{45}，空荡，空。度，度日子，熬日子。竭竭，什么也没有；竭k'iat^{121}，干，涸，无。无生早，（怪自己为什么）不早出生；无，不，没有。

32. 渔家傲·**南门溪倚暗仔**

ua$^{53}_{45}$ am^{21} aŋ$^{23}_{33}$ hɛ^{23} kuĩ^{45} si$^{21}_{53}$ suã^{21} ts'iaʔ$^{21}_{53}$ tsu^{45} suaʔ$^{21}_{53}$ ui$^{21}_{53}$ uĩ$^{23}_{33}$ suã^{45} t'uã^{21}

倚暗红霞光四散，赤珠撒偎圆山澶。

t'uã$^{45}_{33}$ tsui^{53} kun$^{53}_{45}$ aŋ^{23} hua^{45} tsi$^{53}_{45}$ tsã^{21} se$^{45}_{33}$ hiaŋ$^{21}_{53}$ ã^{21} hɔŋ$^{45}_{33}$ hun^{23} kuã$^{53}_{45}$ bɛ^{53} tsiã$^{23}_{33}$

滩水滚红花煮[斩灬]；西向映，风云赶马成

a$^{45}_{33}$mã^{53}　　k'e^{45}nɔ̃$^{33}_{21}$huã^{33}hɔŋ$^{45}_{33}$tsiŋ^{23}t'e$^{21}_{53}$uã^{33}　ts'ɛ̃$^{45}_{33}$t'ĩ^{45}huĩ^{33}k'uaʔ^{21}

阿嬷。　溪 两 岸 风 情 替 换， 青 天 远 阔

hun^{23}ui$^{23}_{33}$p'uã^{33}　k'uã^{45}kau$^{21}_{53}$pɔ^{33}laŋ^{23}tsun^{23}ai$^{21}_{53}$nuã^{21}　t'ĩ^{45}i$^{53}_{45}$uã^{21}　kan$^{45}_{33}$

云 为 伴， 宽 遘 埠 侬 船 爱 躝； 天 已 晏， 肩

t'au^{23}tioʔ$^{121}_{21}$sia$^{21}_{53}$ts'iŋ$^{45}_{33}$kin$^{45}_{33}$tã^{21}

头 着 卸 千 斤 担。

注释：倚暗，傍晚，黄昏，又说“倚暗仔”“卜暗仔”等。偎ui^{21}，介词，自，往。圆山，漳州老城外西南处之山丘名，应读uĩ^{23}（音黄），而非ĩ^{23}（音萦）。澶t'uã^{21}，原指水分四散，引伸繁衍，衍生。[illegible]tsã^{21}，水煮。映ã^{21}/ŋ^{21}，朝，向。风云赶马成阿嬷，云彩由马状变成老奶奶头状；嬷，祖母。宽遘埠，慢悠，缓慢到码头；宽k'uã^{45}，缓，又说“宽宽仔”。爱躝，得躺下，得歇息；爱，得，不得不；躝nuã^{21}，倒地，瘫。晏，迟，晚。着tioʔ^{121}，得，必须。

33. 天虹高·工夫茶佮壶盏

ho^{53}　tɛ^{23}to^{21}　p'aŋ$^{45}_{33}$hun^{45}ho^{33}　sik^{21}tɛ$^{23}_{33}$tsin^{45}t'o^{53}　zip$^{121}_{21}$ts'ui^{21}hun$^{45}_{33}$

好！茶 倒， 芳 薰 和， 色 茶 津 妥， 入 喙 芬

hiaŋ^{45}tio^{21}　tsiaʔ$^{121}_{21}$ho$^{53}_{45}$tɛ^{23}sim^{45}e$^{33}_{21}$tio^{33}　p'aŋ^{45}k'iŋ^{23}kut$^{121}_{21}$tsiʔ^{121}nã$^{23}_{33}$au^{23}tsio^{33}

香 钓； 食 好 茶 心 会 佻， 芳 琼 滑 舌 啉 喉 嗻。

o^{45}　piʔ^{21}ho^{23}　tsui$^{53}_{45}$tsuã^{53}ho^{23}　tɛ^{23}p'au^{21}kun$^{53}_{45}$sio^{45}　iu$^{23}_{33}$pɛ̃$^{23}_{33}$ts'ut$^{21}_{5}$kaŋ$^{33}_{21}$io^{23}

呵！鳖 豪， 水 盏 和， 茶 泡 滚 烧， 尤 平 出 共 窑；

ɔ^{23}au^{45}p'ue$^{21}_{53}$ts'in^{21}ts'io$^{45}_{33}$tio^{23}　un$^{33}_{21}$bi^{33}lau$^{23}_{33}$au^{23}pak$^{21}_{5}$tɔ^{53}so^{45}

壶瓯 配 衬 猗 越， 韵 味 留 喉 腹 肚 挲。

注释：茶倒，倒茶，斟茶。色茶津妥，茶汤色好看。入喙，入口，进嘴

巴；喙tsʻui^{21}，嘴巴。钓，释放（味等）。食茶，喝茶。佻tio^{33}，颤，抖。琼，保留，留存。咻候，喉咙。噍tsio^{33}，反刍，反复品味。呵o^{45}，夸奖，赞扬。甓piʔ^{21}，茶壶，壶类，如“尿甓（夜壶）”等。水盏，茶盏，茶杯。平pɛ̃^{23}，一样，同样，常说成“平平”。瓯，小杯。猬越，突出，跃然。腹肚，肚子。挲，抚摸。

闽南风情六咏（一）（五律）

34. 往过旧桥头

ke^{45} eʔ^{121} tʻaŋ$^{21}_{53}$ kio$^{23}_{33}$ tʻau^{23} tsʻiu^{33} kuan^{23} kʻam$^{21}_{53}$ kaŋ$^{53}_{45}$ tau^{45}
街 狭 逌 桥 头， 树 悬 冚 港 兜。

sio$^{45}_{33}$ hue^{45} tsʻu^{21} tsʻo$^{21}_{53}$ loʔ^{121} tsim$^{21}_{53}$ tsui^{53} tsiu^{45} pʻu$^{23}_{33}$ tʻau^{23}
烧 灰 厝 错 落， 浸 水 洲 浮 头。

lɔŋ$^{53}_{45}$ tsɛ̃^{23} hian$^{53}_{45}$ ku$^{33}_{21}$ iã^{53} lo$^{23}_{33}$ tsɔk^{121} pĩ$^{21}_{53}$ tsʻiŋ$^{45}_{33}$ lau^{23}
朗 晴 显 旧 影， 醪 浊 变 清 流。

tsun^{23} tʻiŋ^{23} hue^{21} tiã^{33} paŋ^{21} huã^{33} ua^{53} laŋ^{23} pʻɛ̃$^{45}_{33}$ kau^{45}
船 停 货 碇 放， 岸 倚 侬 攀 交。

注释：旧桥，于漳州城南门外的南门溪上，又叫“中山桥”，桥头接今香港路。街狭，指香港路狭。逌tʻaŋ^{21}，通，往。冚kʻam^{21}，遮，盖。烧灰，原南门溪中一小岛，上有一条巷子名“烧灰巷”。醪浊，混浊。攀交，交攀，交往，来往。

35. 公园底听讲古

tsʻiu$^{45}_{33}$ tsʻiŋ^{21} tiŋ$^{23}_{33}$ kĩ^{23} ta^{45} tsaʔ$^{121}_{21}$ kuĩ^{45} tsʻiŋ$^{23}_{33}$ tsʻiu^{33} kʻa^{45}
秋 凊 亭 墘 燋， 闸 光 榕 树 骹。

tua^{33} se^{21}tsiau$^{23}_{33}$ bo$^{23}_{33}$ kan^{53} kiã$^{53}_{45}$ ɛ̃^{45} kua$^{21}_{53}$ lau$^{33}_{21}$ tsa^{45}

大 细 缮 无 拣，团 婴 挂 老 查。

k'ɔk$^{121}_{21}$ t'ĩ^{45} koʔ$^{21}_{53}$ tua$^{21}_{53}$ te^{33} kɔŋ$^{53}_{45}$ hɔ^{53} iau$^{53}_{45}$ t'e$^{23}_{33}$ ba^{23}

嗑 天 佫 带 地，讲 虎 犹 提 猫。

laŋ$^{23}_{33}$ ts'io^{21} tue$^{21}_{53}$ laŋ$^{23}_{33}$ ts'io^{21} tsu$^{21}_{53}$ sin^{23} bak$^{121}_{21}$ hi^{33} ts'a^{23}

侬 笑 趱 侬 笑，注 神 目 耳 柴。

注释：秋瀓，凉快；瀓，凉，冷。亭墘，亭子边儿上；墘kĩ^{23}，边，沿。燋，干燥。闸tsaʔ^{121}，遮，挡。树骹，树下。大细，大人小孩，大小。缮tsiau^{23}，全，都。拣，挑，选。挂，连，并且。老查，老妇；查，源自“查某（女人）”。佫，又，还。猫ba^{23}，野猫，猞猁。趱tue^{21}，跟，从，学。注神，专注，投入，入神。目，眼睛。柴，呆滞，木讷状。

36. 漳州地名

p'aʔ$^{21}_{53}$ taŋ^{23} taŋ^{23}k'iam$^{21}_{53}$siã^{45} p'aʔ$^{21}_{53}$siaʔ^{21} siaʔ^{21} bo$^{23}_{33}$ k'i^{21}

拍 铜 铜 欠 声，拍 锡 锡 无 器。

tuan$^{33}_{21}$ ua^{45} kɔŋ$^{53}_{45}$ tian$^{33}_{21}$ hua^{45} taŋ$^{45}_{33}$ bue^{53} pĩ$^{21}_{53}$ taŋ$^{45}_{33}$ bi^{53}

断 蛙 讲 电 花，东 尾 变 东 美。

ts'an$^{23}_{33}$ huĩ^{23}ts'aŋ^{45} muã$^{53}_{45}$huĩ^{23} iaŋ$^{53}_{45}$ tsi^{53} niãu^{53}t'iam$^{45}_{33}$ts'i^{53}

塍 园 苍 满 园，仰 止 鸟 添 鼠。

ts'an$^{23}_{33}$ ɛ^{33} ke$^{53}_{45}$ tian$^{23}_{33}$ hɛ^{23} gu$^{23}_{33}$ u^{45} tɔŋ$^{21}_{53}$ gi$^{33}_{21}$ si^{53}

塍 下 改 田 霞，牛 污 当 御 使。

注释：拍铜，打铜街，于原漳州旧城东门外，东西走向。拍锡，打锡巷，于原漳州旧城东门城门附近，南北向，与原城濠沟（今新华南路）并行。断蛙，原名“断蛙池”，于今延安南路，被俗称作“电花池”。东美，即制作“东美糕

（花生糕）”之“东美”，原名“东尾”。塍园，田园，即今“苍园”，原是漳州东湖淤塞后变成的田园。仰止，芝山上的仰止亭，被俗称“鸟鼠仔亭”，于漳州旧城西北角芝山上。塍下，即田之下，于今新华东路与打锡巷之间，今改称“顶田霞”。牛污，牛屎，原城内御使巷，被称作“牛屎巷”，是“御使”原读gu$^{33}_{21}$sai^{53}与“牛屎gu$^{23}_{33}$sai^{53}”几近同音所致。

37. 西江月・**澹暝露**

zuaʔ^{121}am^{21}ho$^{23}_{33}$k‘e^{45}sĩʔ$^{21}_{53}$nãʔ^{21}　ts‘ɛ̃^{45}kuĩ^{45}nĩʔ$^{21}_{53}$bak^{121}tsio$^{45}_{33}$hɔ^{45}　kap$^{21}_{5}$i^{45}
热　暗 河 溪 闪 爁，　星 光 睭 目　招 呼。佮 伊

siaŋ$^{45}_{33}$tse^{33}ti$^{33}_{21}$kuan$^{23}_{33}$pɔ^{45}　bo$^{23}_{33}$kɔŋ$^{53}_{45}$ua^{33}mɛ̃^{23}ho$^{53}_{45}$tɔ^{33}　kuan$^{45}_{33}$tsui$^{53}_{45}$tɔk^{21}
双　坐 伫　悬 埔，无 讲　话 暝 好 度。　观　水　蠹

pue$^{45}_{33}$iã$^{23}_{33}$hue^{53}　t‘iã$^{45}_{33}$kap$^{21}_{5}$kuai^{45}kio$^{21}_{53}$siã^{45}ts‘ɔ^{45}　p‘ĩ$^{33}_{21}$hua^{45}p‘aŋ^{45}ts‘au$^{53}_{45}$un^{33}
飞 萤 火，　听　蛤　蜅　叫 声　粗。鼻 花　芳　草　韵

sin^{45}sɔ^{45}　tsai$^{45}_{33}$ia$^{33}_{21}$k‘i^{21}tam$^{23}_{33}$mɛ̃$^{23}_{33}$lɔ^{33}
身 酥，知 夜 气 澹 暝 露。

注释：热暗，夏夜。河溪，银河。闪爁，闪烁，闪电。睭目，眨眼，眨巴。佮kap^{21}/kaʔ^{21}，和，与。伫ti^{33}，在，于。悬埔，高处；埔，相对的高地。暝mɛ̃^{23}，夜晚。水蠹tsui$^{53}_{45}$tɔk^{21}，萤火虫。蛤蜅，蝌蚪，蛙类。鼻，闻，嗅。芳，香，芬芳。身酥，身子酥软，舒坦状。澹tam^{23}，潮，湿。暝露，夜露。

38. 五绝・**播塍**

pɔ$^{21}_{53}$ts‘an^{23}ai$^{21}_{53}$tit$^{121}_{21}$tsua^{33}　k‘a$^{45}_{33}$pɔ^{33}siɔ̃$^{33}_{21}$i^{45}sua^{53}
播 塍 爱 直　逝，　骹 步 想 伊 徙。

nã$^{53}_{45}$kiã^{23}nã$^{53}_{45}$t‘e$^{21}_{53}$pĩ^{45} tit^{121}kaʔ$^{21}_{53}$laŋ^{33}lai$^{23}_{33}$ua^{53}
若行若退边，直呷侬来倚。

注释：播塍，播秧，插秧；塍ts‘an^{23}，田，稻田（旱地称“园”）。爱，得，必须。直迣，直行，直排；迣，行（háng），趟。骹步，脚步，步子；骹k‘a^{45}，腿，脚。徙，移动。直，一直，直接。呷侬来倚，跟人家靠近；呷kaʔ^{21}，把，跟。

39. 阮郎归·几迻骄

siɔ̃$^{21}_{53}$hua$^{45}_{33}$m^{23}tsap$^{121}_{21}$lak^{121}hɔŋ$^{23}_{33}$kiau^{45} hua^{45}k‘ui^{45}iau$^{53}_{45}$k‘aʔ$^{21}_{53}$ziau^{23} k‘uã$^{21}_{53}$
相花莓十六癀娇，花开犹恰娆。看

ki$^{45}_{33}$ua^{45}zi$^{33}_{21}$peʔ^{21}ts‘io$^{45}_{33}$tsiau^{23} ki^{45}sɛ̃^{45}e$^{33}_{21}$kiŋ$^{21}_{53}$liau^{23} hua^{45}k‘eʔ^{21}sia^{33}
枝桠二八猜缯，枝生会更撩。花瞑谢，

hioʔ^{121}pɔ^{45}ziau^{23} zin$^{23}_{33}$siŋ^{45}kui$^{53}_{45}$mãi^{53}kiau^{45} laŋ$^{33}_{21}$ŋiãu^{45}ts‘ia$^{45}_{33}$puaʔ^{121}zit^{121}
箬痡皺，人生几迻骄？弄蛲车跋日

mɛ̃^{23}siau^{45} uan$^{45}_{33}$tsiɔŋ^{45}ta$^{53}_{45}$ui^{33}p‘iau^{45}
暝消，完终底位飘？

注释：相，注视。花莓，花苞。癀hɔŋ^{23}，炫耀。恰，更，还。猜ts‘io^{45}，炫耀，显摆。缯tsiau^{23}，匀称，均匀。瞑k‘eʔ^{21}，闭眼。箬，叶子。痡pɔ^{45}，枯，朽。皺ziau^{23}，皱巴。迻mãi^{53}，次，回。蛲ŋiãu^{45}，痒；弄蛲，逗弄，撩事儿，没事找事。车跋，折腾。暝，夜。

40. 菩萨蛮·拗扇

k‘ui$^{45}_{33}$siu^{45}au$^{53}_{45}$sĩ^{21}sim$^{45}_{33}$t‘au$^{23}_{33}$tĩ^{33} siaŋ$^{45}_{33}$hua^{45}tui$^{21}_{53}$tsiau^{53}tɔ$^{23}_{33}$tiɔŋ^{45}kĩ^{21}
开收拗扇心头滇，双花对鸟图中见。

k‘uã$^{21}_{53}$ sĩ^{21} p‘ĩ$^{33}_{21}$ i^{45} p‘aŋ^{45} baŋ^{33} tso$^{21}_{53}$ pu^{23} i$^{45}_{33}$ laŋ^{23} siɔ̃$^{33}_{21}$ i^{45} bak$^{121}_{21}$ sai^{53} tɔk^{21}

看扇鼻伊芳，梦做埒伊侬。想伊目屎砮，

ts‘it$^{21}_{5}$ ta^{45} tsiaʔ$^{21}_{53}$ tsai$^{45}_{33}$ hɔk^{21} siau$^{21}_{53}$ liam^{33} u$^{33}_{21}$ ho$^{53}_{45}$ si^{23} kã$^{23}_{33}$ kiã^{53} tso$^{21}_{53}$ tsit$^{121}_{21}$ pi^{23}

拭燋则知福。数念有好时，含团做一草。

注释：拗扇，折扇。滇tĩ^{33}，满，溢。鼻，闻，嗅。芳，香。做埒，聚伙，在一起；埒，小丘。目屎，眼泪，泪水；眼眵谓“目屎膏”。砮，掉，落。拭ts‘it^{21}，擦，抹。燋ta^{45}，干，燥。数念，想，想念。好时，好时机，好日子。含团，生孩子，连带孩子。做一草，成串，成挂；草pi^{23}，一串香蕉之量词，如“一草蕉”（一根香蕉说“一子蕉”；直接从香蕉植株上割下来成挂的叫“一弓蕉”）。

41. 七律·漳平山羊隔

suã$^{45}_{33}$ hɔŋ^{45} hɔŋ$^{45}_{33}$ tiã^{45} k‘ia$^{33}_{21}$ ts‘u$^{21}_{53}$ t‘ɛʔ^{121} hun$^{23}_{33}$ bu^{33} bu$^{33}_{21}$ tiŋ^{53} suã$^{45}_{33}$ iɔ̃$^{23}_{33}$ kɛʔ^{21}

山峰峰巅徛厝宅，云雾雾顶山羊隔。

tsit$^{121}_{21}$ zit^{121} suã$^{45}_{33}$ k‘a^{45} pɛʔ$^{21}_{53}$ kau$^{21}_{53}$ tsiam^{45} kiŋ$^{45}_{33}$ nĩ^{23} sia$^{33}_{21}$ te^{53} sɔ$^{45}_{33}$ laŋ$^{23}_{33}$ k‘ɛʔ^{21}

一日山骹跖遘尖，经年社底疏侬客。

suã^{45} liŋ^{53} tsai$^{45}_{33}$ niɔ̃^{23} tsiŋ$^{21}_{53}$ mĩʔ^{121} lan^{23} ts‘u^{21} kuan^{23} tsio$^{21}_{53}$ suã^{21} tsiau$^{23}_{33}$ k‘a^{45} pɛʔ^{21}

山冷栽粮种物难，厝悬借线缯骹跖。

gin$^{53}_{45}$ a^{53} lau^{33} e^{21} bo$^{23}_{33}$ sin$^{45}_{33}$ sɛ̃^{45} tsa$^{23}_{33}$ bɔ^{53} gau$^{23}_{33}$ laŋ^{23} lɔŋ$^{53}_{45}$ tsau$^{53}_{45}$ t‘ɛʔ^{21}

囝仔老兮无先生，查某势侬拢走澈。

注释：山羊隔，是福建省漳平县南部山区的一个畲族村寨，属桂林乡。徛厝，住房，居屋；徛，站，居住。山骹，山脚。跖pɛʔ^{21}，爬，登。遘，到，抵。尖，山尖儿，山顶。社底，村里。侬客，客人。悬，高。缯tsiau^{23}，都，全。骹，腿，脚。囝仔，孩子。老兮，老人。先生，医生，教师。查某，女人，女性。势侬，

能人，有本事者；勢gau^{23}，能，贤。拢，都，全。澈，光，净。该诗指过去的状况。

42. 七绝·谁恰怜

hua^{45}kiau^{45}hioʔ^{121}tsĩ^{53}k‘an^{45}i$^{53}_{45}$lian^{23} lian^{23}k‘iau^{53}ho^{23}p‘aŋ^{45}zia$^{53}_{45}$laŋ$^{23}_{33}$hian^{23}

花娇箬芷牵漪涟，莲巧荷芳惹侬眩。

tsi$^{53}_{45}$kɔŋ^{53}muã$^{53}_{45}$bak^{121}kuã^{23}si^{23}pɔ^{53} t‘i$^{45}_{33}$giŋ^{23}tsan$^{23}_{33}$ki^{45}tsua^{23}k‘aʔ$^{21}_{53}$lian^{23}

只讲满目寒时脯，痴凝残枝谁恰怜？

注释：箬芷，叶子幼嫩；芷，嫩。脯，干皱，干巴。恰，更，还。

43. 忆秦娥·白茉莉

ts‘iŋ$^{45}_{33}$sin^{45}t‘uat^{21} hua$^{45}_{33}$sin^{45}pɛʔ$^{121}_{21}$siat^{21}kiau^{45}zu$^{23}_{33}$suat^{21} kiau^{45}zu$^{23}_{33}$suat^{21}

清新脱，花身白晰娇如雪。娇如雪，

kiat^{21}ui$^{23}_{33}$sian$^{45}_{33}$puat^{121} kiau^{53}zu$^{23}_{33}$ts‘iu$^{45}_{33}$guat^{121} ham$^{23}_{33}$hun^{45}tua$^{21}_{53}$lɔ^{33}hua$^{45}_{33}$

洁为仙妭，皎如秋月。含芬带露花

sim^{45}bat^{121} hiaŋ^{45}iu^{45}tiau$^{23}_{33}$pak^{21}p‘aŋ$^{45}_{33}$hun^{45}buat^{121} p‘aŋ$^{45}_{33}$hun^{45}buat^{121} si^{21}

心密，香幽着腹芳薰茉。芳薰茉，世

bo$^{23}_{33}$laŋ$^{23}_{33}$tuat^{121} iŋ$^{53}_{45}$t‘uĩ^{33}bu$^{23}_{33}$tsuat^{121}

无侬夺，永传无绝。

注释：仙妭，仙女。着腹，着身子，上身。

闽南小吃四绝（五绝）

44. 四果汤

tsioʔ$^{121}_{21}$ hua^{45} pɛʔ$^{121}_{21}$ bɔk$^{121}_{21}$ zi^{53} ts‘an$^{23}_{33}$ ts‘au^{53} aŋ$^{23}_{33}$ lian$^{23}_{33}$ tsi^{53}

石　花　白　木　耳，　 塍　草　红　莲　子。

sŋ̍^{45} a^{53} lam$^{33}_{21}$ tĩ$^{45}_{33}$ t‘ŋ^{45} siaŋ$^{33}_{21}$ ts‘io^{45} a$^{45}_{3}$ tak$^{21}_{5}$ tsi^{53}

霜　仔　滥　甜　汤，　上　猜　阿　䅣　籽。

注释：四果汤，又称“漳州四果汤”，夏季冷食甜点；原只有塍草（凉粉）、莲子、白木耳和阿䅣籽（木薯粉类制成的Q弹粉红色食物）等四种东西，外加霜仔水（熬制冰糖的附产品）而成，后被人加上各种水果丁等，已成“杂果汤”了。石花，琼脂，成品透明几乎无色，常与塍草黑搭成黑白二对比。滥，搀和。上猜，最威风，最猛；上，顶，最；猜，(雄性）发情。四果汤中最灵魂之物是阿䅣籽和霜仔水。

45. 白糖葱

t‘ŋ^{23} tŋ^{23} ts‘iɔ̃$^{33}_{21}$ pɛʔ$^{121}_{21}$ ts‘aŋ^{45} k‘a$^{21}_{53}$ kueʔ^{121} uã$^{33}_{21}$ sɛ̃$^{45}_{33}$ taŋ^{23}

糖　长　像　白　葱，　敲　橛　换　铣　铜。

ke$^{45}_{33}$ haŋ^{33} tãi^{45} tãi^{45} hiaŋ^{53} tɔ^{33} sim^{45} ŋiãu^{21} ŋiãu^{21} t‘aŋ^{23}

街　巷　镫　镫　响，　肚　心　䞞　䞞　虫。

注释：敲橛，敲成一段；橛，段，节。铣，生铁。䞞ŋiãu^{21}，蠕动。

46. 蔴糍

p‘ue^{23} tsiŋ^{45} tsut$^{121}_{21}$ bi$^{53}_{45}$ tiu^{33} gua^{33} nuĩ^{53} lai^{33} sɔ$^{45}_{33}$ k‘iu^{33}

皮 舂 秫 米 粙，外 软 内 酥 軥。

muã$^{23}_{33}$ tsi^{23} tsiaŋ^{45} pun$^{53}_{45}$ tsiu^{45} liap$^{121}_{21}$ liap^{121} sioʔ$^{21}_{53}$ kiŋ$^{45}_{33}$ ts‘iu^{53}

蔴 糍 漳 本 州，粒 粒 惜 经 手。

注释：蔴糍，糯米糍，外伴花生粉或芝蔴粉或豆粉等，内包炸蛋面酥，内脆外Q弹，得现包现吃，否则内馅受潮便不酥脆。外皮糯米得反复舂揉，得以软而有弹性。秫米，糯米。粙tiu^{33}，水稻。軥k‘iu^{33}，富弹性，有韧性。惜经手，每个蔴糍均手工现做。

47. 呯米芳

ɔ$^{45}_{33}$ tsut^{21} t‘iʔ$^{21}_{53}$ hɔ$^{23}_{33}$ lɔ^{23} seʔ$^{121}_{21}$ k‘uan^{23} ui$^{21}_{53}$ t‘uã$^{21}_{53}$ lɔ^{23}

乌 捽 铁 葫 芦，踅 环 煨 炭 炉。

to$^{53}_{45}$ loʔ^{121} se$^{21}_{53}$ k‘ã$^{45}_{33}$ bi^{53} pɔŋ^{33} lai^{23} tsiaʔ$^{121}_{21}$ puã$^{21}_{53}$ pɔ^{45}

倒 落 细 坩 米，呯 来 食 半 晡。

注释：呯米芳，爆米花。乌捽，黑漆，黑。踅环，转圈，又“踅圆环”。细坩，小砵头；坩，砵，瓦盆。呯，爆米花响，或爆。食半晡，吃半天；晡pɔ^{45}，午，如“下晡（下午），顶晡（上午）”等。

48. 七绝·往过担蚵仔担

uĩ^{53} niã^{53} iu$^{23}_{33}$ ko^{45} hun$^{53}_{45}$ pit$^{21}_{5}$ hu^{45} bak$^{121}_{21}$ kiã^{21} t‘iap$^{21}_{5}$ pɔ^{21} io^{45} ku$^{45}_{33}$ ku^{45}

䘼 领 油 膏 粉 笔 烌，目 镜 贴 布 腰 痀 痀。

t‘iʔ$^{21}_{53}$ pit^{21} t‘e$^{45}_{33}$ hiŋ^{45} nuã$^{33}_{21}$ bue^{53} p‘un^{21}　tsit$^{121}_{21}$ ku^{21} kɔŋ$^{53}_{45}$ tsap^{121} lo$^{23}_{33}$ kui$^{45}_{33}$ tu^{45}

铁笔躧胸㘓尾喷，一句讲十啰归堆。

注释：[illegible]衤免，衣袖，袖子。烌hu^{45}，灰，烬。目镜，眼镜。贴布，胶布，粘布。腰痀痀，驼背状，痀瘘状。铁笔，钢笔。躧t‘e^{45}，倚，靠。㘓尾，唾沫星子；㘓，口水。啰，啰嗦。归堆，一大堆。担蚵仔担，中小学老师。往过，过去。

49. 浣溪沙·玉兰花

hua$^{45}_{33}$ lui^{53} uĩ$^{23}_{33}$ sim^{45} pɛʔ$^{121}_{21}$ hɔ$^{33}_{21}$ p‘aŋ^{23}　m^{23} k‘ui^{45} huan^{23} k‘e^{21} biʔ$^{21}_{53}$ ts‘iu$^{33}_{21}$ tsaŋ^{23}

花蕊黄心白护篷，莓开还睓觅树松。

iau$^{53}_{45}$ uĩ^{45} i^{45} tiam$^{33}_{21}$ tiam^{33} hua$^{45}_{33}$ paŋ^{23}　ts‘ɛ̃$^{45}_{33}$ hioʔ^{121} hai^{45} gau$^{23}_{33}$ sɛ̃^{45} tsaʔ$^{121}_{21}$ p‘aŋ^{33}

犹抰伊恬恬花房。青箬奒勢生闸缝，

hua$^{45}_{33}$ m^{23} tsio$^{53}_{45}$ kĩ^{21} t‘iaʔ$^{21}_{53}$ hua$^{45}_{33}$ tsaŋ^{45}　kau$^{21}_{53}$ tsɛ̃$^{23}_{33}$ mɛ̃^{23} siaŋ$^{33}_{21}$ tian$^{53}_{45}$ iu$^{45}_{33}$ p‘aŋ^{45}

花莓少见拆花鬃，遘晴暝上展幽芳。

注释：莓，花苞。睓k‘e^{21}，闭眼，合眼。觅biʔ^{21}，躲，闪，避。树松，树，植株。抰uĩ^{45}，掩，遮。恬恬，安静状。箬，叶子。奒hai^{45}，巨，大。勢生，茂盛，长得好。闸，遮，挡。拆花鬃，花瓣张开。遘kau^{21}，到，达。晴暝，晴夜，无雨之夜。上，最，顶。

50. 五绝·春天塍岸顶

ts‘un^{45} kau^{21} ts‘iŋ$^{45}_{33}$ t‘ɔ$^{23}_{33}$ ts‘ɛ̃^{45}　si^{23} lai^{23} ban$^{33}_{21}$ but^{121} sɛ̃^{45}

春遘千涂青，时来万物生。

ŋɔ̃$^{53}_{45}$ ts'ai^{53} sui$^{23}_{33}$ ts'ɛ̃^{45} laŋ^{33}　tsiŋ$^{23}_{33}$ tɛ̃^{45} taʔ$^{121}_{21}$ au$^{33}_{21}$ tɛ̃^{45}

五彩随青弄，前跁踏后跁。

注释：塍岸顶，田埂上；塍ts'an^{23}，田，稻田。涂，泥，土。跁tɛ̃^{45}，脚跟。

51. 踏莎行·追君累

zuaʔ^{121} kue^{21} siu$^{45}_{33}$ tso^{23}　ts'iu^{45} lai^{23} am$^{21}_{53}$ tip^{121}　t'ĩ^{45} kuan^{23} te$^{33}_{21}$ sɔŋ^{53} ta^{45} bo$^{23}_{33}$ sip^{21}

热过收嘈，秋来黯蛰，天悬地爽燋无湿。

su$^{45}_{33}$ i^{45} lui^{33} tɔk^{21} muã$^{53}_{45}$ sã^{45} tam^{23}　ts'iau$^{45}_{33}$ laŋ^{23} tsai^{53} tiʔ^{21} kui$^{45}_{33}$ sin^{45} gip^{121}

思伊泪砮满衫澹，抄侬滓滴归身岌。

ts'iu^{33} tsuaʔ^{21} hɔŋ^{45} ts'uĩ^{45}　hua^{45} io^{23} hɔ^{33} k'ip^{21}　tui$^{45}_{33}$ kun^{45} tsu$^{33}_{21}$ kɔ^{53} su$^{45}_{33}$ lan^{23} tsip^{21}

树迊风穿，花摇雨泣，追君自古殊难缉。

t'ĩ^{45} k'aŋ^{45} te^{33} k'ɔŋ^{21} ts'un$^{33}_{21}$ uan$^{23}_{33}$ hun^{23}　laŋ^{23} siau^{45} iã^{53} si^{21} i$^{23}_{33}$ kɔ$^{45}_{33}$ lip^{121}

天空地旷忖统云，侬消影逝余孤立。

注释：热过，夏天过了；热，夏天。嘈tso^{23}，吵闹，烦。黯蛰，虫子们都消声/失。悬，高，高处。燋ta^{45}，干，燥。砮tɔk^{21}，掉，落。澹tam^{23}，潮，湿。抄侬，找人，到处寻人。滓tsai^{53}，眼泪，又说“目滓、目屎”。归身岌，浑身上下都颤动；岌，摇，抖。迊tsuaʔ^{21}，抖动，颤动。缉，追，逐。忖ts'un^{33}，剩，余。统uan^{23}，团，块，量词。侬，人，他。余，剩，我。

52. 菩萨蛮·肿甲花

mɛ̃$^{23}_{33}$ huĩ^{45} am$^{21}_{53}$ bɔŋ^{45} i^{45} laŋ^{23} iak^{21}　sã$^{45}_{33}$ k'a^{45} nɔ̃$^{33}_{21}$ pɔ^{33} ts'ɛ̃$^{45}_{33}$ kɔŋ^{23} siak^{21}

暝昏暗摸伊侬约，三骹两步青狂摔。

kin$^{53}_{45}$tsiaʔ^{121} mɛ̃^{53} sã^{45} p‘ua^{45} sio$^{45}_{33}$hue^{33}tsiŋ$^{53}_{45}$kap$^{21}_{5}$ hua^{45} ka$^{33}_{21}$tun^{23}k‘aŋ$^{21}_{53}$

紧食猛衫帔，相会肿甲花。咬唇控

tsiŋ$^{53}_{45}$kap^{21} si^{23}ku^{53}bo$^{23}_{33}$laŋ$^{23}_{33}$ts‘ap^{21} tsit$^{121}_{21}$pak^{21}tĩ$^{33}_{21}$hua^{45}p‘aŋ^{45} puã$^{21}_{53}$mɛ̃^{23}

肿甲，时久无侬插。一腹滇花芳，半暝

k‘aŋ$^{45}_{33}$tan$^{53}_{45}$laŋ^{23}

空等侬。

注释：肿甲花，指甲花，灌木，非凤仙花，花白蟹爪状，极香。暝昏，晚上。暗摸，黑，暗。骹k‘a^{45}，脚，腿。青狂，匆忙，急匆。紧食，吃食快。猛，快，迅猛。衫帔，帔衫，披衣；帔p‘ua^{45}，晾，披。控肿甲，抠指甲（因无聊或紧张等）；肿甲，手指甲，脚趾甲。无侬插，没人理睬；插，读ts‘ap^{21}，理，睬，读ts‘aʔ^{21}，插。滇tĩ^{33}，满，溢。芳，香。半暝，半夜。

53. 七律 • 乡社学堂仔

sia$^{33}_{21}$ pĩ^{45} e$^{53}_{45}$ ts‘u^{21}ts‘an$^{23}_{33}$kĩ$^{23}_{33}$ p‘aŋ^{23} u$^{33}_{21}$ k‘aŋ^{45}bo$^{23}_{33}$ le^{23} tiŋ$^{21}_{53}$tsua$^{53}_{45}$paŋ^{45}

社边矮厝塍墘篷，有空无璃钉纸枋。

ts‘au$^{21}_{53}$kuã^{33}zuaʔ^{121}kau^{21}haŋ^{45}ts‘uĩ$^{45}_{33}$tsau^{21} pak$^{21}_{5}$ hɔŋ^{45} kuã$^{23}_{33}$ t‘ĩ^{45} suaʔ$^{21}_{53}$t‘au$^{21}_{53}$ t‘aŋ^{45}

臭汗热遘烘穿灶，北风寒天撒透窗。

kaʔ$^{21}_{53}$ leʔ^{121}hɔ^{33} loʔ^{121}tsaŋ$^{45}_{33}$sui^{45} tsaʔ^{121} ts‘iŋ$^{21}_{53}$k‘i^{21}ts‘iu^{45} lai^{23} iau$^{53}_{45}$ sɔŋ$^{53}_{45}$ taŋ^{45}

甲笠雨落棕簑闸，瀞气秋来犹爽冬。

ho$^{53}_{45}$ t‘ĩ^{45} iŋ$^{45}_{33}$ ia^{45} si$^{21}_{53}$ ui^{33}ts‘iaʔ^{21} ts‘iŋ$^{33}_{21}$ hɔ^{33} k‘aŋ$^{21}_{53}$ te^{33} t‘ɔ$^{23}_{33}$ mãi^{23} aŋ^{23}

好天塕埃四位赤，蹭雨空地涂糜红。

注释：乡社，农村，乡村。学堂仔，小学校。社边，村边。厝，房子。

塍墘，田边；墘kĩ^{23}，边，沿。篷，竹棚，茅草棚。有空，墙上打了洞。无璃，没有玻璃。纸枋，纸皮，黄纸板。热遭，夏天，热天。烘，烘烤。寒天，冬天，冷天。撒，刮（风）。甲笠，斗笠。落雨，下雨。棕簑，棕毛制防雨具，披在身上。闸tsaʔ^{121}，挡，遮。凊气，凉风；凊ts‘iŋ^{21}，凉，冷。冬，季，年。好天，晴天。坱埃iŋ$^{45}_{33}$ia^{45}，扬灰尘，灰尘大。四位，到处，周围。蹭ts‘iŋ^{33}，遇，逢。涂縻，泥浆。

闽南文化四叹（七绝）

54. 闽南本地调仔

hiŋ$^{23}_{33}$k‘iaŋ^{45}tue$^{21}_{53}$ tiau^{33}pun$^{45}_{33}$kuan$^{23}_{33}$kɛ^{33} siɔk$^{121}_{21}$t‘ɔ^{53} siã$^{45}_{33}$ au^{23} un$^{33}_{21}$ bi^{33} kɛ^{45}

行 腔 趯 调 分 悬 下，俗 土 声 喉 韵 味 佳。

tsɔŋ^{23} t‘iŋ^{23} k‘i^{53} loʔ^{121}ban$^{23}_{33}$lam$^{23}_{33}$ tsiŋ^{53} liam^{33}ts‘iɔ̃^{21}t‘ɔ$^{23}_{33}$ im^{45} bo$^{23}_{33}$tsiau$^{53}_{45}$ gɛ^{23}

趂 停 起 落 闽 南 种，念 唱 涂 音 无 鸟 牙。

注释：趯tue^{21}，跟，从，学。悬，高。下kɛ^{45}，低。趂tsɔŋ^{23}，冲，奔。涂，泥，土。鸟牙，说空话。

55. 漳州锦歌

kim$^{53}_{45}$kua^{45}lam$^{23}_{33}$tsiu^{45}pun$^{53}_{45}$te$^{33}_{21}$tiau^{33} kua$^{45}_{33}$a^{53}t‘ɔ$^{53}_{45}$ua^{33}au$^{23}_{33}$k‘iaŋ^{45}biau^{33}

锦 歌 南 州 本 地 调，歌 仔 土 话 喉 腔 妙。

sam$^{45}_{33}$hian^{23}k‘im^{23}siau^{45}iau$^{53}_{45}$tik$^{21}_{5}$pe^{45} kɔ$^{53}_{45}$bi^{33}ku$^{33}_{21}$un^{33}ham$^{23}_{33}$liŋ$^{23}_{33}$k‘iau^{53}

三 弦 琴 箫 犹 竹 杯，古 味 旧 韵 含 灵 巧。

注释：南州，漳州另名。歌仔，小调，歌曲。竹杯，竹板。

56. 闽南语格律诗词

ua^{33} tit^{121} gi^{53} siɔk^{121} si^{45} bo$^{23}_{33}$ siɔk^{121} zi^{33} t‘ɔ^{53} su^{23} ts‘ɛ̃^{45} i^{21} put$^{21}_{5}$ ziɔk^{121}

话 直 语 俗 诗 无 俗， 字 土 词 生 意 不 弱。

k‘a^{45} taʔ^{121} t‘ɔ$^{23}_{33}$ mãi^{23} gu$^{23}_{33}$ sai^{53} p‘aŋ^{45} pɛ̃$^{23}_{33}$ tsɛʔ^{21} kɛʔ$^{21}_{53}$ lut^{121} pun$^{45}_{33}$ ts‘iŋ$^{45}_{33}$ tsɔk^{121}

骹 踏 涂 糜 牛 屎 芳， 平 仄 格 律 分 清 浊。

注释：骹，脚。涂糜，泥土，泥浆。芳，香，芬芳。

57. 东山大岞方言

kɔŋ$^{53}_{45}$ ua^{33} ts‘it$^{21}_{5}$ tiau^{33} ban$^{23}_{33}$ lam$^{23}_{33}$ pik^{121} ti^{53} ti^{21} ti^{45} ti^{23} ti^{33} tik^{21} tik^{121}

讲 话 七 调 闽 南 白， 砥 致 猪 除 治 的 直。

siã$^{45}_{33}$ tiau^{33} tua$^{33}_{21}$ suã^{53} taŋ$^{45}_{33}$ suã^{45} hi^{45} kaŋ$^{33}_{21}$ siã^{45} ti^{45} ti^{23} bin$^{53}_{45}$ t‘ɔ^{53} kik^{121}

声 调 大 岞 东 山 稀， 共 声 猪 除 闽 土 极。

注释：大岞村，位于漳州属东山县西南。七调，普通话声调有四个，闽南话都有七个调，但大岞话只有六个声调。闽南白，闽南土话。猪除砥致治的直，闽南语ti音节之七种不同读法，“的，直”是入声字。东山大岞话里阴平与阳平同调，即“猪”与“除”读同调。

58. 五绝·杨桃花

ian$^{45}_{33}$ tsi^{45} aŋ$^{23}_{33}$ hun$^{53}_{45}$ hua^{45} iu$^{21}_{53}$ iu^{21} tiau$^{21}_{53}$ kui$^{45}_{33}$ p‘a^{45}

胭 脂 红 粉 花， 幼 幼 吊 归 葩。

kiat$^{21}_{5}$ ts'ɛ̃^{45} ko^{53} gɔ$^{33}_{21}$ liam^{33} muã$^{53}_{45}$ ts'iu^{33} iɔ̃$^{23}_{33}$ t'o$^{23}_{33}$ ua^{45}
结 星 果 五 稔， 满 树 杨 桃 桠。

注释：杨桃花多粉红、胭脂两色。幼，细小。归葩，成串，成挂。五稔，五角，如"五稔星（五角星）、杂稔瓜（多棱丝瓜）"等。

59. 西江月·寒暝

laʔ$^{121}_{21}$ gueʔ^{121} to$^{45}_{33}$ hɔŋ^{45} su^{21} hau^{53} pau$^{45}_{33}$ k'a^{45} pak$^{121}_{21}$ tsaŋ^{21} uĩ$^{45}_{33}$ t'au^{23} am$^{33}_{21}$
腊 月 刀 风 哦 吼， 包 骹 缚 粽 挟 头。 领
ui^{23} k'ɔ$^{45}_{33}$ tau^{33} ts'iŋ$^{33}_{21}$ mĩ$^{23}_{33}$ kau^{23} sio$^{45}_{33}$ bu^{33} ui$^{21}_{53}$ aŋ$^{23}_{33}$ tun^{23} t'au^{53} sio$^{45}_{33}$ ua$^{53}_{45}$
围 箍 脰 颂 棉 猴， 烧 雾 偎 红 唇 敨。 相 倚
tsiŋ^{33} bo$^{23}_{33}$ t'aŋ^{23} nãu^{33} siaŋ$^{45}_{33}$ k'iŋ$^{45}_{33}$ gi^{53} taŋ$^{21}_{53}$ han$^{23}_{33}$ lau^{23} k'uã$^{21}_{53}$ t'ĩ^{45} tsɛ̃^{23} gueʔ^{121}
静 无 虫 闹， 双 轻 语 冻 寒 流。 看 天 晴 月
kiat^{21} ts'iu^{23} p'au^{45} ki^{23} nɔ̃$^{33}_{21}$ kɔ^{53} taŋ$^{23}_{33}$ tse$^{23}_{33}$ lau^{33}
洁 愁 抛， 祈 两 个 同 齐 老。

注释：寒暝，寒夜。刀风，风像刀子似的。哦吼，风吼声。骹，腿，脚。缚粽，裹粽子。挟头，遮头，包头；挟uĩ^{45}，遮盖。领围，围脖儿。箍脰，围着脖子；脰，颈。颂ts'iŋ^{33}，穿，着。偎ui^{21}，从，自。敨t'au^{53}，释放，放松。同齐，一起，一并。

60. 望江南·西溪

bo$^{23}_{33}$ tsiau$^{23}_{33}$ ho^{53} se$^{45}_{33}$ ts'ut^{21} tse$^{33}_{21}$ guan^{23} ts'ɔ^{45} kun$^{23}_{33}$ suã^{45} se$^{21}_{53}$ kan^{21} ts'iŋ$^{45}_{33}$
无 缯 好。 西 出 侪 源 初， 群 山 细 涧 清

tsuã^{23} hap^{121} ts‘iŋ$^{33}_{21}$ mãi^{23} k‘e^{45} eʔ^{121} p‘iaʔ$^{21}_{53}$ sua$^{45}_{33}$ pɔ^{45} kuan^{45} kɛ^{33} t‘iŋ^{53} tsun^{23} sɔ^{45}

泉 合； 蹭 霾 溪 狭 避 沙 埔， 悬 下 艇 船 疏。

gau$^{23}_{33}$ tua$^{33}_{21}$ tsiɔŋ^{21} taŋ^{45} hiaŋ^{21} kau$^{33}_{21}$ siã$^{23}_{33}$ tɔ^{45} tsiaŋ$^{45}_{33}$ tsiu^{45} tiɔŋ$^{33}_{21}$ tin^{21} lo$^{23}_{33}$ lau^{23}

势 大 众。东 向 厚 城 都， 漳 州 重 镇 醪 流

tsɔk^{121} tu$^{53}_{45}$ hɔŋ^{45} kaŋ^{45} k‘uaʔ^{21} laŋ^{23} tsun^{23} kɔ^{45} lai^{23} k‘i^{21} hai$^{53}_{45}$ tiau^{23} t‘ɔ^{45}

浊； 抵 风 江 阔 侬 船 孤， 来 去 海 潮 滔。

注释：西溪，为九龙江之源于西边龙岩，流经漳州之河流名。无缯好，并不都好，在此与下阙首的“势大众”一样，是《望江南》词牌的一部分，没有真实含义。侪tse^{33}，多，盈。蹭ts‘iŋ^{33}，碰，遇。悬下，指西溪上游许多支流落差大。厚，多，盈。醪，混浊。

61. 七绝・当饲团

ku$^{33}_{21}$ te^{53} muã$^{45}_{33}$ kim^{45} ts‘i$^{33}_{21}$ kiã^{53} kɛ^{45} hian$^{33}_{21}$ tsin^{45} p‘ãi$^{33}_{21}$ t‘iʔ^{21} gia$^{23}_{33}$ t‘o$^{23}_{33}$ kɛ^{23}

旧 底 幔 金 饲 团 佳， 现 真 揹 铁 捂 醄 椵。

biŋ$^{53}_{45}$ liɔŋ^{23} ho$^{53}_{45}$ kioʔ^{21} laŋ$^{23}_{33}$ tiɔŋ^{45} u^{33} t‘si$^{33}_{21}$ kiã^{53} io$^{45}_{33}$ sun^{45} ts‘i$^{33}_{21}$ gua$^{33}_{21}$ kɛ^{45}

猛 龙 好 脚 侬 中 有， 饲 团 邀 孙 饲 外 家。

注释：当饲团，当下养儿子；当tã^{45}，眼下，当前；团kiã^{53}，儿子，孩子。旧底，以前，过去。幔金，披着金子；幔muã^{45}，披，罩。现真，现在。揹p‘ãi^{33}，背，负。捂椵gia$^{23}_{33}$ kɛ^{23}，戴枷，找罪受。醄t‘o^{23}，傻，呆。好脚，好样儿的，全称“好脚数”。邀孙，抱孙子，养孙子。外家，娘家。

62. 卜算子・做智青

iu$^{21}_{53}$ k‘i^{53} loʔ$^{121}_{21}$ suã$^{45}_{33}$ hiaŋ^{45} tsu$^{33}_{21}$ se^{21} tsɛ̃$^{45}_{33}$ t‘au$^{23}_{33}$ lɔ^{33} tu$^{53}_{45}$ tioʔ^{121} lɔŋ$^{23}_{33}$ baŋ^{23}

幼 齿 落 山 乡， 自 细 争 头 路。抵 着 农 忙

ts‘iɔ̃$^{53}_{45}$tsiŋ$^{21}_{53}$taŋ^{45} zit$^{121}_{21}$tsi^{53}iu$^{23}_{33}$ki$^{23}_{33}$k‘ɔ^{53} sã^{45}hu^{45}tɔŋ$^{33}_{21}$ts‘iu^{53}p‘aŋ^{23} tsiaʔ^{121}

抢 种 冬，日 子 尤 其 苦。 衫 烋 动 手 缝，食

k‘iam^{21}kɛ$^{45}_{33}$tau^{45}pɔ^{53} t‘in$^{21}_{53}$hau^{33}hue$^{23}_{33}$siã^{23}tuĩ$^{53}_{45}$ts‘u^{21}si^{23} bin^{33}a^{53}tɔŋ$^{45}_{33}$ziau$^{23}_{33}$pɔ^{53}

欠 家 兜 补。趁 候 回 城 转 厝 时，面 仔 当 皺 脯。

注释：做智青，当知青。幼齿，年幼，年青。落山乡，上山下乡。自细，从小。争头路，争抢活路。抵着，碰上，逢上。冬，季，时节。烋hu^{45}，朽，烂。家兜，家里。转厝，回家。面仔，脸。当，正，正在。皺脯，皱巴，又皱又干。

63. 渔家傲·月暝（一）

gueʔ^{121}ts‘ut$^{21}_{5}$mɛ̃$^{23}_{33}$t‘au^{23}kuĩ^{45}p‘u$^{53}_{45}$bu^{33} tsiam$^{33}_{21}$mɛ̃^{23}am^{21}kaʔ$^{21}_{53}$hɔŋ$^{23}_{33}$bi^{33}bu^{53}

月 出 暝 头 光 暜 雾， 渐 暝 暗 呷 癀 媚 妩，

ts‘iŋ$^{45}_{33}$k‘i^{21}ts‘io^{33}t‘ɔ$^{23}_{33}$k‘a^{45}kut$^{121}_{21}$ts‘u^{33} kuĩ^{45}tsuã$^{33}_{21}$ts‘u^{33} gi^{23}nɛ̃^{45}pɛʔ^{121}ak^{21}

清 气 炤 涂 骹 滑 跙；光 溅 沮，疑 羍 白 沃

lam$^{23}_{33}$liŋ$^{45}_{33}$zu^{53} kui$^{45}_{33}$si$^{21}_{53}$keʔ^{21}an$^{45}_{33}$laŋ^{23}tsiŋ$^{33}_{21}$ts‘u^{21} t‘ĩ^{34}k‘ui$^{45}_{33}$k‘uaʔ^{21}ban$^{33}_{21}$

淋 膌 乳。 归 四 廓 安 侬 静 厝，天 开 阔 漫

hun^{23}k‘iŋ$^{45}_{33}$bu^{53} sim^{45}tit$^{21}_{5}$tiã^{33}sui$^{23}_{33}$kuĩ^{45}tue$^{21}_{53}$tsu^{21} mɛ̃^{23}kau$^{21}_{53}$ts‘u^{53} ts‘iu$^{23}_{33}$

云 轻 舞，心 得 定 随 光 䞩 注；暝 遘 此， 愁

lam^{23}uan$^{33}_{21}$lu^{53}tiam$^{23}_{33}$bin$^{23}_{33}$ku^{53}

男 怨 女 沉 眠 久。

注释：月暝，月夜。暝头，上半夜。暜雾，光线昏暗，模糊。暝暗，夜深。呷，才，则。癀媚妩，展现妩媚态；癀hɔŋ^{23}，炫耀，显摆。清气，干净，洁净。炤ts‘io^{33}，光照，耀。涂骹，地上，地面。滑跙，滑溜；跙ts‘u^{33}，滑溜。沮ts‘u^{33}，喷水，注光。羍白，奶白，乳白；羍nɛ̃^{45}，乳汁，乳房。膌liŋ^{45}，乳汁，乳

房。归四廊，到处，四处。安侬，安静的人们。厝，房子。趰tue[21]，跟，从。遘，到，达。得定，安静。

64. 渔家傲·月暝（二）

gueʔ^{121} ts‘ut$^{21}_{5}$ mɛ̃$^{23}_{33}$ t‘au^{23} kuĩ^{45} tsuã$^{33}_{21}$ zu^{53} tsiam$^{33}_{21}$ mɛ̃^{23} tu$^{53}_{45}$ am^{21} hun^{23} pue$^{45}_{33}$ bu^{53}

月 出 暝 头 光 溅 乳， 渐 暝 抵 暗 云 飞 舞，

ɔ$^{45}_{33}$ pɛʔ^{121} tsio$^{21}_{53}$ t‘ɔ$^{23}_{33}$ k‘a^{45} nĩ$^{53}_{45}$ p‘u^{53} kuĩ^{45} t‘e$^{21}_{53}$ bu^{33} ts‘iu$^{23}_{33}$ lam^{23} uan$^{21}_{53}$ lu^{53} uan$^{45}_{33}$

乌 白 照 涂 骹 染 殕； 光 替 雾， 愁 男 怨 女 冤

sio$^{45}_{33}$ hu^{33} kui$^{45}_{33}$ si$^{21}_{53}$ keʔ^{21} i$^{23}_{33}$ laŋ^{23} sua$^{53}_{45}$ ts‘u^{21} hun^{23} te$^{45}_{33}$ ap^{21} ts‘i$^{21}_{53}$ t‘au^{23}

相 负。 归 四 廊 移 侬 徙 厝， 云 低 压 伺 头

k‘ia$^{23}_{33}$ tsu^{21} sim^{45} ts‘au$^{21}_{53}$ taŋ^{33} ts‘iu^{23} iu^{45} tue$^{21}_{53}$ p‘u^{33} bo$^{23}_{33}$ si$^{53}_{45}$ tsu^{53} ts‘iŋ$^{45}_{33}$ laŋ^{23} be$^{33}_{21}$

骑 驻， 心 凑 动 愁 忧 趰 浡；无 死 主， 千 侬 袂

k‘un^{21} bin$^{23}_{33}$ ts‘ŋ^{23} lu^{21}

睏 眠 床 摅。

注释： 抵，遇，碰。殕p‘u[53]，霉，霉斑。冤，吵架，闹矛盾。伺头，低头，弯腰。凑动，躁动，不安。浡p‘u[33]，(因煮沸）溢，如“浡糜（稀饭沸溢）”等。无死主，不死心。袂睏，睡不着，不能睡。眠床，睡床。摅lu[21]，摩擦，挫，辗转。

闽南农耕四咏（五律）

65. 春耕春种

ts‘un^{45} lai^{23} iu$^{21}_{53}$ hɔ^{33} hui^{45} tiʔ$^{21}_{53}$ hɔ^{33} kui^{21} zu$^{23}_{33}$ pui^{23}

春 来 幼 雨 霏， 滴 雨 贵 如 肥。

hɔ^{33} liŋ^{53} iau$^{53}_{45}$ sŋ$^{45}_{33}$ taŋ^{21} ts'un^{45} kuã^{23} kɛ$^{45}_{33}$ kɔŋ$^{21}_{53}$ lui^{23}

雨 冷 犹 霜 冻， 春 寒 加 摃 雷。

gu^{23} sai^{53} le$^{23}_{33}$ ts'an^{23} mɛ̃^{53} ts'aʔ$^{21}_{53}$ ŋ^{45} pɔ$^{21}_{53}$ tsiŋ^{53} tui^{45}

牛 驶 犁 塍 猛， 插 秧 播 种 追。

tsi$^{53}_{45}$ ŋiã^{23} tsa$^{53}_{45}$ bi^{53} u^{33} ui^{23} ts'iɔk^{21} ts'un^{45} kiŋ^{45} kui^{45}

只 迎 早 米 有， 唯 促 春 耕 归。

注释：闽南农田一般都种三季，两季水稻和一季麦子；如只种两季，多是弃种小麦让耕地晒白，即犁开泥土晒死杂草和虫卵以及保持肥分，以来年供早稻生长作准备。幼雨，小雨。摃雷，打雷；摃，敲，击。塍ts'an^{23}，田，水田。

66. 夏收夏种

lak$^{121}_{21}$ gueʔ^{121} zit^{121} ts'uã^{45} pue^{45} ts'iam$^{53}_{45}$ laŋ^{23} p'ue^{23} lut$^{21}_{5}$ p'ue^{23}

六 月 日 簩 飞， 镂 侬 皮 黜 皮。

lɔm$^{21}_{53}$ ts'an^{23} oʔ$^{21}_{53}$ kuaʔ$^{21}_{53}$ tiu^{33} tiŋ^{53} hãʔ^{21} ɛ^{33} t'ŋ$^{45}_{33}$ ue^{45}

埌 塍 恶 割 釉， 顶 熇 下 汤 锅。

ts'ik^{21} k'i^{53} le$^{23}_{33}$ pɛ^{23} suaʔ^{21} nuã$^{33}_{21}$ t'ɔ^{23} tsiau$^{21}_{53}$ tue$^{21}_{53}$ pue^{23}

粟 起 犁 耙 续， 烂 涂 照 趡 陪。

kin$^{53}_{45}$ piak^{21} muĩ$^{53}_{45}$ ŋ^{45} pɔ^{21} lim$^{23}_{33}$ ts'iu^{45} bian$^{53}_{45}$ tuĩ$^{33}_{21}$ ts'ue^{45}

紧 逼 晚 秧 播， 临 秋 免 断 炊。

注释：六月，农历六月。簩ts'uã^{45}，竹刺；喻太阳毒如刺。镂ts'iam^{53}，扎，刺。皮黜皮，皮脱了又脱。埌塍，烂泥田；埌lɔm^{21}，陷入（泥浆等，动词），烂淤（形容词）。恶oʔ^{21}，难，不易。釉tiuʔ^{33}，水稻。顶，上面，指太阳。熇hãʔ^{21}，烤，

烘。粟，稻谷。涂，泥，土。趟陪，跟从，陪同；趟，跟，从。夏收夏种都在烂泥里进行，是因为晚季稻要接着插秧。

67. 秋收秋种

zuaʔ^{121} bue^{53} suaʔ$^{21}_{53}$ ts‘iu$^{45}_{33}$ hɔŋ^{45} ts‘an^{23} ta^{45} kuaʔ$^{21}_{53}$ tiu^{33} kɔŋ^{23}

热 尾 撒 秋 风，塍 焦 割 釉 狂。

sin^{45} k‘iŋ^{45} zit$^{121}_{21}$ p‘ak^{121} luan^{53} ts‘ik^{21} tan^{33} hu^{33} e$^{45}_{33}$ lɔŋ^{23}

身 轻 日 曝 暖，粟 樸 妇 挨 砻。

t‘ɔ^{23} saŋ^{45} le^{23} k‘ue$^{21}_{53}$ sai^{53} t‘ĩ^{45} liŋ^{53} bɛʔ^{121} tui$^{45}_{33}$ tɔŋ^{45}

涂 松 犁 侩 驶，天 冷 麦 追 冬。

kue$^{53}_{45}$ tau^{33} sɔ$^{45}_{33}$ kua^{45} tse^{33} lu^{53} lam^{23} lo$^{53}_{45}$ siau^{21} tsɔŋ^{23}

果 豆 蔬 瓜 侪，女 男 老 少 赵。

注释：闽南地区的秋收秋种集中于农历九月下旬与十月上旬之间进行，因为水田不再种第三季水稻，会于收割前放水待种麦或晒白，所以割晚季稻的稻田基本是干的。热尾，夏末，秋初。撒风，刮/吹风。塍焦，水田干涸；焦ta^{45}，干。狂，匆忙。曝，晒。粟樸，谷子饱满，结实；樸tan^{33}，硬，结实。侩k‘ue^{21}，容易。侪tse^{33}，多。赵tsɔŋ^{23}，奔忙。

68. 冬收年满

nĩ$^{23}_{33}$ tau^{45} ho$^{53}_{45}$ kue$^{21}_{53}$ nĩ^{23} tsiaʔ$^{121}_{21}$ tsiu^{53} t‘ai$^{23}_{33}$ ti^{45} sĩ^{45}

年 兜 好 过 年，食 酒 刣 猪 鲜。

tsiŋ$^{21}_{53}$ ts‘iu^{45} tan$^{53}_{45}$ bɛʔ^{121} tua^{33} k‘ŋ$^{21}_{53}$ tsia^{21} tsik$^{21}_{5}$ t‘ŋ^{23} tĩ^{45}

种 秋 等 麦 大，园 蔗 积 糖 甜。

tsiã^{45} kue^{21} ai$^{21}_{53}$ siu$^{45}_{33}$ bɛʔ^{121} tsia^{21} tsui^{23} tioʔ^{121} muã$^{53}_{45}$ ĩ^{23}

正 过 爱 收 麦，蔗 倒 着 满 圆。

ban$^{23}_{33}$ lam^{23} sã$^{45}_{33}$ kui^{21} tsiŋ^{21} t‘ɔ$^{53}_{45}$ te^{33} bo$^{23}_{33}$ iŋ$^{23}_{33}$ nĩ^{23}

闽 南 三 季 种，土 地 无 闲 年。

注释：年兜，新年期间。刣t‘ai^{23}，宰，杀。囥k‘ŋ^{21}，藏，留，存；甘蔗通常须长近一年，在农历二月收割，糖分最高。正tsiã^{45}，新正，正（zhēng）月。倒tsui^{23}，砍，斩，如“汝倒头兮（你天杀的/砍头的）”等。

69. 青玉案·泉州元宵暝

kuĩ$^{45}_{33}$kuĩ^{45}kɔ$^{53}_{45}$ŋɛ̃^{53}tsuan$^{23}_{33}$siã^{23}k‘aʔ^{121} loʔ$^{121}_{21}$ke$^{45}_{33}$haŋ^{33} laŋ^{23}e$^{45}_{33}$taʔ^{121} si$^{21}_{53}$

光光古雅 泉城阖，落街巷，侬挨踏。四

keʔ^{21}kim$^{45}_{33}$gin^{23}kuĩ^{45}sĩʔ$^{21}_{53}$nãʔ^{21} ts‘ai$^{53}_{45}$tiŋ^{45}bun$^{23}_{33}$bio^{33} kat$^{21}_{5}$aŋ^{23}mã$^{53}_{45}$tsɔ^{53}

廓金银光闪爁，彩灯文庙，结红妈祖，

tsi$^{53}_{45}$k‘uã^{21}laŋ$^{23}_{33}$t‘au^{23}t‘aʔ^{121} iu$^{45}_{33}$iu^{45}iu$^{21}_{53}$siu^{21}lam$^{23}_{33}$im^{45}p‘aʔ^{21} kɔ$^{53}_{45}$bi^{33}

只看侬头沓。 幽幽幼秀南音拍，古味

le$^{23}_{33}$huĩ^{23}kua$^{21}_{53}$ko$^{45}_{33}$kaʔ^{21} laŋ$^{33}_{21}$t‘iɔŋ^{21}io$^{23}_{33}$ku^{45}hua$^{45}_{33}$m^{53}ts‘aʔ^{21} kɔ$^{53}_{45}$lo^{23}k‘ãi$^{45}_{33}$

梨园挂高甲，弄畅摇龟花姆插。鼓锣铿

lɔm^{21} bu^{53}kua^{45}ai^{45}tsuaʔ^{21} seʔ^{121}uat$^{21}_{5}$taŋ$^{45}_{33}$sai$^{45}_{33}$t‘aʔ^{21}

搇，舞歌哝迹，踅斡东西塔。

注释：光光，很亮状。阖k‘aʔ^{121}，黏上，附上。挨，拥挤。四廓，四处。闪爁，闪耀，闪烁。结红，绑结红布/带等。侬头，人头。沓t‘aʔ^{121}，重叠，叠加。幼秀，斯文，秀气。挂，还，连带。梨园，梨园戏。高甲，高甲戏。弄畅，逗笑，搞笑；畅，高兴。摇龟，摇臀，摆扭屁股。花姆，媒婆，又“花婆”。插，穿插

在游行队伍中。铿k‘ãi^{45}，锣响，敲锣。摒lɔm^{21}，打（鼓）。�janai^{45}，唱。逝tsuaʔ^{21}，扭，摆。踅seʔ^{121}，转，旋。斡，弯，拐。

70. 七绝·细汉厝蹛龙眼林

tsu$^{33}_{21}$ se^{21} kɛ^{45} ki^{45} liŋ$^{23}_{33}$ kan$^{53}_{45}$ hai^{53} ts‘iu^{45} sit^{121} ai$^{21}_{53}$ ua^{53} ts‘un$^{45}_{33}$ hua^{45} ts‘ai^{53}

自 细 家 居 龙 眼 海， 秋 实 爱 倚 春 花 彩。

tiaʔ$^{21}_{53}$ hioʔ^{121} kuan$^{45}_{33}$ hua^{45} pɛʔ$^{21}_{53}$ loʔ^{121} kui^{45} laŋ$^{33}_{21}$ t‘aŋ^{23} ban$^{53}_{45}$ ko^{53} k‘a^{45} bo$^{23}_{33}$ pai^{53}

摘 箬 观 花 蹈 落 归， 弄 虫 挽 果 骹 无 跛。

注释： 自细，从小。箬hioʔ^{121}，树叶，叶子。蹈pɛʔ^{21}，攀，爬。挽ban^{53}，摘，采。骹无跛，腿脚没瘸。

71. 五绝·雨微仔佮花

hɔ^{33} sap^{21} mĩ$^{23}_{33}$ mĩ$^{23}_{33}$ k‘iŋ^{23} hua^{45} bin^{23} tiam$^{33}_{21}$ tiam^{33} siŋ^{23}

雨 霎 绵 绵 琼， 花 眠 恬 恬 承。

k‘i$^{21}_{53}$ t‘an^{21} hɔ^{33} tam$^{23}_{33}$ hioʔ^{21} ham$^{23}_{33}$ gim^{23} hua$^{45}_{33}$ gi^{53} k‘iŋ^{45}

弃 叹 雨 谈 歇， 含 吟 花 语 轻。

注释： 雨微仔，小雨，毛毛雨。佮kap^{21}/kaʔ^{21}，和，与，跟。雨霎，细雨。绵绵，连绵不断。琼，留存，保留。恬恬，静悄，安静。承，接受，承接。

72. 浣溪沙·荔枝枞

se^{21} ui$^{33}_{21}$ i^{45} tsai$^{45}_{33}$ tsiŋ$^{21}_{53}$ le$^{33}_{21}$ tsaŋ^{23} ki^{23} nĩ$^{23}_{33}$ nĩ^{23} hioʔ^{121} ɔŋ^{33} kue^{53} aŋ^{23} baŋ$^{33}_{21}$

细 为 伊 栽 种 荔 枞， 期 年 年 箬 旺 果 红， 望

taŋ$^{45}_{33}$ taŋ^{45} ts‘iu^{33} kiã^{33} hua^{45} p‘aŋ^{45}　e$^{33}_{21}$ k‘uã$^{21}_{53}$ uaʔ^{121} iu$^{23}_{33}$ tsa$^{45}_{33}$ kiã^{53} baŋ^{33}
冬　冬　树　健　花　芳。　会　看　活　游　查　团　梦，
kam$^{45}_{33}$ ts‘iŋ$^{23}_{33}$ guan^{33} tso$^{21}_{53}$ le$^{33}_{21}$ tsi^{45} t‘aŋ^{23}　tan$^{53}_{45}$ i^{45} lai^{23} e$^{33}_{21}$ k‘uã$^{21}_{53}$ i$^{45}_{33}$ laŋ^{23}
甘　情　愿　做荔枝虫，等伊来会看伊侬。

注释：荔枝枞，荔枝树。细，从小，自小。箬，叶子。冬，季，年。健，健康，壮实。看活，痛快，高兴。查团，女孩儿，全称“查某团”。

73. 五绝·青熟茶

ts‘ɛ̃^{45} u$^{33}_{21}$ siaŋ$^{53}_{45}$ i^{45} kɛ^{45}　sik^{121} tsun^{23} hɔ̃^{53} gun^{53} tɛ^{23}
青　有　赏　伊　家，　熟　存　好　阮　茶。
sik^{121} ts‘ɛ̃^{45} bo$^{23}_{33}$ kaŋ$^{33}_{21}$ ai^{21}　au^{23} m$^{33}_{21}$ pun^{45} kun$^{23}_{33}$ kɛ^{45}
熟　青　无　共　爱，　喉　伓　分　裙　袈。

注释：青熟茶，乌龙茶类半发酵茶因发酵时间长短、焙茶时间长短，或火候等等不同而形成较“青”和较“熟”，或称“清香”“熟香”，茶色也因此显黄绿或暗黄等。阮 gun^{53}，我们，我们的，我。伓，不。裙，女性。袈，和尚。

74. 七绝·少年爱讲痛

siau$^{21}_{53}$ lian^{23} gian$^{21}_{53}$ kɔŋ^{53} sim$^{45}_{33}$ t‘au^{23} t‘iã^{21}　baŋ^{53} tiŋ^{21} t‘aŋ^{23} so^{23} e$^{33}_{21}$ t‘o$^{53}_{45}$ miã^{33}
少　年　瘾　讲　心　头　痛，　蠓　叮　虫　趖　会　讨　命。
tsiaʔ$^{121}_{21}$ lau^{33} lik$^{121}_{21}$ hɔ^{33} kiŋ$^{45}_{33}$ hɔŋ$^{45}_{33}$ sŋ^{45}　pit$^{21}_{5}$ baʔ^{21} k‘ui$^{45}_{33}$ p‘ue^{23} huaʔ$^{21}_{53}$ bo$^{23}_{33}$ iã^{53}
食　老　历　雨　经　风　霜，　必　肉　开　皮　喝　无　影。

注释：少年，年轻人，小伙子。瘾讲，喜欢说，爱唠。蠓baŋ^{53}，蚊子。趖so^{23}，爬，慢行。食老，上了年纪，老了。必肉，肉绽，肉开裂；必；裂。无影，没有的事儿。

75. 虞美人・暝花

kuĩ$^{45}_{33}$kuĩ^{45}gueʔ^{121}k‘i^{53}hua^{45}k‘ui^{45}ts‘io^{21} am$^{21}_{53}$am^{21}mɛ̃$^{23}_{33}$kuĩ^{45}tsio^{21} hioʔ^{121}
光光 月 起 花 开 笑，暗暗 暝 光 照。箬

ua^{45}hɔŋ^{45}suaʔ^{21}bu^{53}p‘ian$^{45}_{33}$p‘ian^{45} hua^{45}tsiam$^{33}_{21}$tsiam^{33}p‘aŋ^{45} hɔŋ^{45}k‘uã$^{53}_{45}$
桠 风 撒 舞 翩 翩，花 渐 渐 芳，风 款

k‘uã^{53}hu$^{45}_{33}$lian^{23} im$^{45}_{33}$im^{45}gueʔ^{121}loʔ^{121}hua^{45}bin^{23}tsiŋ^{33} hiaŋ$^{53}_{45}$hiaŋ^{53}lui^{23}
款 敷 怜。 阴 阴 月 落 花 眠 静，响 响 雷

tan^{23}hiŋ^{33} m^{23}ki^{45}hɔ^{33}p‘aʔ^{21}tsun$^{21}_{53}$tio$^{23}_{33}$tio^{23} hua^{45}suã$^{21}_{53}$suã$^{21}_{53}$p‘iau^{45} hɔŋ^{45}
瞋 横。莓 枝 雨 拍 颤 趒 趒，花 散 散 飘，风

mɛ̃$^{53}_{45}$mɛ̃^{53}ts‘ui$^{45}_{33}$io^{23}
猛 猛 摧 摇。

注释：暝，夜，晚上。光光，亮的样子。月起，月亮升起。箬，叶子。撒风，吹风，刮风。芳p‘aŋ^{45}，香，芬芳。敷，轻抚，摩挲。响响，很响状。雷瞋，雷响，打雷；瞋tan^{23}，响，发声。横（hèng），蛮。莓，花蕾。雨拍，雨打。趒tio^{23}，跳，跃，蹦。散散，四散，散开。猛猛，猛烈。

76. 点绛唇・荔枝

lui^{53}pɛʔ^{121}sim^{45}uĩ^{23} tɛʔ$^{21}_{53}$ki^{45}hua^{45}tsaŋ^{21}p‘aŋ^{45}pue$^{45}_{33}$seʔ^{121} siat$^{21}_{5}$hua^{45}
蕊 白 芯 黄，砻 枝 花 绽 芳 飞 蹇。 晰 花

zu$_{33}^{23}$seʔ^{21} siã$_{33}^{23}$iaʔ^{121}p‘aŋ^{45}e$_{33}^{45}$k‘eʔ^{21} ko^{53}kiat^{21}p‘ue^{23}ts‘ɛ̃^{45} kau$_{53}^{21}$sik^{121}

如雪，涎蝶 蜂挨揳。 果结 皮 青，够熟

sio$_{33}^{45}$t‘ĩ^{45}gueʔ^{121} ts‘ĩ^{45}aŋ^{23}k‘eʔ^{21} ts‘iaʔ$_{53}^{21}$tun^{23}iŋ$_{33}^{23}$seʔ^{21} tĩ^{45}in$_{45}^{53}$siaŋ$_{33}^{45}$tsiu^{45}k‘eʔ^{21}

烧天月。鲜红箧，赤唇盈塞，甜引双睭瞌。

注释：蕊，（在此）花朵。硩tɛʔ^{21}，压，轧。芳p‘aŋ^{45}，香，芬芳；另文读hɔŋ^{45}。踅seʔ^{121}，旋，转悠。晰，白，白晰。涎，引诱，诱惑。挨揳，拥挤；挨，拥，推；揳k‘eʔ^{21}，挤。皮青，幼荔枝果壳青绿色。烧天月，像火烧天的月份，即农历六、七月。箧k‘eʔ^{21}，盒子。塞，挤，塞。睭，眼睛，又说“目”“目睭”。瞌k‘eʔ^{21}，闭眼。

77. 如梦令·蜂恋花

puʔ$_{53}^{21}$ĩ^{53}hua$_{33}^{45}$ki^{45}p‘aŋ$_{33}^{45}$kɔŋ^{21} si^{23}put$_{5}^{21}$si^{23}hua^{45}k‘ui$_{33}^{45}$p‘ɔŋ^{21} p‘aŋ^{45}seʔ^{121}

㯷𣏕花枝芳贡，时不时花开肪。蜂踅

sãʔ$_{53}^{21}$tui$_{33}^{45}$hua^{45} nã$_{45}^{53}$tso$_{53}^{21}$hi^{21}p‘aŋ$_{33}^{45}$hua^{45}lɔŋ^{33} baŋ$_{33}^{45}$kɔŋ^{53} baŋ$_{33}^{45}$kɔŋ^{53} kaʔ$_{53}^{21}$

趿追花，若做戏蜂花浪。甮讲，甮讲，呷

kui$_{45}^{53}$zit^{121}hua$_{33}^{45}$t‘au^{23}t‘ɔŋ^{53}

几日花头统！

注释：㯷𣏕puʔ$_{53}^{21}$ĩ^{53}，发芽，冒芽。芳贡，香喷，芬芳，源自“芳贡贡”。肪p‘ɔŋ^{21}，膨，胀。踅seʔ^{121}，旋转，转悠。趿sãʔ^{21}，扑，追。若，好像，一如。甮baŋ^{45}，别，不要。呷kaʔ^{21}，才，方。统，缩头，退缩，集中。

78. 五绝・林投骹

hioʔ^{121} tĩ^{23} luan$^{33}_{21}$ puʔ$^{21}_{53}$ ts'iã^{45}　baŋ^{53} ts'i^{33} gau$^{23}_{33}$ sɛ̃$^{45}_{33}$ tiã^{45}

箬　缠　乱　楾　瀸，　蠓　饲　势　生　癫。

p'iaʔ$^{21}_{53}$ tsiŋ^{33} bo$^{23}_{33}$ laŋ^{23} kau^{21}　tsuan$^{45}_{33}$ muĩ^{23} siat$^{21}_{5}$ k'e$^{21}_{53}$ hiã^{45}

僻　静　无　侬　遘，　专　门　设　契　兄。

注释：林投，剑麻类热带亚热带植物，能长得十分高大纠缠状。骹，在……下。楾瀸，长刺；瀸ts'iã^{45}，又读ts'uã^{45}，刺。蠓，蚊子。势生，能长，长得茂盛。遘，到，抵。设，骗，诓。契兄，情夫。该诗源自闽南熟语“设契兄去林投骹饲蠓（骗熟人去受苦受害）”。

79. 菩萨蛮・撑渡团

ian$^{23}_{33}$ tau^{23} tsai$^{33}_{21}$ tã^{53} t'ɛ̃$^{45}_{33}$ k'e$^{45}_{33}$ tɔ^{33}　hɔŋ^{45} ts'ue^{45} tsui^{53} kip^{21} bo$^{23}_{33}$ kiã$^{45}_{33}$ hɔ^{33}

缘　投　在　胆　撑　溪　渡，　风　吹　水　急　无　惊　雨。

sim^{45} ho^{53} k'iaŋ$^{21}_{53}$ tsa$^{45}_{33}$ pɔ^{45}　sin^{45} tsiau^{23} suan$^{33}_{21}$ ia$^{53}_{45}$ kɔ^{45}　tsiɔ̃$^{33}_{21}$ tsun^{23} hu^{23}

心　好　雩　查　夫，　身　缯　美　野　姑。　上　船　扶

kiã$^{53}_{45}$ lau^{33}　ua$^{53}_{45}$ kĩ^{23} kɔ$^{53}_{45}$ i^{21} kau^{33}　laŋ^{33} tso$^{21}_{53}$ tai^{33} bo$^{23}_{33}$ p'ĩ^{45}　gun^{53} k'uã$^{21}_{53}$ laŋ^{23}

囝　老，　倚　墘　古　意　厚。　侬　做　代　无　偏，　阮　看　侬

suĩ$^{45}_{33}$ tĩ^{45}

酸　甜。

注释：撑渡团，撑渡船的小伙子；团，儿子，孩子。缘投，帅，英俊。在胆，胆子大，沉稳。惊，害怕。雩k'iaŋ^{21}，能干，厉害。查夫，男人，男性。身缯，身材匀称；缯，均匀。野姑，村姑，乡下姑娘。倚墘，靠岸；墘kĩ^{23}，边，沿。古意，热情，真诚。厚，多。做代，干活儿。偏，偏心，占便宜。阮，我。

吟花颂草四绝（五绝）

80. 金银花

ts‘ɔ^{45} tsiŋ^{21} ts‘aʔ$^{21}_{53}$ ki^{45} suã^{21}　bue^{53} sɛ̃^{45} puʔ$^{21}_{53}$ hioʔ^{121} muã^{53}
初 种 插 枝 散，尾 生 檏 箬 满。
hua^{45} tian^{53} pɛʔ$^{121}_{21}$ uĩ^{23} p‘aŋ^{45}　tiŋ^{23} suan^{45} ts‘ɔ^{45} iu^{21} t‘uã^{21}
花 展 白 黄 芳，藤 萱 粗 幼 澶。

注释：金银花，为藤本植物，插枝条可存活。檏箬，长叶子。萱，动词，旋援，攀爬。澶 t‘uã^{21}，繁衍。

81. 龙船花

t‘ĩ^{45} zuaʔ^{121} hioʔ^{121} ts‘ɛ̃^{45} bat^{121}　hua^{45} aŋ^{23} pan^{33} t‘iap^{121} p‘at^{21}
天 热 箬 青 密，花 红 瓣 叠 趴。
gɔ$^{33}_{21}$ gueʔ^{121} suaʔ$^{21}_{53}$ ts‘un^{45} lai^{23}　bo$^{23}_{33}$ iŋ^{23} pak$^{121}_{21}$ tsaŋ$^{21}_{53}$ kat^{21}
五 月 续 春 来，无 闲 缚 粽 结。

注释：龙船花，大体在农历五月初五前后开花，花为朱红色。无闲，忙，忙于。缚粽结，包粽子。

82. 膣蛎饭

hua^{45} tian^{53} tsiã$^{53}_{45}$ kio$^{23}_{33}$ sik^{21}　ziɔŋ$^{23}_{33}$ hua^{45} si$^{45}_{33}$ siu^{21} tsik^{21}
花 展 飡 茄 色，茸 花 丝 绣 织。

laŋ^{23}t‘uan^{23}e$^{33}_{21}$ts‘i$^{33}_{21}$hi^{23} ban$^{53}_{45}$k‘i$^{21}_{53}$tso$^{21}_{53}$hi$^{23}_{33}$sik^{121}

侬 传会饲鱼，挽去做鱼食。

注释：塍蜞ts‘an$^{23}_{33}$nɛ̃^{45}，蜻蜓。塍蜞饭，一种开淡紫色茸花、叶子上长白毛的常见野花/草，可喂鱼。饕tsiã^{53}，淡，不浓，浅。茄色，紫色。饲鱼，养/喂鱼。挽ban^{53}，摘，采。

83. 万粒花

buat^{121}kiat^{21} li^{33} giŋ$^{23}_{33}$ tsi^{53} lui^{53} p‘aŋ^{45} m^{23} hɔk$^{21}_{5}$ p‘i^{23}

茉 洁 莉 凝 脂，蕊 芳 莓 馥 脾。

hioʔ^{121}puʔ^{21}ts‘ɛ̃^{45} ts‘iŋ$^{45}_{33}$ si^{21} hua^{45}k‘ui^{45} pɛʔ^{121}ban$^{33}_{21}$ bi^{23}

箬 㩧 青 千 世，花 开 白 万 粒。

注释：万粒花，茉莉花。箬，叶子。㩧，冒，长。

84. 忆秦娥·山村

laŋ^{23}hun^{45}lɔk^{121} p‘iã^{23}ts‘ɛ̃^{45}niã^{53}kia^{33}suã$^{45}_{33}$hua^{45}ts‘ɔk^{21} suã$^{45}_{33}$hua^{45}ts‘ɔk^{21}

侬 燻 落，坪 青 岭 崎 山 花 簇。山 花 簇，

kan^{53}bo^{23}tiau$^{45}_{33}$tɔk^{21} siɔk^{121}sun^{23}hɔŋ^{45}p‘ɔk^{21} kɛ$^{45}_{33}$si^{45}t‘au$^{21}_{53}$ts‘u^{21}tsiau$^{23}_{33}$

简 无 雕 琢，俗 淳 风 朴。 家私 透 厝 缯

guan$^{23}_{33}$bɔk^{121} hiã$^{23}_{33}$tɛ^{23}kɔ$^{53}_{45}$i^{21}p‘aŋ^{45}ts‘iɔŋ$^{45}_{33}$ɔk^{21} p‘aŋ^{45}ts‘iɔŋ$^{45}_{33}$ɔk^{21} bɔŋ$^{53}_{45}$

原 木，[illegible]THE茶古意芳 充 屋。芳 充 屋，罔

sio$^{45}_{33}$ tɛ^{23} kɔk^{121}　iau$^{53}_{45}$ ui$^{23}_{33}$ sian^{45} k‘ɔk^{121}

烧 茶 唝， 犹 围 仙 嗑。

注释：依燻落，人烟部落，人烟定居点。寄kia^{33}，陡，峭。透厝，满屋子；厝，房子。缯tsiau^{23}，全，都。熇茶，烧水，泡茶；熇hiã^{23}，燃，烧。古意，热情。芳，香，芬芳。罔，随意。烧茶，热茶；烧，热，烫。唝kɔk^{121}，喝，饮。仙嗑，嗑仙，聊大天儿。

85. 五绝·掰芦柑

i^{21}　pɛʔ$^{21}_{53}$　i^{45}　tĩ$^{45}_{33}$　kam^{45}　i^{45}　pun^{45}　tak$^{121}_{21}$　kɔ^{53} ts‘am^{45}

意 掰 伊 甜 柑， 伊 分 逐 个 参。

kɔŋ$^{53}_{45}$　hi^{53}　bin^{33}　huã$^{45}_{33}$　hi^{53}　ts‘ui^{21} kam^{45} sim^{45}　m$^{33}_{21}$　kam^{45}

讲 喜 面 欢 喜， 喙 甘 心 伓 甘。

注释：芦柑，扁鼓状柑桔，漳州及附近特产。

86. 如梦令·山外缘投客

laŋ^{23} tua$^{33}_{21}$ kɔ^{53} ian$^{23}_{33}$ tau^{23} k‘ui^{21}　kau^{53} k‘uã^{21} suaʔ$^{21}_{53}$ bo$^{23}_{33}$ kam$^{45}_{33}$ pui^{33}　p‘ue^{23}

侬 大 股 缘 投 气， 狗 看 煞 无 甘 吠。 皮

pɛʔ$^{121}_{21}$ siat^{21} gau$^{23}_{33}$ bui^{45}　su$^{45}_{33}$ bun^{23} gio^{53} laŋ^{23} laŋ^{23} tui^{21}　sim^{45} tsui^{21}　sim^{45} tsui^{21}

白 晰 势 微， 斯 文 睨 侬 侬 坠。 心 醉， 心 醉，

kã$^{53}_{45}$ u$^{33}_{21}$ bueʔ$^{21}_{53}$ lai$^{23}_{33}$ kɛ$^{45}_{33}$ tsui^{21}

敢 有 卜 来 加 赘？

✍ **注释**：缘投，英俊，帅。大股，个头大。煞，倒，却。无甘吠，舍不得吠。㪡微，常能微笑，笑眯眯的；微，微笑；㪡gau^{23}，擅于。睨gio^{53}，带感情看人，抛媚眼。卜，要，欲。加赘，入赘。

87. 七绝·风吹花

hoŋ^{45} k‘i^{53} hoŋ^{45}suaʔ^{21}piã$^{45}_{33}$ sã$^{45}_{33}$ piã^{45} hua^{45}tɔk^{21} hua^{45}k‘ui^{45} tiã$^{45}_{33}$ kau$^{53}_{45}$ tiã^{45}

风起风煞抨三抨，花砉花开癫九癫。

hoŋ^{45} k‘i^{21} bo$^{23}_{33}$ tsoŋ^{45} oʔ$^{21}_{53}$ts‘ue$^{33}_{21}$ iã^{53} hua^{45}tsan^{23}pan^{33}lɔk^{121} kui$^{45}_{33}$ suã$^{45}_{33}$ p‘iã^{23}

风去无踪恶揺影，花残瓣落归山坪。

✍ **注释**：风起，起风，刮风，吹风。风煞，风止。抨piã^{45}，用力甩，击打。砉tɔk^{21}，掉，落。恶oʔ^{21}，难，不易。揺ts‘ue^{33}，找，寻。归，一整，全。山坪，山坡，缓坡。

88. 渔家傲·乡社歌仔阵

ka$^{53}_{45}$suã^{21}tiau$^{23}_{33}$k‘im^{23}hian^{23}uã^{33}ban^{33} ts‘iŋ$^{45}_{33}$au^{23}k‘am$^{33}_{21}$sau^{21}kuan$^{23}_{33}$im^{45}

绞线调琴弦换慢，清喉嘞嗽悬音

ban^{53} sio$^{45}_{33}$hun^{45}tsi$^{53}_{45}$tsui^{53}tɛ$^{23}_{33}$p‘aŋ^{45}ban^{33} ui$^{23}_{33}$tsiɔŋ^{21}tan^{53} kuĩ^{45}bi^{23}bu^{33}

挽，烧薰煮水茶芳漫；围众等，光微雾

ts‘io^{33}iu$^{23}_{33}$tiŋ^{45}tsan^{53} kɔ^{53}lɔm^{21}lo^{23}k‘ãi^{45}hian^{23}tiau^{33}lan^{53} lam$^{23}_{33}$k‘iaŋ^{45}

熠油灯盏。鼓拵锣铿弦调懒，男腔

lu$^{53}_{45}$ts‘iɔ̃^{21}pui^{23}puã$^{45}_{33}$san^{53} tsiŋ^{23}hi^{45}au^{33}ts‘io^{21}kɔ$^{53}_{45}$laŋ^{23}kan^{21} bo$^{23}_{33}$tsiã$^{21}_{53}$pan^{53}

女唱肥搬瘖，前嘻后笑古侬干；无正板，

huã$^{45}_{33}$gi^{23} kun$^{53}_{45}$t‘iɔŋ^{21} bo$^{23}_{33}$hi$^{45}_{33}$han^{53}

欢 娱 滚 畅 无 稀 罕。

注释：乡社，农村，乡下。歌仔阵，地方戏爱好者排练聚会娱乐。嘞嗽，咳嗽，清嗓子。悬音挽，挽悬音，吊嗓子；挽，扯，拉；悬，高。烧薰，抽烟；薰 hun^{45}，烟草。煮水，烧水。芳，香，芬芳。炤 ts‘io^{33}，照，射。铿 k‘ãi^{45}，敲，锣响声。鼓拚，拚鼓，敲/打鼓。肥搬瘖，胖子演瘦子；搬，扮，演；瘖 san^{53}，瘦。古侬干，古板/正经人开骂。正板，正经，地道。滚畅，开玩笑。

89. 点绛唇 · 秋花逝

zuaʔ^{121} tiã^{33} ts‘iu^{45} ta^{45} ts‘un$^{33}_{21}$ i$^{23}_{33}$ sio^{45} hãʔ$^{21}_{53}$ ts‘iu$^{45}_{33}$ hua^{45} tim^{21} ts‘iŋ$^{21}_{53}$ hɔŋ^{45}

热 定 秋 焦，恀 余 烧 颬 秋 花 颔。凊 风

ts‘ue$^{45}_{33}$ lim^{53} hua^{45} tɔk^{21} ki^{45} ua^{45} sim^{21} luan$^{53}_{45}$ k‘i^{53} ts‘un^{45} tam^{23} hioʔ^{121} lui^{53}

吹 凛，花 砮 枝 桠 踸。 暖 起 春 澹，箬 蕊

m^{23} hua^{45} tsim^{21} laŋ$^{23}_{33}$ hua^{45} im^{21} sit$^{21}_{5}$ hua^{45} bo$^{23}_{33}$ zim^{53} hua^{45} si^{21} sim^{45} p‘e$^{45}_{33}$ tim^{21}

莓 花 浸。侬 花 窨，失 花 无 忍，花 逝 心 批 抌。

注释：热定，夏天过去了，天热停下来了；热，夏天。秋焦，秋燥；焦 ta^{45}，干，燥。恀 ts‘un^{33}，剩，余，留下。余烧，余热；烧，烫，热。颬 hãʔ^{21}，(辐射)热，烘烤，如“互火颬着（叫火燎着）”等。颔 tim^{21}/tam^{21}，低头，点头。凊风，凉风；凊 ts‘iŋ^{21}，凉，冷。砮 tɔk^{21}，掉，落。踸 sim^{21}，抖动，颤动，抖腿。澹 tam^{23}，潮，湿，与“焦”相对。箬 hioʔ^{121}，树叶，叶子。莓 m^{23}，花苞。浸，浸润，滋润。侬，人。窨，长时间混合在一起。批，扔，投。抌 tim^{21}，扔，投，甩，如“抌石头（扔石块）”等。

90. 七绝・初二团婿日

ts‘e$^{45}_{33}$ it^{21} nãu$^{33}_{21}$ziat^{121} ŋiã$^{23}_{33}$tsiã$^{45}_{33}$t‘au^{23} ts‘e$^{45}_{33}$ zi^{33} k‘ɔ^{45} ia^{23} tuĩ$^{53}_{45}$ gua$^{33}_{21}$ tau^{45}

初 一 闹 热 迎 正 头，初 二 姑 爷 转 外 兜。

gin$^{53}_{45}$ a^{53} aŋ$^{45}_{33}$ nã^{23} tã^{21} kat$^{21}_{5}$ts‘ai^{53} tiɔ̃$^{33}_{21}$ laŋ^{23} tiɔ̃$^{33}_{21}$ m^{53} pau$^{45}_{33}$ aŋ$^{23}_{33}$ pau^{45}

团 仔 红 篮 担 结 彩，丈 侬 丈 姆 包 红 包。

注释：团婿，女婿。闹热，热闹。转外兜，回娘家；兜tau^{45}，家，如“伯兜（咱家）、外家兜（娘家）”等。团仔，孩子。红篮，漆红漆竹篮，有盖，专用于喜事节日装礼品。丈侬，岳父。丈姆，岳母。包红包，以红纸包钱表心意。

91. 五绝・家治醉

le^{33} aŋ^{23} muã$^{53}_{45}$ts‘iu^{33} tui^{21} sio$^{45}_{33}$ kaŋ^{33}ts‘iaʔ$^{21}_{53}$tun$^{23}_{33}$ts‘ui^{21}

荔 红 满 树 坠，相 共 赤 唇 喙。

siɔ̃$^{33}_{21}$ le^{33} lɔŋ$^{23}_{33}$tsiau$^{23}_{33}$ i^{45} ts‘io$^{21}_{53}$tiam^{23} ka$^{45}_{33}$ ti^{33} tsui^{21}

想 荔 拢 缯 伊，笑 沉 家 治 醉。

注释：家治，自个儿，自己。相共，一样，相同。赤唇喙，红嘴唇；喙，嘴巴。拢，缯，全，都。

92. 七律・细汉小学门骹口

oʔ$^{121}_{21}$ tŋ^{23} muĩ$^{23}_{33}$ tiã^{23} ã$^{21}_{53}$ lɔ$^{33}_{21}$ kĩ^{23} tsia$^{21}_{53}$p‘oʔ^{21}pun$^{21}_{53}$ so^{21} kui$^{45}_{33}$ k‘a$^{45}_{33}$ pĩ^{45}

学 堂 门 埕 映 路 墘，蔗 粕 粪 扫 归 骹 边。

tsit$^{21}_{5}$ ui^{33} hue$^{53}_{45}$ts‘iaʔ^{21} tsian$^{45}_{33}$sɔ$^{45}_{33}$ts‘ui^{21} hit$^{21}_{5}$ piŋ^{23} iɔ̃$^{23}_{33}$ t‘o^{23} t‘au$^{21}_{53}$tsui^{53} tĩ^{45}

即 位 火 赤 煎 酥 脆， 迄 旁 洋 桃 透 水 甜。

pɔŋ$^{33}_{21}$ tau^{33} p‘iʔ^{21} p‘aʔ^{21} iã$^{23}_{33}$ hun$^{45}_{33}$hue^{53} k‘a$^{21}_{53}$ t‘ŋ^{23} k‘iŋ^{45}k‘ãi^{45} in$^{53}_{45}$ t‘o$^{53}_{45}$ t‘ĩ^{45}

呯 豆 噼 啪 萦 爋 火， 敲 糖 喀 铿 引 讨 添。

te^{33} pĩ^{53} oʔ$^{21}_{53}$ lun^{53} bo$^{23}_{33}$ lui^{45} k‘i^{21} nuã^{33} iŋ^{53} kiaŋ^{23}t‘un^{45}tuĩ$^{53}_{45}$ts‘u^{21} ĩ^{45}

袋 扁 恶 懔 无 镭 去， 噘 湧 强 吞 转 厝 瞑。

注释：细汉，小时候；长大说“大汉”。门骹口，门口。学堂，学校。门埕，门口空地；埕，空地，院子，场院。映ŋ^{21}/ã^{21}，朝，向。路墘，路边；墘kĩ^{23}，边，缘。蔗粕，甘蔗渣；粕，渣子，如“茶粕（茶渣），药粕（中药渣）”等。粪扫，垃圾。归骹边，脚边都是。即位，这儿，这里。迄旁，那儿，那边。透水，掺水。呯豆，火烤干豌豆。爋，烟雾。敲糖，敲脆糖。讨添，多要，讨要，追加。袋扁，口袋扁平（没钱）。恶懔，难忍；恶oʔ^{21}，难，不易；懔lun^{53}，忍，受。镭lui^{45}，钱。噘nuã^{33}，唾沫，口水。转厝，回家。瞑ĩ^{45}，睡觉。

93. 西江月·雨暝

loʔ$^{121}_{21}$ hɔ^{33} si$^{45}_{33}$si^{45} m$^{33}_{21}$hioʔ^{21} su$^{45}_{33}$i^{45} tiʔ$^{21}_{53}$tiʔ^{21} bo$^{23}_{33}$t‘iŋ^{23} ɔ$^{45}_{33}$mɛ̃^{23}bu$^{33}_{21}$hɔ^{33}

落 雨 丝 丝 伓 歇， 思 伊 滴 滴 无 停。乌 暝 雾 雨

kɔŋ$^{53}_{45}$luan$^{23}_{33}$tsiŋ^{23} hɔ^{33}liŋ^{53} sim$^{45}_{33}$kuã^{45}k‘aʔ$^{21}_{53}$ts‘iŋ^{21} tsui^{53} tɔk^{21} t‘ɔ$^{23}_{33}$k‘a^{45}

讲 恋 情， 雨 冷 心 肝 恰 凊。 水 砉 涂 骹

sit$^{21}_{5}$ siʔ^{121} kɔ$^{45}_{33}$lau^{23} puã$^{21}_{53}$haŋ^{33} bo$^{23}_{33}$k‘iŋ^{23} u$^{33}_{21}$zu$^{23}_{33}$kim^{45} ho$^{23}_{33}$pit$^{21}_{5}$ t‘au$^{23}_{33}$tsiŋ^{23}

失 蚀， 孤 留 半 项 无 琼。 有 如 今 何 必 头 前，

koʔ$^{21}_{53}$muĩ^{33} tsua^{23} laŋ^{23} put$^{21}_{5}$ hiŋ^{33}

佫 问 谁 侬 不 幸？

✍ **注释：**雨暝，雨夜。落雨，下雨。伓，不。乌暝，黑/暗夜。恰凊，更冷；恰，更，还；凊ts'iŋ^{21}，凉，冷。砻tɔk^{21}，掉，落。涂骹，地上，地面。孤，只，仅。琼，保留，存。头前，前面。佫，又，再。

闽南风物四叹（七绝）

94. 奇兰茶

tɛ$^{23}_{33}$ gɛ^{23} pɛʔ^{121} p'u^{53} bo$^{23}_{33}$ ki$^{23}_{33}$ tsaŋ^{23} tsui$^{53}_{45}$ sik^{21} uĩ^{23} kim^{45} u$^{33}_{21}$ lan$^{23}_{33}$ p'aŋ^{45}

茶 芽 白 暿 无 奇 枞，水 色 黄 金 有 兰 芳。

bi^{33} tu$^{53}_{45}$ hua^{45} hiŋ^{45} un^{33} e$^{33}_{21}$ t'in^{33} uan$^{21}_{53}$ t'an^{21} m$^{33}_{21}$ si^{33} piŋ$^{23}_{33}$ ho$^{23}_{33}$ laŋ^{23}

味 抵 花 馨 韵 会 滕，怨 叹 伓 是 平 和 侬。

✍ **注释：**奇兰茶，全称"白芽奇兰"，漳州属平和县特产，属半发酵乌龙茶。茶芽，茶叶。白暿，白灰；暿，光线模糊。枞，植株。滕t'in^{33}，比，争。伓，不。

95. 北风起

lauʔ$^{21}_{53}$ pak^{21} k'i$^{53}_{45}$ ts'iŋ^{21} lai$^{23}_{33}$ ts'iu$^{45}_{33}$ liaŋ^{23} pi$^{33}_{21}$ baʔ^{21} go$^{23}_{33}$ sun^{23} zip$^{121}_{21}$ hɔŋ$^{45}_{33}$ ts'iaŋ^{23}

落 北 起 凊 来 秋 凉，备 肉 熬 醇 入 风 肠。

iɔ̃$^{23}_{33}$ tŋ^{23} kau$^{45}_{33}$ liaŋ^{23} t'ui$^{53}_{45}$ baʔ^{21} ho^{53} liŋ$^{53}_{45}$ tsĩ^{21} ts'ɛ̃$^{45}_{33}$ suan^{21} su$^{23}_{33}$ tsiu$^{45}_{33}$ tsiaŋ^{45}

羊 肠 高 粱 腿 肉 好，冷 糋 青 蒜 殊 州 漳。

✍ **注释：**落北，刮北风，又说"落北风"。起凊，开始冷了。熬醇，酿酒，又说“熬酒”。冷糠，冷油（油温较低）煎漳州风肠；糠，煎，炸。吃漳州风肠要搭配青蒜切薄片。肠，有两读音ts‘iaŋ^{23}和tŋ^{23}。

96. 油纸伞

tik$^{21}_{5}$ kut^{21} ts‘a$^{23}_{33}$ sin^{45} tsua^{53} ts‘at$^{21}_{5}$ iu^{23}　sia$^{53}_{45}$ zi^{33} ua$^{33}_{21}$ tsiau^{53} biau$^{23}_{33}$ hua^{45} ziu^{23}
竹 骨 柴 身 纸 漆 油，写 字 画 鸟 描 花 柔。
t‘ĩ^{45} tsɛ̃^{23} bo$^{23}_{33}$ kam^{45} siu^{33} zit^{121} p‘ak^{121}　hɔ^{33} zit^{121} iu$^{53}_{45}$ hiŋ^{33} sim$^{23}_{33}$ lim^{23} iu^{23}
天 晴 无 甘 受 日 曝，雨 日 有 幸 承 霖 游。

注释：柴身，木头柄。曝，日晒。无甘，不舍得，舍不得，因油纸伞常晒太阳易老化，主要用以防雨。

97. 玻璃丝

ɔ^{45} lam^{23} pɛʔ^{121} ts‘iaʔ^{21} ts‘ɛ̃^{45} uĩ^{23} kio^{23}　ts‘it$^{21}_{5}$ ts‘ai^{53} tsiŋ$^{45}_{33}$ iŋ^{23} sŋ$^{53}_{45}$ pɛʔ$^{21}_{53}$ tsio^{45}
乌 蓝 白 赤 青 黄 茄，七 彩 晶 莹 损 百 招。
u$^{33}_{21}$ pĩ^{33} tsio^{45} uĩ^{23} lai$^{33}_{21}$ baʔ^{21} pɛʔ^{121}　iau$^{53}_{45}$ tsik^{21} bue^{53} tsun^{21} kim$^{45}_{33}$ hi^{23} io^{23}
有 辫 蕉 黄 内 肉 白，犹 织 尾 颤 金 鱼 摇。

注释：乌，黑。赤，红。青，绿。茄，紫。损sŋ^{53}，玩儿；又读suĩ^{53}，损失。辫pĩ^{33}，编织，扎，如“辫头鬃（扎辫子）”等。蕉，香蕉。尾颤，尾巴抖动。

98. 蝶恋花·秋遘

zuaʔ^{121} si^{21} ts'iu^{45} lai^{23} t'ĩ^{45} liŋ$^{53}_{45}$ si^{21} hioʔ^{121} pɔ^{53} ki^{45} ta^{45} hɔŋ^{45} suaʔ^{21} bun$^{23}_{33}$

热逝秋来天冷泗，箬脯枝燋，风撒闻

ts'iu$^{45}_{33}$ i^{21} tsiau^{53} biʔ^{21} sian^{23} siau^{45} hi^{23} kap^{21} bi^{33} hua^{45} liam^{45} ts'au^{53} kiu^{21} sɔ$^{45}_{33}$ kua^{45}

秋意。鸟覕蝉消鱼蛤沕，花蔫草趜蔬瓜

k'i^{53} lau^{33} kau^{21} ts'iu^{23} lim^{23} ts'iu^{45} pɛʔ$^{121}_{21}$ si^{53} hi^{33} t'at^{21} tsiu^{45} hua^{45} k'a^{45}

起。老遘愁临鬏白死，耳窒睭花，骹

taŋ^{33} tsai^{45} suai$^{45}_{33}$ si^{21} kut^{21} ŋɛ̃^{33} sin^{45} kiaŋ^{45} liŋ$^{23}_{33}$ baʔ^{21} i^{33} t'au^{23} ts'a^{23} nãu^{53} p'ã^{21}

动知衰势。骨硬身僵灵肉异，头柴脑冇

sim$^{45}_{33}$ kuã^{45} pi^{21}

心肝痹。

注释：秋遘，秋天到；遘，到，抵。冷泗，冷，凉。箬hioʔ^{121}，叶子。脯pɔ^{53}，干瘪，脱水状。燋ta^{45}，干，燥。撒风，刮/吹风。覕biʔ^{21}，躲，藏。沕bi^{33}，下潜，潜水，躲藏。趜kiu^{21}，干缩，缩小。蔬瓜起，采摘，上市。鬏ts'iu^{45}，胡子，毛发。白死，苍白。窒t'at^{21}，塞，堵，聋。睭tsiu^{45}，眼睛，又说"目睭"。骹k'a^{45}，腿，脚。柴，木，僵硬状。冇p'ã^{21}，空荡，不饱满。痹，麻木，没知觉。

99. 五绝·人生

uaʔ^{121} tsun^{45} t'ĩ$^{45}_{33}$ te^{33} uaʔ^{121} tso^{21} tsiau$^{21}_{53}$ ki$^{53}_{45}$ kui^{45} tso^{21}

活尊天地活，做照矩规做。

kiã^{23} tue$^{21}_{53}$ gau$^{23}_{33}$ laŋ^{23} kiã^{23} to^{53} tsiɔŋ$^{23}_{33}$ si$^{23}_{33}$ an^{33} to^{53}

行⿺走带勢侬行，倒从时限倒。

注释：⿺走带tue^{21}，跟，从，学。勢侬，能人，贤人。行，走，行走。倒，倒下，死亡。

100. 清平乐·中秋月起

tiɔŋ$_{33}^{45}$ ts‘iu^{45} gueʔ^{121} k‘i^{53}　i^{45} bi^{33} laŋ^{33} huã$_{33}^{45}$ hi^{53}　tiam$_{21}^{33}$ tiam^{33} iau$_{33}^{45}$ ki^{45} sã$_{33}^{45}$
中秋月起，伊汐侬欢喜。恬恬枵饥三

tuĩ$_{53}^{21}$ k‘i^{21}　tsiŋ$_{21}^{33}$ tsiŋ^{33} sim^{45} uĩ^{45} nãu^{53} pi^{21}　suan$_{33}^{45}$ hau^{45} puaʔ$_{21}^{121}$ piã^{53} laŋ$_{33}^{23}$
顿弃，静静心抰脑蔽。　喧嚣博饼侬

tau^{45}　sui^{45} tsiu^{53} huaʔ$_{53}^{21}$ kun^{23} gia$_{33}^{23}$ lau^{23}　kɔŋ$_{45}^{53}$ ho$_{45}^{53}$ siaŋ$_{33}^{45}$ ts‘e^{45} nɔ̃^{33} kue^{21}　i^{45}
兜，潍酒喝拳挨楼。讲好双棲两过，伊

tan^{45} kaʔ^{21} gun^{53} sin^{45} p‘au^{45}
啴呷阮身抛。

注释：伊汐，他下潜，躲起来。恬恬，安静状。枵iau^{45}，饿，饥。博饼，起源于福建厦门的一种中秋月饼娱乐方式。侬兜，人家家里。潍酒，喝酒。挨楼，把楼房抬起来。两过，过两人小日子。啴tan^{45}，先，预先。呷，把，将。阮，我，我的，我们的。

101. 七绝·大寒鲜花

tua$_{21}^{33}$ pak^{21} kuã$_{33}^{23}$ hɔŋ^{45}　su^{21}　su^{21} hau^{53}　ui$_{33}^{23}$　am^{33} lɔp$_{5}^{21}$ ts‘iu^{53}　mĩ$_{33}^{23}$ hiu^{23} tau^{21}
大北寒风哝哝吼，围颔络手棉裘鬥。

tsam$_{53}^{21}$ te^{23} ts‘un$_{33}^{45}$ lun^{23} kua$_{53}^{21}$　u$_{53}^{21}$　sio^{45}　k‘a^{45} taŋ^{21}　tsai^{53} gan^{21} ts‘ĩ$_{33}^{45}$ hua^{45} kau^{21}
蹃蹄伸伦挂焐烧，骹冻指浉鲜花遘。

注释：大寒鲜花，闽南在最冷的冬日许多鲜花仍盛开；大寒，最冷的冬日。围颔，围住脖子；颔am^{33}，脖子。络手，套住手。鬥，凑，配。蹃蹄，跺脚；

蹃tsam^{21}，跺。伸伦，展臂，展肢体。挂，连带，并且。焐烧，互拥取暖。骹，脚。凘gan^{21}，冻，极冷。

102. 菩萨蛮·微风过花枞

hɔŋ^{45} k‘iŋ^{45} san$^{21}_{53}$ pɔ^{33} hua$^{45}_{33}$ tsaŋ^{23} t‘ui^{33} so^{45} hu^{23} iu$^{21}_{53}$ tsĩ^{53} hua$^{45}_{33}$ m^{23} tsui^{21}

风 轻 散 步 花 枞 缒，挲 抚 幼 芷 花 莓 醉。

k‘uã$^{53}_{45}$ k‘uã^{53} a^{53} k‘ui$^{45}_{33}$ hua^{45} hua^{45} kui$^{45}_{33}$ kuã^{33} tiau$^{23}_{33}$ ua^{45} se$^{21}_{53}$ hɔŋ^{45} un$^{23}_{33}$ tuĩ$^{53}_{45}$ seʔ^{121}

款 款 仔 开 花，花 归 掮 着 椏。 细 风 匀 转 踅，

gio^{53} lui^{53} sim^{45} k‘ui$^{45}_{33}$ k‘eʔ^{21} hua^{45} ai$^{21}_{53}$ se$^{21}_{53}$ hɔŋ^{45} ts‘ue^{45} bi$^{23}_{33}$ hɔŋ^{45} tsio$^{21}_{53}$ tso$^{21}_{53}$ bue^{23}

睨 蕊 芯 开 锲。花 爱 细 风 吹，微 风 借 做 媒。

注释：花枞，花植株。缒t‘ui^{33}，下坠，下垂。芷tsĩ^{53}，嫩，幼。花莓，花苞。款款仔，慢慢地，徐徐。归掮，整串；归，一整，如“归日（成天）”等；掮kuã^{33}，挂，串。着椏，长牢在枝椏上。踅seʔ^{121}，旋，转。睨gio^{53}，调情，抛媚眼。锲k‘eʔ^{21}，闭，闭合。细风，微风。

103. 七绝·做智青半暝讲鬼松仔埔

nɔ̃$^{33}_{21}$ kɔ^{53} k‘ɔŋ$^{21}_{53}$ gɔŋ^{33} lai$^{23}_{33}$ sio$^{45}_{33}$ k‘ɔ^{45} kɔŋ$^{53}_{45}$ kui^{53} lo$^{23}_{33}$ mɛ̃^{23} ts‘iŋ$^{23}_{33}$ a^{53} pɔ^{45}

两 个 倥 戆 来 相 呼，讲 鬼 醪 暝 松 仔 埔。

gɔ$^{33}_{21}$ tsai^{53} t‘ĩ^{45} ɔ^{45} k‘uã$^{21}_{53}$ lɔŋ$^{53}_{45}$ p‘u^{53} tsit$^{21}_{5}$ laŋ^{23} kɔŋ$^{53}_{45}$ ts‘uaʔ^{21} i$^{45}_{33}$ laŋ^{23} sɔ^{45}

五 指 天 乌 看 拢 暡，即 侬 讲 愢 伊 侬 酥。

注释：智青，知青。半暝，半夜。松仔埔，坟场，墓地。倥戆k‘ɔŋ$^{21}_{53}$gɔŋ^{33}，傻子，蠢货。相呼，相邀，相约。瞜暝，极黑的夜晚。暡p‘u^{53}，光线模糊。即侬，这个人。愢ts‘uaʔ^{21}，害怕。酥，身子酥软，软瘫。

104. 浣溪沙·篮仔桲枞

hioʔ^{121} tian^{53} ts‘ɛ̃^{45} ts‘ɛ̃^{45} nã$^{53}_{45}$ kua$^{21}_{53}$ p‘aŋ^{23} m^{23} t‘iaʔ^{21} hua$^{45}_{33}$ hua^{45} tɛʔ$^{21}_{53}$ ki$^{45}_{33}$

箬 展 青 青 若 挂 篷，莓 拆 花 花 硩 枝

tsaŋ^{23} kue^{53} sik^{121} aŋ$^{23}_{33}$ aŋ^{23} tiau$^{21}_{53}$ ts‘iu^{33} p‘aŋ^{45} ta^{45} tam^{23} nuĩ$^{33}_{21}$ hioʔ^{121} ts‘iŋ$^{45}_{33}$ hiaŋ^{45}

枞，果 熟 红 红 吊 树 芳。 燋 澹 卵 箬 清 香

saŋ^{21} pɛʔ$^{121}_{21}$ bu^{33} hua^{45} k‘ui^{45} iau$^{53}_{45}$ sian$^{23}_{33}$ p‘aŋ^{45} ts‘ɛ̃$^{45}_{33}$ siap^{21} bo$^{23}_{33}$ t‘aŋ^{45} tan$^{53}_{45}$ kue^{53} aŋ^{23}

送，白 雾 花 开 犹 涎 蜂，青 涩 无 通 等 果 红。

注释：篮仔桲枞，番石榴树。箬，叶子。篷，帆。莓拆，花苞张开。硩tɛʔ^{21}，压，轧。芳，香，芬芳。燋ta^{45}，干，燥。澹tam^{23}，潮，湿。卵箬，卵形叶子。涎蜂，吸引蜜蜂。无通，不能，不可能。该诗喻叶子干湿都可泡茶喝，青果则早被摘光而等不到熟日。

105. 五绝·心花

ts‘un$^{45}_{33}$ hua^{45} k‘ui$^{45}_{33}$ tɛʔ$^{21}_{53}$ ki^{45} hua^{45} tɔk^{21} tsu$^{33}_{21}$ t‘ɔ^{23} li^{23}

春 花 开 硩 枝，花 砉 自 涂 离。

sim$^{45}_{33}$ hua^{45} paŋ$^{21}_{53}$ tĩ$^{33}_{21}$ pak^{21} hua^{45} lɔk^{121} bo$^{23}_{33}$ si$^{23}_{33}$ ki^{23}

心 花 放 滇 腹，花 落 无 辞 期。

注释：砮tɔk^{21}，掉，落。涂，泥，土。滇tĩ^{33}，满，溢。

106. 忆秦娥·讨小海

sia$^{23}_{33}$ iaŋ^{23} bak^{121} siaŋ$^{45}_{33}$ siaŋ^{45} sio$^{45}_{33}$ iak^{21} t'uã$^{45}_{33}$ t'ɔ^{23} kak^{21} t'uã$^{45}_{33}$ t'ɔ^{23} kak^{21}

斜阳沐，双双相约滩涂角。滩涂角，

k'ioʔ$^{21}_{53}$ le^{23} ham$^{45}_{33}$ k'ak^{21} to^{53} suã$^{45}_{33}$ t'uã^{45} p'ak^{121} i$^{45}_{33}$ laŋ^{23} kɔŋ$^{53}_{45}$ kau$^{21}_{53}$ sin^{45} t'ui$^{21}_{53}$

抾螺蚶壳，倒沙滩曝。伊侬讲遘身褪

pak^{21} ho$^{23}_{33}$ hɔŋ^{45} se$^{21}_{53}$ hɔ^{33} tsiɔŋ$^{23}_{33}$ t'au^{23} ak^{21} tsiɔŋ$^{23}_{33}$ t'au^{23} ak^{21} suan$^{33}_{21}$ i^{45} ko$^{45}_{33}$ bak^{121}

腹，和风细雨从头沃。从头沃，美伊膏墨，

hiŋ$^{33}_{21}$ laŋ^{33} sɛ̃$^{45}_{33}$ bak^{121}

幸侬生目。

注释：讨小海，到海边拾捡采摘各种海洋动植物。滩涂，带烂泥的海滩。抾k'ioʔ^{21}，拾，捡。蚶，贝类。曝，晾晒。遘，到。身褪腹，光膀子，又说“褪赤腹澈（赤裸上身）”等。沃，浇灌。生目，长眼睛。

赞花叹木四绝（五绝）

107. 凤凰木

t'ĩ^{45} kuã^{23} ts'iu$^{33}_{21}$ iã^{53} poʔ^{121} tu$^{53}_{45}$ zuaʔ^{121} kau$^{33}_{21}$ ki$^{45}_{33}$ hioʔ^{121}

天寒树影薄，抵热厚枝箬。

ts'ɛ̃$^{45}_{33}$ tau^{33} uan$^{45}_{33}$ to^{45} k'iau^{45} aŋ$^{23}_{33}$ hua^{45} ɔŋ$^{33}_{21}$ hue^{53} toʔ^{121}

青豆弯刀跷，红花旺火着。

✍ **注释**：天寒，天冷，冷天。抵热，碰上夏天。厚，多，茂盛。箬，叶子。跷k‘iau^{45}，弯，曲。着，着火。

108. 樟树

ts‘iu^{33} tua^{33} bo$^{23}_{33}$ su$^{45}_{33}$ ts‘iŋ^{23} tsaŋ^{23}kuan^{23} e$^{33}_{21}$ pi$^{53}_{45}$ ts‘iŋ^{23}

树 大 无 输 榕， 松 悬 会 比 松。

ts‘iŋ^{23} lau^{33} han$^{53}_{45}$ laŋ^{23} tsioʔ^{21} tsiɔ̃^{45} hai^{45} hɔŋ$^{33}_{21}$ p‘ua$^{21}_{53}$ piŋ^{23}

榕 老 罕 侬 斫， 樟 奒 哄 破 朌。

✍ **注释**：“榕”与“松”是同音字，都读ts‘iŋ^{23}；“榕”另文读iɔŋ^{23}，“松”另文读siɔŋ^{23}，以及与原“鬆”合并而成的简体字“松”之读音saŋ^{45}，如“放松”等。无输，不差，不更劣。悬，高。斫，砍，伐。奒hai^{45}，巨，大。哄hɔŋ^{33}，让人，叫人，是“互侬”的合音形式。破朌，劈开，锯开。朌，边，半。

109. 痳薇

ko^{53} ts‘ɛ̃^{45} ts‘iu$^{33}_{21}$ t‘ui^{33} tsaŋ^{23} sik^{121} kau^{21} ziau$^{23}_{33}$ p‘ue^{23} aŋ^{45}

果 青 缍 树 松， 熟 遘 皺 皮 尪。

k‘i$^{53}_{45}$ p‘o^{45} k‘ak^{21} baʔ^{21} hut^{121} nuã$^{53}_{45}$ p‘ue^{33} se^{53} t‘au^{23} tsaŋ^{45}

起 波 壳 肉 核， 攔 被 洗 头 鬃。

✍ **注释**：痳薇ba$^{23}_{33}$bui^{45}，无患子，皂角。过去缺肥皂年代常以之代替。缍t‘ui^{33}，下垂，坠。树松，树。熟遘，成熟的时候。皺皮尪，像皱皮公仔；皺皮，皮皱；尪，自“尪仔”，小人儿，神。起波，起泡。攔nuã^{53}，揉洗，搓洗。被，被单被套。头鬃，头发。

110. 刺箍

ts‘ɛ̃$^{45}_{33}$ hioʔ^{121} uĩ$^{23}_{33}$ ziɔŋ$^{23}_{33}$ hua^{45} ts‘iam$^{53}_{45}$ki^{45} lik$^{121}_{21}$ ts‘i$^{21}_{53}$ ua^{45}

青 箬 黄 绒 花，锓 枝 绿 刺 桠。

tso$^{21}_{53}$ ts‘iɔ̃^{23} li^{23} tik^{21} ba^{33} hɔŋ$^{23}_{33}$ t‘iɔk^{21} kau^{53} gu^{23} ba^{23}

做 墙 篱 竹 峇，防 畜 狗 牛 貓。

注释：刺箍，荆棘。闽南地区除用刺竹外，还特别种有小圆叶黄绒花枝杆长满刺之植物来当篱笆。锓ts‘iam^{53}，刺，扎。峇ba^{33}，密实。貓ba^{23}，野猫类。

111. 生查子·婚宴

aŋ$^{23}_{33}$tun^{23}pɛʔ$^{121}_{21}$k‘i^{53}bui^{45} giɔk$^{121}_{21}$tsai^{53}ɔ$^{45}_{33}$tsaŋ^{45}t‘ui^{33} ts‘ui$^{21}_{53}$pɔ^{33}liap$^{21}_{5}$

红 唇 白 齿 微，玉 指 乌 鬃 缍。碎 步 躡

k‘a^{45}k‘iŋ^{45} he$^{45}_{33}$bak^{121}hue$^{23}_{33}$bau^{23}sui^{53} tiɔ̃^{23}ts‘ut^{21}lɔŋ$^{53}_{45}$laŋ$^{23}_{33}$o^{45} tsiu^{53}k‘uan^{53}

骹 轻，瞑 目 回 眸 水。场 出 拢 侬 呵，酒 款

tsiau$^{23}_{33}$au^{23}tui^{21} kuĩ$^{45}_{33}$ui^{33}pat$^{121}_{21}$laŋ^{23}huan^{45} am$^{21}_{53}$kak^{21}ka$^{45}_{33}$ki^{33}tsui^{21}

缯 喉 对。光 位 别 侬 欢，暗 角 家 己 醉。

注释：微，微笑，笑。乌鬃，黑头发，又“头鬃（头发）”等。缍t‘ui^{33}，下垂，坠。躡骹，踮脚，轻步；骹，脚，腿。瞑目，眯眼；瞑，眯。拢，都，全。侬，人，人们。呵，夸奖，赞扬，又“呵咾o$^{45}_{33}$lo^{53}”。款酒，摆酒，安排酒。缯tsiau^{23}，全，都。光位，光亮处，明地儿。暗角，僻静角落。家己，自己。

112. 五绝·缠火烟

ts‘a^{23} ts‘au^{53} ai$^{21}_{53}$ tĩ$^{23}_{33}$ sin^{45} tsau$^{21}_{53}$ lɔ^{23} tioʔ$^{121}_{21}$ pak$^{121}_{21}$ in^{45}

柴 草 爱 缠 薪，灶 炉 着 缚 烟。

hue^{53} se^{21} tsaŋ^{53} tsĩ$^{45}_{33}$ tsau^{21} lɔ$^{23}_{33}$ sio$^{45}_{33}$ k‘a$^{45}_{33}$ ts‘iu$^{53}_{45}$ k‘in^{23}

火 细 稳 攕 灶，炉 烧 骹 手 勤。

注释：缠火烟，缠扎柴草成小把以生火或引燃大木块用。火细，火小，不够旺火。稳tsaŋ^{53}，草束。攕tsĩ^{45}，塞，挤。骹k‘a^{45}，腿，脚。

113. 七绝·莲蕉

hioʔ^{121} ts‘iɔ̃$^{33}_{21}$ tsio^{45} kĩ$^{23}_{33}$ sik^{21} tsi$^{53}_{45}$ aŋ^{23} hua^{45} zu$^{23}_{33}$ ho^{33} hian$^{53}_{45}$ uĩ^{23} iu$^{45}_{33}$ p‘aŋ^{45}

箬 像 蕉 墘 色 紫 红，花 如 鹤 显 黄 幽 芳。

hua$^{45}_{33}$ sim^{45} soʔ$^{21}_{53}$ tsiap^{21} tsaŋ^{23} tĩ$^{45}_{33}$ biau^{33} bua$^{23}_{33}$ hun^{53} hua$^{45}_{33}$ kin^{45} tsiaʔ$^{121}_{21}$ paŋ$^{21}_{53}$ saŋ^{45}

花 芯 嗍 汁 松 甜 妙，磨 粉 花 根 食 放 松。

注释：莲蕉，该“蕉”得读tsiau^{45}，而其他场合多读tsio^{45}。嗍汁，吸汁。其花芯汁甜，茎块可磨粉。

114. 好事近·狂雨搧花

kɔŋ$^{23}_{33}$ hɔ^{33} sian$^{21}_{53}$ hua$^{45}_{33}$ m^{23} tsui^{53} p‘aʔ^{21} hɔ^{33} ts‘iaŋ^{23} hua^{45} tɔk^{21} lui^{53} t‘iaʔ^{21}

狂 雨 搧 花 莓，水 拍 雨 溅 花 砉。蕊 拆

hua^{45} k‘ui^{45} tsaŋ^{45} suã^{21} siau$^{33}_{21}$ te^{33} tsiau$^{23}_{33}$ tam$^{23}_{33}$ lɔk^{21} lɔk$^{121}_{21}$ hua^{45} siau$^{45}_{33}$ lui^{53}

花 开 鬃 散，捎 地 缯 澹 漉。落 花 消 蕊

lɔŋ$^{53}_{45}$kui$^{45}_{33}$t‘ɔ^{23}　tsi$^{53}_{45}$k‘iam^{21}hua$^{45}_{33}$tsaŋ^{23}ts‘iɔk^{21}　laŋ^{23}ko^{53}kiat^{21}kim$^{45}_{33}$uĩ^{23}t‘ui^{33}

拢 归 涂，只 欠 花 松 灼。侬 果 结 金 黄 缍，

i^{45}ts‘iu^{33}kɔ$^{45}_{33}$ts‘ɛ̃$^{45}_{33}$liɔk^{121}

伊 树 孤 青 绿。

注释： 搧，拍打，掌掴。花莓，花苞，花蕾。溅ts‘iaŋ^{23},（水）冲，刷，冲洗。砉tɔk^{21}，掉，落。蕊拆，花蕊散开。鬈散，花瓣开散。揱siau^{33}，摔，打，抽。缯tsiau^{23}，全，都。澹，潮，湿。拢，全，都。涂，泥，上。花松，花（株）。灼，花盛开状。侬，人家。缍t‘ui^{33}，下坠。孤，仅，只。

115. 五绝 · 山坑泠仔

lai^{23}　m$^{33}_{21}$ kak^{21}guan$^{23}_{33}$t‘au^{23}　tsau^{53}bo$^{23}_{33}$　tsai^{45} k‘i$^{21}_{53}$ lau^{23}

来 怀 觉 源 头，走 无 知 去 流。

ts‘iŋ^{45}baŋ$^{45}_{33}$ts‘ue$^{33}_{21}$t‘ɛʔ$^{21}_{53}$ ui^{33}　lo^{23}　tiŋ$^{53}_{45}$ kuan^{23}t‘ɔ^{23} gau^{23}

清 甭 揌 澈 位，醪 顶 悬 涂 淆。

注释： 山坑泠仔，山泉，山涧。甭baŋ^{45}，别，甭。揌ts‘ue^{33}，寻，找。澈位，清澈之源。醪，混浊。顶悬，山上，上游。涂淆，泥土混淆在水里。

116. 木兰花 · 长数念

tsu$^{45}_{33}$tun^{23}ho$^{33}_{21}$k‘i^{53}bau^{23}ɔ$^{45}_{33}$pik^{121}　giɔk$^{121}_{21}$t‘e^{53}kiau$^{45}_{33}$sin^{45}hua^{45}p‘uã$^{33}_{21}$lik^{121}

朱 唇 皓 齿 眸 乌 白，玉 体 娇 身 花 伴 绿。

ts‘ui^{21} sɛ̃^{45} tsu^{45} p‘ik^{21} gi^{53} sian$^{45}_{33}$ im^{45} tsai^{53} tiam^{53} t‘i^{45} hun^{23} siã$^{23}_{33}$ tsiɔŋ$^{21}_{53}$ p‘ik^{21}

喙生珠珀语仙音，指点魑魂涎众魄。

si^{23} pue^{45} kiŋ^{21} uã^{33} tɔ$^{23}_{33}$ kɛ$^{45}_{33}$ ik^{21} kiã^{53} puʔ^{21} sun^{45} t‘ĩ^{45} bo$^{23}_{33}$ pɔ$^{21}_{53}$ sik^{21} zit^{121} k‘aŋ^{45}

时飞境换徒加忆，囝檏孙添无补色。日空

mɛ̃^{23} tsiŋ^{33} tɔk$^{121}_{21}$ t‘au^{23} sue^{23} te$^{53}_{45}$ liam^{33} tŋ$^{23}_{33}$ su^{45} siaŋ$^{45}_{33}$ bak^{121} tik^{121}

暝静独头垂，短念长思双目直。

注释： 数念，思念，挂念。喙ts‘ui^{21}，嘴巴，口。指，手指头。涎，吸引，引诱。囝kiã^{53}，儿子。檏puʔ^{21}，冒，生，长。暝mɛ̃^{23}，夜，晚。双目直，两眼发呆状。

117. 虞美人·伤秋

im$^{45}_{33}$ im^{45} am$^{21}_{53}$ k‘i^{53} ts‘iu$^{45}_{33}$ hɔŋ^{45} liŋ^{53} ut$^{21}_{5}$ ut^{21} ki$^{45}_{33}$ ua^{45} ts‘iŋ^{21} ik$^{21}_{5}$ ts‘un$^{45}_{33}$

阴阴暗起秋风冷，郁郁枝桠瀙。忆春

t‘au^{23} ĩ^{53} puʔ^{21} m^{23} sɛ̃^{45} uĩ^{23} lik^{121} hun^{53} aŋ^{23} hua^{45} t‘iaʔ^{21} ki^{45} hioʔ^{121} tsɛ̃^{45}

头杒檏莓生，黄绿粉红，花拆枝箬争。

hua^{45} k‘ui^{45} hioʔ^{121} ɔŋ^{33} hua$^{45}_{33}$ lui^{53} sui^{53} hioʔ^{121} tian$^{53}_{45}$ ts‘ɛ̃^{45} hua^{45} tsui^{21} kim^{45} hua^{45}

花开箬旺花蕊水，箬展青花醉。今花

hioʔ^{121} tɔk^{21} ts‘un$^{33}_{21}$ ta$^{45}_{33}$ ki^{45} hɔŋ^{45} sau^{21} tsuaʔ$^{21}_{53}$ io^{23} huan$^{23}_{33}$ zim^{53} iau$^{53}_{45}$ siaŋ$^{45}_{33}$ pi^{45}

箬砮恗燋枝，风扫迣摇，还忍犹伤悲。

注释： 瀙，凉，冷。杒檏，冒芽。莓，花苞。花拆，花开。箬，叶子。水，漂亮。砮，掉落。恗，剩余。迣，摇，抖。燋枝，枯枝。

118. 菩萨蛮・斫柴

mɔ̃^{45} ts'a^{23} tsap$^{121}_{21}$ ts'au^{53} ts'ɛ̃$^{45}_{33}$ suã^{45} ɔŋ^{33} pɔ$^{45}_{33}$ ki^{45} pɔ$^{53}_{45}$ hioʔ^{121} baŋ$^{23}_{33}$ taŋ^{45} tɔŋ^{33}
茅柴杂草青山旺，痡枝脯箬芒茱荡。
giaʔ$^{121}_{21}$ ke$^{21}_{53}$ a^{53} ts'a$^{23}_{33}$ to^{45} tsɔŋ$^{23}_{33}$ kuan$^{23}_{33}$ niã^{53} ts'u$^{45}_{33}$ p'o^{45} tsai$^{45}_{33}$ sã^{45} tam^{23} kuã^{33}
搩锲仔柴刀，赽悬岭跙坡。知衫澹汗
tiʔ^{21} k'uã$^{21}_{53}$ ke^{21} ui^{45} to^{45} k'iʔ^{21} ua$^{45}_{33}$ ts'au^{53} tsioʔ^{21} nɛ̃$^{23}_{33}$ ta^{45} tsau$^{21}_{53}$ k'aŋ^{45} hiã$^{23}_{33}$ u$^{33}_{21}$ ts'a^{23}
滴，看锲械刀缺。桠草斫晾燋，灶空𬊈有柴。

注释：斫柴，砍柴草（当燃料）。痡 pɔ^{45}，朽，枯。脯 pɔ^{53}，干皱，皱巴。芒茱，芦苇。搩 giaʔ^{121}，拿，举。锲 ke^{21}，割草镰刀。赽 tsɔŋ^{23}，奔，冲。悬，高。跙 ts'u^{45}，滑，斜。知，知道，觉察。澹 tam^{23}，湿，潮。械 ui^{45}，磨损，损蚀。缺，卷刃，有缺口。桠，枝桠。燋，干，燥。灶空，灶膛。𬊈 hiã^{23}，烧，燃。

闽南农情四叹（七绝）

119. 乡社大岩

si$^{21}_{53}$ kak^{21} te$^{53}_{45}$ pun^{21} siŋ$^{23}_{33}$ t'ian$^{45}_{33}$ ti^{23} sai$^{53}_{45}$ zio^{33} ts'ai$^{21}_{53}$ k'a^{45} kua$^{21}_{53}$ si$^{53}_{45}$ ti^{45}
四角贮粪承天池，屎尿菜骹挂死猪。
tiã$^{33}_{21}$ lam^{23} sɔ$^{45}_{33}$ kua^{45} ik$^{21}_{5}$ ɔ^{33} a^{53} k'in^{23} ak^{21} tiu^{33} a^{53} pui$^{23}_{33}$ huan$^{45}_{33}$ tsi^{23}
定淋蔬瓜益芋仔，勤沃粙仔肥番薯。

注释：乡社，农村，乡下。大岩，露天大粪坑。贮 te^{53}，装，放。菜骹，菜帮子，菜头菜尾。挂，并且，连带。定，经常，又说“定定”。粙仔，水稻。番薯，红薯。

120. 绞粟风柜

ts‘iu^{53} ko^{21} hɔŋ^{45}ts‘ue^{45}ka$^{53}_{45}$ts‘ik^{21}ts‘ŋ^{23}　p‘ã$^{21}_{53}$ ts‘ik^{21}hioʔ$^{121}_{21}$ sut^{21}hɔŋ^{45} sui$^{23}_{33}$ k‘ŋ^{45}

手　捁　风　吹　绞　粟　床，冇　粟　箬　屑　风　随　糠。

kak$^{21}_{5}$ tsioʔ^{121}ta$^{45}_{33}$ t‘ɔ^{23}k‘ioʔ$^{21}_{53}$tsit$^{121}_{21}$ si^{21}　pa$^{53}_{45}$ liap^{121}tan$^{33}_{21}$ts‘ik^{21}siu$^{45}_{33}$ kui$^{45}_{33}$ts‘ŋ^{45}

角　石　燋　涂　抾　一　势，饱　粒　模　粟　收　归　仓。

注释：绞粟风柜，扬谷风车；粟，稻谷。捁ko^{21}，摇。冇p‘ã^{21}，空，不饱满。箬屑，叶碎片。角石，石块。燋涂，干土，干泥。抾k‘ioʔ^{21}，拾，捡。一势，一边。模tan^{33}，饱满，结实。

121. 踏水车

te$^{53}_{45}$ tsui^{53}lian$^{23}_{33}$k‘uan^{23}kui$^{53}_{45}$tsap$^{121}_{21}$ paŋ^{45}　taʔ$^{121}_{21}$ts‘ia^{45}ts‘ut$^{21}_{5}$lat^{121} k‘a^{45} sɛ̃$^{45}_{33}$ laŋ^{45}

贮　水　连　环　几　十　枋，踏　车　出　力　骹　生　跉。

ui$^{21}_{53}$ kɛ^{33} t‘eʔ$^{121}_{21}$tsui^{53}kiã$^{23}_{33}$kuan$^{23}_{33}$ui^{33}　k‘ɔ$^{53}_{45}$ huã^{33}ts‘an$^{23}_{33}$k‘u^{45} ai$^{21}_{53}$tsui^{53}ts‘aŋ^{23}

偎　下　㨑　水　行　悬　位，苦　旱　塍　坵　爱　水　淙。

注释：踏水车，踩水车。贮水，盛水，装水。枋，木板。骹生跉，脚上长老茧。偎ui^{21}，从，自。㨑水，取水；㨑t‘eʔ^{121}，拿，取。行悬位，走（到）高处。塍坵，田，水田；塍ts‘an^{23}，水田。淙ts‘aŋ^{23}，水冲。

122. 天宝墟

sã$^{45}_{33}$ bin^{33} tsio$^{45}_{33}$ nã^{23}ts‘ui^{21} tui$^{21}_{53}$ k‘e^{45}　t‘ian$^{45}_{33}$tsu^{53} ki$^{45}_{33}$ tɔk^{21} taŋ$^{45}_{33}$ sai^{45} t‘e^{45}

三　面　蕉　林　喙　对　溪，天　主　基　督　东　西　鬌。

tu$^{53}_{45}$ zit^{121} tĩ^{33} muã^{53} laŋ^{23} e$^{45}_{33}$ k‘e^{21} bo$^{23}_{33}$ hi^{45} k‘aŋ$^{45}_{33}$ lɔŋ^{45} kau^{53} seʔ$^{121}_{21}$ ke^{45}

抵日滇满侬挨揳，无墟空啷狗踅街。

注释：天宝墟，距漳州老城区西十公里，是该地最大之农贸产品集散地。喙对溪，唯一一条老街街口对着西溪大堤，老街东西各有基督和天主教堂一座。躗t‘e^{45}，斜倚。抵日，逢上墟日；抵，碰，遇。滇tĩ^{33}，满，溢。挨揳，拥挤。空啷，空荡。踅，旋，转悠。

123. 如梦令·**社戏**

tua$^{33}_{21}$ bio$^{33}_{21}$ tiã^{23} laŋ$^{23}_{33}$ t‘au^{23} tse^{33} pɛ̃^{23} tiŋ$^{53}_{45}$ bin^{33} to$^{45}_{33}$ ts‘iɔ̃^{45} ts‘e^{53} lo$^{23}_{33}$ kɔ^{53} laŋ$^{33}_{21}$

大庙埕侬头侪，棚顶面刀枪扯。锣鼓弄

t‘ui$^{23}_{33}$ hua^{45} sio$^{53}_{45}$ tuã^{21} sui^{53} siã$^{45}_{33}$ t‘au^{23} ts‘e^{21} k‘iam$^{45}_{33}$ se^{21} k‘iam$^{45}_{33}$ se^{21} u$^{33}_{21}$ kui$^{53}_{45}$

槌花，小旦水声头脆。谦细，谦细，有几

kɔ^{53} gau$^{23}_{33}$ laŋ^{23} e^{33}

个势侬会？

注释：大庙埕，庙前广场、空地；埕，空地，场院。侬头，人头。侪tse^{33}，多。棚顶，戏台上；又叫“戏棚顶”。刀枪扯，刀枪挥舞、对打。弄槌花，（因熟练而）耍鼓/锣槌花。水sui^{53}，漂亮。谦细，谦逊，客气。势侬，能人，有本事之人。

124. 七绝·**忆蹥杨老洲林艺海旧厝一暝**

ku$^{33}_{21}$ ts‘u^{21} t‘ĩ^{45} tsɛ̃^{23} ts‘iaʔ$^{21}_{53}$ p‘ik$^{21}_{5}$ kuĩ^{45} aŋ$^{23}_{33}$ tsuĩ^{45} tsioʔ$^{121}_{21}$ piaʔ^{21} ts‘ɛ̃$^{45}_{33}$ t‘i^{23} uĩ^{45}

旧厝天晴赤珀光，红砖石壁青苔抰。

iau$^{53}_{45}$ biʔ$^{21}_{53}$ kuan$^{23}_{33}$lau^{23} kɔŋ$^{53}_{45}$t'iɔŋ$^{21}_{53}$kɔ^{53} kɔ$^{45}_{33}$ kiã^{45} tua$^{33}_{21}$ tsui^{53} im$^{45}_{33}$ mɛ̃$^{23}_{33}$ muĩ^{23}

犹 觇“悬 楼”讲 畅 古， 孤 惊 大 水 淹 暝 门。

注释：蹛tua^{21}，居，住，驻。杨老洲，漳州老城区外西南角之西溪边。林艺海，漳州名画家。旧厝，旧房子，老房子。暝，夜。抰uĩ^{45}，掩，遮。觇biʔ^{21}，躲，藏。悬楼，老房子之阁楼。讲畅古，讲趣事，畅，高兴，欢乐。孤，只，仅。惊，担心。

125. 鹧鸪天·食老

zuaʔ^{121} tsin^{33} hɔŋ$^{23}_{33}$ts'iu^{45} k'aʔ$^{21}_{53}$t'ɔ$^{53}_{45}$ts'iu^{45} ts'iu^{45} lai^{23} ts'iŋ$^{33}_{21}$ hɔ^{33} koʔ$^{21}_{53}$

热 尽 逢 秋 恰 吐 鬏， 秋 来 蹭 雨 佫

t'iam$^{45}_{33}$ts'iu^{23} ts'un$^{45}_{33}$t'au^{23}zuaʔ$^{121}_{21}$ bue^{53} kiŋ$^{45}_{33}$ nĩ^{23} kue^{21} bin^{33} pɔ^{53} p'ue^{23} ziau^{23}

添 愁。 春 头 热 尾 经 年 过， 面 脯 皮 皺

sue$^{21}_{53}$guat^{121} piu^{45} kɛ^{45} aŋ$^{53}_{45}$ laŋ^{53} kau$^{33}_{21}$ iu$^{45}_{33}$ ziu^{23} bo$^{23}_{33}$ sim^{45} k'iam$^{21}_{53}$ lat^{121} to$^{21}_{53}$

岁 月 飙。加 𣯷 𣰶， 厚 忧 柔， 无 心 欠 力 倒

hue$^{23}_{33}$kiu^{45} tsiŋ$^{23}_{33}$sɛ̃^{45} oʔ$^{21}_{53}$p'iaʔ^{21} ts'a$^{45}_{33}$t'au^{23}k'i^{53} au$^{33}_{21}$si^{21} lan$^{23}_{33}$siŋ^{23} ho$^{53}_{45}$bue^{53} siu^{45}

回 勼。 前 生 恶 避 差 头 起，后 世 难 承 好 尾 收。

注释：食老，老年，到老的时候。热尽，夏天过去；热，夏天，热天。恰k'aʔ^{21}，更，还。吐鬏，长胡子；鬏，胡，须。蹭ts'iŋ^{33}，碰，遇。佫koʔ^{21}，又，还。春头，初春。热尾，夏末。面脯，脸上干缩；脯pɔ^{53}，脱水状，干。皺，皱，皱纹。加𣯷𣰶，多纠缠不清。厚，多，盈。回勼，回缩，退缩；勼kiu^{45}，退，缩。恶oʔ^{21}，难，不易。差头，坏开头。收尾，（人生）结局。

126. 七绝・忆细汉黄仁涂角刻尪仔

ue$^{53}_{45}$ k‘ut^{21} ɔ$^{53}_{45}$ te^{33} hɔŋ$^{23}_{33}$k‘ɔŋ$^{45}_{33}$tɔŋ^{33} ts‘iŋ$^{45}_{33}$sua^{45} pɛ$^{23}_{33}$t‘ɔ^{23}ts‘iŋ$^{21}_{53}$ts‘ai$^{53}_{45}$ts‘ɔŋ^{21}

揋 窟 捣 地 防 空 洞， 清 砂 扒 涂 𤄯 彩 创。

tiau$^{45}_{33}$suã^{45} ŋiãu$^{53}_{45}$hɔŋ^{53} tai$^{23}_{33}$ kai^{45} laŋ^{23} k‘ik$^{21}_{5}$ts‘u^{21}t‘io$^{45}_{33}$ tiŋ^{23} gin$^{53}_{45}$ a^{53} bɔŋ^{33}

雕 山 侥 舫 台 阶 侬， 刻 厝 挑 亭 囝 仔 梦。

注释： 细汉，小时候。黄仁涂，黄土。涂角，土块，土疙瘩。刻尪仔，雕刻；尪仔，小人儿。揋窟，挖/掘洞。揋ue^{53}，捣ɔ^{53}，挖，掘。𤄯彩，随意。创，弄，搞。侥ŋiãu^{53}，挑，刻。囝仔，孩子。

127. 五言・降水批

t‘am$^{23}_{33}$ a^{53} ban$^{23}_{33}$ lam^{23} tse^{33} laŋ^{23} gau^{23} sian$^{21}_{53}$ tsui$^{53}_{45}$ p‘e^{45}

潭 仔 闽 南 侪， 侬 𫠡 搧 水 批。

siaŋ$^{33}_{21}$ tim^{45} ts‘u$^{21}_{53}$ hia$^{33}_{21}$ p‘e^{21} ts‘ue$^{21}_{53}$ ho^{53} tsui$^{53}_{45}$ p‘ue^{23}ts‘e^{45}

上 䁥 厝 瓦 柿， 最 好 水 皮 棲。

k‘ui$^{21}_{53}$ lat^{121} sai$^{53}_{45}$ siɔ̃$^{45}_{33}$ tua^{33} ts‘i$^{33}_{21}$ t‘au^{23} tai$^{53}_{45}$ tsui^{53} le^{23}

气 力 使 伤 大， 伺 头 逮 水 犁。

lat^{121} bo^{23} hiat$^{21}_{5}$k‘aʔ$^{21}_{53}$ lun^{53} ua$^{53}_{45}$ kin^{33} li^{45} sio$^{45}_{33}$ e^{45}

力 无 抭 恰 懔， 倚 近 哩 相 挨。

oʔ$^{121}_{21}$ pɔ^{33} siau$^{53}_{45}$t‘iau^{23} kak^{121} kak^{121} sã^{45} si^{21} m$^{33}_{21}$ he^{23}

学 步 小 髫 捔， 捔 三 四 伓 徯。

ts‘uan$^{53}_{45}$kiau^{45}tsa$^{45}_{33}$ bo^{53} hĩʔ^{21} tsap$^{121}_{21}$ hĩʔ^{21} kau$^{53}_{45}$ kut$^{121}_{21}$ ke^{45}

喘 娇 查 某 擮， 十 擮 九 滑 稽。

✍ **注释**：降水批，打水飘，其动词还可用“搧sian^{21}、抗hiat^{21}、捔kak^{121}、摵hĩʔ^{21}”等，都表示“扔、投、甩”的意思。潭仔，池塘。侪tse^{33}，多，盈。勢gau^{23}，擅长，擅于。批p‘e^{45}，扔，投，掷。䁯tim^{45}，聪明，悟性高。上，最，顶。厝瓦柿，瓦片。水皮椄，停留在水面上。伤siɔ̃^{45}，太，过于。伺头，低头，弯腰。逮，在，于。犁，低头直向前。力无，没力气。恰k‘aʔ^{21}，较，更。懔lun^{53}，胆小，退缩。哩li^{45}，正，在。相挨，挤在一块儿。小鬐，小孩儿。傒he^{23}，轻碰，擦。查某，女人。滑稽，闹笑话。

128. 清平乐 · **蕉林**

tsio$^{45}_{33}$ hua^{45} tsi$^{53}_{45}$ lui^{53} tiau$^{21}_{53}$ sim^{45} k‘ui$^{45}_{33}$ hua^{45} sui^{53} iu$^{21}_{53}$ ĩ^{53} tsio$^{45}_{33}$ sim^{45} tsio$^{45}_{33}$
蕉花紫蕾，吊心开花水。幼萷蕉芯蕉

hioʔ^{121} ts‘ui^{21} tsio^{45} kiat$^{21}_{5}$ zi^{53} kui$^{45}_{33}$ p‘a^{45} t‘ui^{33} tsio$^{45}_{33}$ huĩ^{23} tsiŋ$^{33}_{21}$ tsiŋ^{33} hɔŋ^{45}
箬翠，蕉结子归葩缍。蕉园静静风

bui^{23} kue^{53} ts‘ɛ̃^{45} k‘uã$^{53}_{45}$ k‘uã^{53} tsio^{45} pui^{23} k‘ɔ$^{53}_{45}$ tan^{53} tsio^{45} uĩ^{23} kui$^{53}_{45}$ kui^{21} i$^{45}_{33}$ laŋ^{23}
微，果青款款蕉肥。苦等蕉黄几季，伊侬

u$^{33}_{21}$ k‘i^{21} bo$^{23}_{33}$ kui^{45}
有去无归。

✍ **注释**：蕉花紫蕾，香蕉花蕾是紫红色、像悬吊着的长形心状物，内以象牙白为主花蕊等。水sui^{53}，漂亮。幼萷，幼芽；萷ĩ^{53}，芽，嫩叶。蕉子，长成香蕉状的果实。归葩，一大串。缍t‘ui^{33}，下坠。款款，慢慢地。蕉黄，自然熟，树上熟。

129. 五绝 · **闽南语**

p‘ɔ$^{53}_{45}$ t‘ɔŋ^{45} lam$^{33}_{21}$ kau$^{53}_{45}$ sai^{53} k‘iap$^{21}_{5}$ si^{33} kã$^{45}_{33}$ k‘a^{45} pai^{53}
普通滥狗屎，痃势兼骹跛。

t‘ɔ$^{53}_{45}$gi^{53}tit$^{121}_{21}$kiã$^{45}_{33}$bo^{23}　han$^{53}_{45}$laŋ^{23}tsai$^{45}_{33}$pai$^{33}_{21}$hai^{33}

土 语 直 惊 无， 罕 侬 知 败 害。

注释：普通，普通话。滥lam^{33}，搀和，掺。狗屎，喻本地话自己；该句“普通滥狗屎”为闽南语熟语，喻说话既含此又含彼，两者都没说好。痃势，丑陋，貌丑；痃k‘iap^{21}，缺，损。骹跛，瘸腿，跛腿。惊，担心，害怕。无，消失。败害，糟糕，损害。

130. 浣溪沙·春花

hɔŋ^{45}hut^{121}ts‘un$^{45}_{33}$hua^{45}lui$^{53}_{45}$lui^{53}k‘ui^{45}　hua^{45}aŋ^{23}hua^{45}pɛʔ^{121}kɔk$^{21}_{5}$siaŋ$^{45}_{33}$

风 拂 春 花 蕊 蕊 开， 花 红 花 白 各 相

sui^{23}　t‘iap$^{121}_{21}$hua^{45}hua^{45}t‘iap^{121}h‘ioʔ$^{121}_{21}$ki^{45}t‘ui^{23}　ho^{33}ts‘ui^{45}p‘aŋ$^{45}_{33}$hua^{45}pan$^{33}_{21}$

随， 叠 花 花 叠 箬 枝 垂。 雨 摧 芳 花 瓣

pan^{33}tɔk^{21}　hua^{45}aŋ^{23}hua^{45}pɛʔ^{121}tsu$^{33}_{21}$t‘ɔ^{23}kui^{45}　sɛ̃$^{45}_{33}$kue^{53}kue^{53}sɛ̃^{45}e$^{33}_{21}$sio^{45}tui^{45}

瓣 砉， 花 红 花 白 自 涂 归， 生 果 果 生 会 相 追。

注释：箬，叶子。砉tɔk^{21}，掉，落。涂，泥，土。

谈天说气六绝（五绝）

131. 倚暗仔

pɔ^{45}am^{21}zit^{121}t‘e$^{45}_{33}$gak^{121}　ts‘u^{21}aŋ^{23}kuĩ^{45}nãʔ$^{21}_{53}$kak^{21}

晡 暗 日 𪊲 岳， 厝 红 光 爁 角。

tsui^{53} tsɔk^{121} kap$^{21}_{5}$ kuai^{45} tio^{23} hua^{45} liam^{45} mɛ̃$^{23}_{33}$ lɔ^{33} ak^{21}

水 浊 蛤 蛙 趒，花 蔫 暝 露 沃。

注释：倚暗仔，黄昏，傍晚；又说“卜暗仔”。晡pɔ^{45}，午，如“顶晡（上午）”等。麗t‘e^{45}，倚，靠。厝，房子。爁nãʔ^{21}，闪，耀。蛤蛙，蛙类。趒tio^{23}，跳，蹦。暝mɛ̃^{23}，夜，晚上。

132. 硩头风雨

ɔ$^{45}_{33}$ hun^{23} tɛʔ$^{21}_{53}$ tiŋ^{53} lam^{45} pɛʔ$^{121}_{21}$ hɔ^{33} ak$^{21}_{5}$ t‘au^{23} tam^{23}

乌 云 硩 顶 褴，白 雨 沃 头 澹。

ts‘iu^{33} tsiʔ^{121} hia^{33} pue^{45} ts‘am^{53} tsui^{53} lo^{23} ta^{45} pĩ$^{21}_{53}$ t‘am^{23}

树 折 瓦 飞 惨，水 醪 燋 变 潭。

注释：硩头，压头，压顶；硩tɛʔ^{21}，压，轧。褴lam^{45}，罩，盖，披，如“褴棉裘（披棉袄）”等。沃，浇，淋。澹tam^{23}，潮，湿。醪，混浊。燋，干，燥，干地儿。

133. 鱼鳞天

hun^{23} t‘aʔ$^{121}_{21}$ hun^{23} hi$^{23}_{33}$ lin^{23} aŋ^{23} sui$^{23}_{33}$ aŋ^{23} ts‘iaʔ$^{21}_{53}$ p‘in^{23}

云 叠 云 鱼 鳞，红 随 红 赤 蘋。

ts‘ɛ̃$^{45}_{33}$ t‘ĩ^{45} kim$^{53}_{45}$ le^{33} tio^{33} kuan$^{23}_{33}$ tiŋ^{53} tan$^{45}_{33}$ p‘io^{23} sin^{45}

青 天 锦 鲤 佻，悬 顶 丹 薸 新。

注释：佻tio^{33}，跳动，颤动，抖动。悬顶，上头，头上。薸p‘io^{23}，浮萍。

134. 漳城夕照

hɔ^{33} tiã^{33} zit$^{121}_{21}$ kuĩ^{45} t‘ɛ̃^{23} bu^{33} siau^{45} hun^{23} pɛʔ$^{121}_{21}$ nɛ̃^{45}

雨 定 日 光 锃，雾 消 云 白 ⿱乳牛。

kim$^{45}_{33}$ sĩʔ^{21} koʔ$^{21}_{53}$ puã$^{23}_{33}$ nãʔ^{21} lɔŋ$^{53}_{45}$ tsɛ̃^{23} iau$^{53}_{45}$ tian$^{53}_{45}$ ts‘ɛ̃^{45}

金 闪 佫 盘 爁，朗 晴 犹 展 青。

注释：雨定，雨停；定，停止，不动。锃t‘ɛ̃^{23}，反光，反射（光），如“锃光（因反射而觉刺眼）”等。⿱乳牛nɛ̃^{45}，乳汁，乳房。佫koʔ^{21}，又，再。爁nãʔ^{21}，闪，耀。

135. 天光

ɔ$^{45}_{33}$ t‘ĩ^{45} p‘u$^{53}_{45}$ bu^{33} uĩ^{45} pɛʔ$^{121}_{21}$ te^{33} t‘e$^{21}_{53}$ mɛ̃$^{23}_{33}$ huĩ^{45}

乌 天 ⿰日普 雾 抰，白 地 替 暝 昏。

ts‘ɛ̃^{45} kiu^{45} am$^{21}_{53}$ sik^{21} t‘uĩ^{21} zit^{121} ts‘ut^{21} taŋ$^{45}_{33}$ piŋ^{23} kuĩ^{45}

星 勼 暗 色 褪，日 出 东 ⿰月分 光。

注释：天光，天亮，乌，黑。⿰日普p‘u^{53}，晦暗，光线不清。抰uĩ^{45}，遮，掩。暝昏，夜晚。勼kiu^{45}，回缩，退缩。东⿰月分，东方；⿰月分piŋ^{23}，边。

136. 早霞

tsa$^{53}_{45}$ hɛ^{23} ts‘iaʔ$^{21}_{53}$ puã$^{21}_{53}$ t‘ĩ^{45} tiau$^{45}_{33}$ hɔ^{33} tsik$^{21}_{5}$ kui$^{45}_{33}$ tĩ^{23}

早 霞 赤 半 天，朝 雨 积 归 缠。

tso$^{21}_{53}$ sik^{21} tu$^{53}_{45}$ lan$^{23}_{33}$ iŋ^{21} tsai$^{33}_{21}$ iŋ^{23} tɔŋ$^{45}_{33}$ ho$^{53}_{45}$ ĩ^{45}

做 息 抵 难 应，在 闲 当 好 嘤。

注释：积归缠，积了一大堆（准备下雨）。归，成，一整。做息，干活儿，做事。抵tu^{53}，碰，遇。应，应对，应付。在闲，空闲者。好瞟，（因下雨）好睡觉；瞟ĩ^{45}，睡觉。

137. 忆秦娥·做囝仔伫杨老洲损水

t‘ĩ$^{45}_{33}$si^{23}zuaʔ^{121} k‘e^{45}ts‘iŋ^{45}tsui^{53}liŋ^{53}liaŋ$^{23}_{33}$hɔŋ^{45}suaʔ^{21} liaŋ$^{23}_{33}$hɔŋ^{45}suaʔ^{21}
天时热，溪清水冷凉风撒。凉风撒，
k‘uã$^{21}_{53}$ts‘ɛ̃$^{45}_{33}$t‘ĩ^{45}k‘uaʔ^{21} paŋ$^{21}_{53}$siã$^{45}_{33}$t‘au$^{23}_{33}$huaʔ^{21} liam$^{23}_{33}$t‘i^{45}pan$^{53}_{45}$kuã^{33}
看青天阔，放声头喝。黏黐反汗
sã^{45}kɔ$^{23}_{33}$baʔ^{21} ts‘iŋ$^{45}_{33}$liaŋ^{23}hɔ$^{21}_{53}$tsui^{53}sio$^{45}_{33}$tsɛ̃$^{45}_{33}$p‘uaʔ^{21} sio$^{45}_{33}$tsɛ̃$^{45}_{33}$p‘uaʔ^{21} sŋ^{53}
衫糊肉，清凉戽水相争泼。相争泼，损
bo$^{23}_{33}$tsai$^{45}_{33}$suaʔ^{21} t‘iɔŋ^{21}bo$^{23}_{33}$su$^{45}_{33}$aʔ^{21}
无知煞，畅无输鸭。

注释：做囝仔，孩提时代；囝仔，孩子。伫ti^{33}，在，于。损水，玩水，戏水。风撒，撒风，刮/吹风。黏黐liam$^{23}_{33}$t‘i^{45}，黏乎，黏糊状。黐，粘，黏。反汗，流汗。衫糊肉，衣服（因汗）紧贴在皮肤上。戽水，泼水。损无知煞，玩得不懂得停下来；煞，结束。畅，高兴，畅快。无输鸭，不比鸭子戏水差。

138. 七绝·踅某乜“古迹”

ku$^{33}_{21}$si^{23}sai$^{53}_{45}$ko^{45}pun$^{21}_{53}$so^{21}t‘iap^{121} kim$^{45}_{33}$zit^{121}t‘iʔ$^{21}_{53}$ts‘at^{21}hui$^{23}_{33}$tsuĩ^{45}t‘iap^{21}
旧时屎膏粪扫叠，今日铁漆�砖贴。

i^{53}_{45}pɛʔ^{21} au^{23}_{33}k‘aŋ^{45} bueʔ$^{21}_{53}$ t‘eʔ$^{121}_{21}$ lui^{45} bue$^{33}_{21}$ zip^{121} lai$^{33}_{21}$ te^{53} sim^{45} tan$^{45}_{33}$ liap^{21}

已掰喉空卜摕镭，未入内底心啴慑。

注释：趸某乜“古迹”，转悠某“古迹”。粪扫，垃圾。铁漆，油漆。垓砖，瓷砖；垓hui^{23}，白瓷。喉空，喉咙。卜bueʔ^{21}/beʔ^{21}，要，欲。摕t‘eʔ^{121}，拿，取。镭，钱。内底，里头。啴tan^{45}，先。慑，害怕。

139. 西江月·往过漳州南门溪

k‘e^{45} k‘uaʔ^{21} tsui^{53} ts‘iŋ^{45} sua^{45} pɛʔ^{121} t‘e^{23} kuan^{23} tik^{21} bat^{121} t‘ĩ^{45} ts‘ɛ̃^{45} huĩ^{33}

溪阔水清沙白，堤悬竹密天青。远

uĩ$^{23}_{33}$ suã^{45} k‘a^{45} u$^{33}_{21}$ tsun^{23} t‘ɛ̃^{45} lau^{23} ui$^{21}_{53}$ taŋ^{45} tsui^{53} bo$^{23}_{33}$ tsɛ̃^{33} kin^{33} ua^{53}

圆山骹有船撑，流偎东水无静。近倚

k‘uã$^{21}_{53}$ lam$^{23}_{33}$ muĩ$^{23}_{33}$ pɔ^{33} laŋ^{23} e$^{45}_{33}$ k‘e^{21} zit^{121} bo$^{23}_{33}$ mɛ̃^{23} tsŋ$^{45}_{33}$ sia^{21} tã$^{45}_{33}$ tɛʔ^{21} tsiaʔ$^{121}_{21}$

看南门埠，侬挨揳日无暝。装卸担硩食

k‘a$^{45}_{33}$ tɛ̃^{45} se$^{53}_{45}$ sã$^{45}_{33}$ laŋ^{23} tsɛ̃^{45} tau$^{21}_{53}$ mɛ̃^{53}

骹趼，洗衫侬争鬥猛。

注释：该词里描写的是1990年之前的南门溪。往过，过去，以前。悬kuan^{23}，高。圆山骹，圆山脚下。偎ui^{21}，往，从。挨揳，拥挤。暝mɛ̃^{23}，夜，晚。担硩，挑/背负重物；硩tɛʔ^{21}，压，轧。食骹趼，靠脚掌（上下踏板）挣饭吃；骹趼，脚跟。争鬥猛，看谁洗得更快（因家里还有一大堆事要干）。

140. 五绝·查某心

zit^{121} kau^{21} bak^{121} bui^{45} tsui^{21} mɛ̃^{23} lai^{23} sim^{45} tɔk$^{21}_{5}$ lui^{33}

日遘目微醉，暝来心[illegible]泪。

hua^{45}k‘ui^{45}zit^{121}uã$^{33}_{21}$sin^{45} bo$^{23}_{33}$tat^{121}i^{45}laŋ^{23}ts‘ui^{21}

花 开 日 换 新，无 值 伊 侬 脆。

注释：查某，女人，女孩儿。日遘，白天。暝来，晚上。砻tɔk^{21}，掉，落。无值，不如。

141. 渔家傲·春水霉雨

ts‘un$^{45}_{33}$bue^{23}sap$^{21}_{5}$hɔ^{33}mĩ$^{23}_{33}$mĩ^{23}tiʔ^{21} ɔ$^{45}_{33}$hun^{23}am$^{21}_{53}$bu^{33}sui$^{23}_{33}$sui$^{23}_{33}$ts‘i^{21} kuĩ^{45}

春 霉 霎 雨 绵 绵 滴，乌 云 暗 雾 随 随 伺，光

t‘ĩ^{45}nãʔ$^{21}_{53}$zit^{121}t‘au$^{45}_{33}$t‘au^{45}biʔ^{21} sim^{45}liŋ$^{53}_{45}$siʔ^{21} oʔ$^{21}_{53}$kim^{21}t‘iã$^{21}_{53}$t‘aŋ^{21}iu$^{23}_{33}$k‘ui$^{45}_{33}$

天 燃 日 偷 偷 觅；心 冷 瑟，恶 禁 疼 痛 尤 开

biʔ^{121} k‘ui$^{45}_{33}$t‘au^{23}pɔ$^{33}_{21}$ts‘ui^{21}laŋ$^{33}_{21}$sian$^{45}_{33}$ tsiʔ^{121} uan$^{23}_{33}$bue^{53}kɔŋ$^{53}_{45}$lan^{53}

篾。 开 头 哺 喙 弄 仙 舌， 完 尾 讲 伯

bo$^{23}_{33}$laŋ$^{23}_{33}$tiʔ^{121} i$^{45}_{33}$laŋ^{23}liŋ$^{53}_{45}$hueʔ^{21}sim$^{45}_{33}$zu$^{23}_{33}$t‘iʔ^{21} t‘au$^{23}_{33}$k‘ak^{21}liʔ^{121} sim$^{45}_{33}$

无 侬 挃， 伊 侬 冷 血 心 如 铁； 头 壳 裂， 心

kuã^{45}p‘un$^{21}_{53}$hueʔ^{21}hiŋ^{45}lan$^{23}_{33}$ziʔ^{121}

肝 喷 血 胸 难 揤。

注释：霎雨，毛毛细雨。绵绵滴，连绵不间断地滴落。随随，接着，紧跟而来。伺ts‘i^{21}，俯下身子，压低身子。光天燃日，阳光灿烂。觅biʔ^{21}，躲，藏。哺喙，嚼舌，瞎扯。完尾，后来。伯lan^{53}，我，咱。无侬挃，没人要；挃tiʔ^{121}，要。揤ziʔ^{121}，按，压。

142. 五绝·虹

hɔ^{33} tsɛ̃^{23} t'ĩ^{45} ts'ut$^{21}_{5}$ k'iŋ^{23} huã^{23} k'ua^{21} pak$^{21}_{5}$ lam^{23} piŋ^{23}

雨 晴 天 出 虹，横 跒 北 南 旁。

ŋɔ̃$^{53}_{45}$ ts'ai^{53} u$^{33}_{21}$ k'iŋ$^{23}_{33}$ sik^{21} gua^{53} kã$^{45}_{33}$ k'ɔ^{53} tsit$^{121}_{21}$ tsiŋ^{23}

五 彩 有 虹 色，我 兼 苦 一 情。

注释：虹，有两读音：白读（口语）说k'iŋ^{23}，文读（读书）说hɔŋ^{23}。跒k'ua^{21}，架，晾，如"跒桥（架桥）"等。旁piŋ^{23}，边，半。五彩，闽南语就说五彩，不说七彩。兼kã^{45}，只，仅，光，是"干焦"缩略式。

143. 菩萨蛮·某寡侬

tiau$^{23}_{33}$ t'ĩ^{45} tsam$^{21}_{53}$ te^{33} tui$^{23}_{33}$ hiŋ$^{45}_{33}$ k'am^{53} bɔŋ$^{45}_{33}$ sim^{45} p'ue$^{21}_{53}$ nuã^{33} t'au$^{23}_{33}$ mɔ̃^{23}

朝 天 踜 地 捶 胸 坎，摸 心 呸 噸 头 毛

sam^{21} tsiu^{21} koʔ$^{21}_{53}$ tsai$^{21}_{53}$ tsiã$^{23}_{33}$ tsaŋ^{23} suan$^{45}_{33}$ tiŋ$^{23}_{33}$ koʔ$^{21}_{53}$ tso$^{21}_{53}$ laŋ^{23} ua$^{33}_{21}$ bue^{53}

鬖。咒 佫 再 成 松，宣 重 佫 做 侬。 话 尾

im^{45} iau$^{53}_{45}$ ti^{33} ho$^{53}_{45}$ kɔŋ^{53} gan^{23} ts'uĩ$^{45}_{33}$ hi^{33} k'i^{23} kiat^{21} sin$^{45}_{33}$ siaŋ^{45} lai^{23} bo$^{23}_{33}$

音 犹 伫，好 讲 言 穿 耳。疪 结 新 伤 来，无

ui$^{21}_{53}$ si$^{53}_{45}$ hɔŋ$^{33}_{21}$ tai^{23}

畏 死 哄 坮。

注释：某寡侬，某些人；寡kua^{53}，一些，些许，如"一寡仔（一些）"等。踜tsam^{21}，跺脚。呸噸，吐口水；噸nuã^{33}，唾液。鬖sam^{21}，松散毛发，如"鬖毛（披头散发）"等。佫再，又，还。成松，长大成株，成长。重佫，又再，重新。疪k'i^{23}，疤，痕。死哄坮，死了叫人埋；哄，让人；坮，埋葬。

144. 天虹高·查夫查某

sui^{53} kan$^{45}_{33}$ts‘ui^{21} baŋ$^{45}_{33}$lau$^{23}_{33}$lui^{33} m$^{33}_{21}$t‘aŋ^{45}kan$^{45}_{33}$kui^{53} ai$^{21}_{53}$u^{33}tsa$^{45}_{33}$pɔ^{45}

水，干 脆，甭 流 泪，伓 通 奸 鬼，爱有 查 夫

k‘ui^{21} mãi$^{21}_{53}$tsian$^{33}_{21}$p‘ue^{23}sue$^{45}_{33}$ts‘ui$^{21}_{53}$tsui^{53} kɛ^{45}tsiɔŋ$^{23}_{33}$bɔ^{53}au$^{33}_{21}$t‘au^{23}an$^{45}_{33}$ui^{33}

气；媛 贱 皮 衰 喙 嘴，加 从 某 后 头 安慰。

kui^{45} e$^{33}_{21}$bui^{45} be$^{33}_{21}$kue$^{21}_{53}$pui^{23} gau^{23}tsi^{53}ts‘a^{53}tsui^{23} bo$^{23}_{33}$tiã$^{33}_{21}$kiã^{45}

闺，会 微，袂 过 肥，势 煮 炒 剉，无 定 惊

tsiaʔ$^{121}_{21}$k‘ui^{45} baŋ$^{45}_{33}$tim$^{45}_{33}$k‘ak^{21}ã^{21}le$^{23}_{33}$t‘ui^{23} tsio^{53}tai$^{53}_{45}$aŋ^{45}t‘au$^{23}_{33}$tsiŋ^{23}tian$^{53}_{45}$ui^{45}

食 亏，甭 瞧 壳 馅 犁 锤，少 逮 翁 头 前 展威。

注释：查夫查某，男人女人。水，(在此句) 英俊，帅。甭 baŋ^{45}，别，甭。伓通，别，不能/行/可以。奸鬼，使诈，玩儿阴的。爱，得，必须。查夫气，男子气。媛 mãi^{21}，别，不要。喙嘴，嘴巴，嘴皮儿。加，多。某，老婆。闺，内敛，含蓄。会微，能笑。袂 be^{33}，不会。势煮炒剉，能干家务杂事儿；势 gau^{23}，擅于，擅长；剉 tsui^{23}，砍，切。无惊，不必害怕。定，经常。瞧壳，外表精明；瞧 tim^{45}，聪明，醒悟。馅犁锤，内里蠢钝。逮 tai^{53}，在，于。翁，老公。头前，前头。

漳州风情四绝（五绝）

145. 菜市早市

huaʔ$^{21}_{53}$ɔ^{45}t‘ĩ^{45}p‘u$^{53}_{45}$kuĩ^{45} kɔŋ$^{53}_{45}$tsa^{53}tiam^{21}k‘ui$^{45}_{33}$muĩ^{23}

喝乌天 暗 光，讲 早 店 开 门。

ts‘ai$^{21}_{53}$ tã^{21} t‘ɔ$^{23}_{33}$ k‘a^{45} k‘ua^{21} laŋ^{23} e^{45} si$^{21}_{53}$ keʔ^{21} ts‘uĩ^{45}

菜担涂骹 ⿱业可，侬挨四廓 穿。

注释：菜市，市场。喝乌，说黑。暡光，朦亮。讲早，说早。涂骹，地上。⿱业可k‘ua^{21}，架，放。挨，挤，拥。四廓，四处，到处。穿，穿行。

146. 补鼎

lɔ$^{23}_{33}$ kiã^{53} t‘aŋ$^{21}_{53}$ hɔŋ$^{45}_{33}$ kui^{33} t‘iʔ^{21} iɔ̃^{23} laŋ$^{33}_{21}$ pĩ$^{21}_{53}$ tsui^{53}

炉囝遖风柜，铁烊弄变水。

u$^{33}_{21}$ t‘aŋ^{45} pɔ$^{53}_{45}$ tiã$^{53}_{45}$ k‘aŋ^{45} iau$^{53}_{45}$ tsi$^{53}_{45}$ ti$^{45}_{33}$ k‘a$^{45}_{33}$ t‘ui^{53}

有通补鼎空，犹煮猪骹腿。

注释：补鼎，补锅；鼎，铸铁锅。炉囝，小炉子。遖t‘aŋ^{21}，通，往。风柜，拉风箱。烊iɔ̃^{23}，熔化。弄变，巧变，要变。水，铁水。通，可以，能。鼎空，锅上的洞。猪骹腿，猪蹄膀。

147. 杨老洲鸭寮

pɛʔ$^{121}_{21}$ aʔ^{21} pɛʔ$^{121}_{21}$ k‘ua$^{23}_{33}$ k‘ua^{23} aʔ^{21} hua^{45} hua$^{45}_{33}$ tiam$^{53}_{45}$ hua^{45}

白鸭白咵咵，鸭花花点花。

huã^{33} li^{23} lɔŋ$^{53}_{45}$ loʔ$^{121}_{21}$ tsui^{53} tse$^{23}_{33}$ ts‘iɔ̃^{21} kaŋ$^{33}_{21}$ ka$^{45}_{33}$ ka^{45}

岸离拢落水，齐唱共咖咖。

注释：鸭寮，鸭棚。白咵咵，很白状。拢，都，全。

148. 卖溪水老伙仔

k‘a^{45} ts‘iŋ^{33} ts‘iu$^{33}_{21}$ liŋ$^{45}_{33}$ e^{23} kan^{45} tã^{45} tsui$^{53}_{45}$ t‘aŋ^{53} le^{23}

骹 颂 树 䏻 鞋，肩 担 水 桶 犁。

ts‘ue$^{45}_{33}$ hɔŋ^{45} mɔ̃^{23} pɛʔ^{121} sam^{21} be$^{33}_{21}$ tsui^{53} ts‘ia^{45} t‘ua$^{45}_{33}$ ke^{45}

吹 风 毛 白 鬖，卖 水 车 拖 街。

注释： 卖溪水老伙仔，过去没全面安装自来水之前，有些人家井水质量欠佳，就得买漳州南门溪水做烹调饮水用，卖水的老头儿便不论春夏秋冬都从江里挑水倒进木制水车，沿街卖水不止。骹，脚。树䏻鞋，橡胶鞋，自己用汽车外胎裁剪而制。犁，只顾低头挑水状。鬖sam^{21}，发散，乱。颂ts‘iŋ^{33}，穿，着。

149. 清平乐·海墘潮

lai$^{23}_{33}$ tiau^{23} tiɔ̃$^{21}_{53}$ tsui^{53} tue$^{21}_{53}$ bak$^{121}_{21}$ k‘ɔ^{45} iŋ$^{23}_{33}$ lui^{33} ɔŋ$^{53}_{45}$ su^{33} tsiau$^{23}_{33}$ tsiɔŋ$^{23}_{33}$ t‘au^{23}

来 潮 涨 水，𧼮 目 箍 盈 泪。往 事 缯 从 头

kiɔk$^{21}_{5}$ k‘i^{53} zu$^{23}_{33}$ lɔŋ$^{33}_{21}$ p‘aʔ^{21} tsiŋ$^{45}_{33}$ tsioʔ^{121} ts‘ui^{21} tiau^{23} t‘e^{21} iau$^{53}_{45}$ ɛ$^{33}_{21}$ tiau^{23}

踘 起，如 浪 拍 舂 石 碎。 潮 退 犹 下 潮

sui^{23} tsau$^{53}_{45}$ laŋ^{23} m$^{33}_{21}$ kĩ^{21} laŋ^{23} kui^{45} tse$^{33}_{21}$ baŋ^{33} tiau^{23} hue^{23} t‘e^{21} k‘i^{21} ti$^{33}_{21}$ si^{23} koʔ$^{21}_{53}$

随，走 侬 怀 见 侬 归。坐 望 潮 回 退 去，伫 时 佫

k‘uã$^{21}_{53}$ i^{45} bui^{45}

看 伊 微？

注释： 海墘，海边；墘kĩ^{23}，边，缘。𧼮tue^{21}，跟，随。目箍，眼眶。缯tsiau^{23}，全，都。踘kiɔk^{21}，冒，喷。伫时，什么时候。佫koʔ^{21}，又，还。微，微笑。

150. 七绝・**纸字仔**

bak$^{121}_{21}$ k‘uã^{21} tsua$^{53}_{45}$ zi^{33} sim$^{45}_{33}$ t‘au^{23} tiã^{33} sɔ$^{21}_{53}$ zi^{33} k‘iŋ$^{45}_{33}$ tio^{23} nãu$^{53}_{45}$ k‘ak^{21} t‘iã^{21}

目 看 纸 字 心 头 定，数 字 轻 越 脑 壳 疼。

tsai^{53} tiam^{53} tsĩ^{23} lui^{45} si$^{21}_{53}$ keʔ$^{21}_{53}$ pue^{45} ts‘iu^{53} tɛ̃$^{33}_{21}$ zi$^{33}_{21}$ tsua^{53} aŋ$^{45}_{33}$ kɔŋ^{45} siã^{21}

指 点 钱 镭 四 廓 飞，手 掷 字 纸 尪 公 圣。

注释：纸字仔，纸币，钞票。目，眼睛。越，跳，蹦。指，手指头。镭，钱。四廓，四处，到处。掷，握，拿。字纸，纸币。尪公，神灵。

151. 浣溪沙・**去杨老洲洗浴**

ts‘ia^{45} k‘ua^{21} kuan$^{23}_{33}$ t‘e^{23} ka$^{45}_{33}$ pɔk$^{21}_{5}$ k‘a^{45} to$^{53}_{45}$ huã^{23} ts‘ia$^{23}_{33}$ pa^{21} bak^{121} bo$^{23}_{33}$ hua^{45}

车 嵜 悬 堤 枷 暴 骹，倒 横 笡 坝 目 无 花，

paŋ$^{21}_{53}$ sim^{45} k‘e$^{45}_{33}$ te^{53} sŋ$^{53}_{45}$ t‘ɔ$^{23}_{33}$ sua^{45} hun^{23} pɛʔ^{121} t‘ĩ^{45} ts‘ɛ̃^{45} baŋ$^{33}_{21}$ tsui^{53} k‘uaʔ^{21}

放 心 溪 底 损 涂 沙。 云 白 天 青 望 水 阔，

laŋ^{23} huã^{45} pak^{21} uat^{121} tan$^{53}_{45}$ aŋ$^{23}_{33}$ ha^{23} sim^{45} pɛ̃^{23} k‘i^{21} tiã^{33} k‘uã$^{21}_{53}$ ts‘ɛ̃^{45} t‘ua^{45}

侬 欢 腹 悦 等 红 霞，心 平 气 定 看 星 拖。

注释：洗浴，游泳，沐浴。嵜k‘ua^{21}，架，放置。悬，高。枷暴，木棉树。笡坝，斜坝；笡，斜。目无花，眼睛可看见自行车躺在江堤斜坡上。损，玩儿。看星拖，看流星。

152. 五绝・**仿王诗**

tsiaʔ$^{21}_{53}$ zit^{121} t‘e$^{45}_{33}$ suã^{45} k‘i^{21} sai$^{45}_{33}$ k‘e^{45} loʔ$^{121}_{21}$ hai^{53} lau^{23}

赤 日 䴰 山 去，西 溪 落 海 流。

ai$^{21}_{53}$hɔŋ^{23}tsap$^{121}_{21}$p'ɔ$^{21}_{53}$bak^{121} koʔ$^{21}_{53}$k'aʔ^{21}pɛʔ$^{21}_{53}$kuan$^{23}_{33}$lau^{23}

爱癀十铺目，佫恰踣悬楼。

注释：仿王诗，仿王之涣的诗。躧t'e^{45}，倚，靠。癀hɔŋ^{23}，炫耀，显摆。十铺，一铺五里路，十铺合五十里。佫恰，更。踣pɛʔ^{21}，爬，登。悬，高。

153. 忆秦娥·爱情

lɔŋ$^{23}_{33}$tsiŋ^{23}ts'eʔ^{21} kɔŋ$^{23}_{33}$tui^{45}si$^{53}_{45}$zit^{21}sim$^{45}_{33}$hiɔŋ^{45}eʔ^{121} sim$^{45}_{33}$hiɔŋ^{45}eʔ^{121}

浓情切，狂追死跙心胸狭。心胸狭，

liʔ$^{121}_{21}$p'ue^{23}t'au^{23}ueʔ^{121} baʔ^{21}k'ui^{45}lau$^{23}_{33}$hueʔ^{21} bo$^{23}_{33}$ian^{23}ai$^{21}_{53}$hin^{33}laŋ^{23}

裂皮头豁，肉开流血。无缘爱恨侬

t'aŋ^{45}pueʔ^{21} sim^{45}t'au^{23}tiam^{33}tsiŋ^{33}tsiŋ^{23}zu$^{23}_{33}$seʔ^{21} tsiŋ^{23}zu$^{23}_{33}$seʔ^{21} se$^{21}_{53}$siã^{45}

通拔，心头恬静情如雪。情如雪，细声

k'iŋ$^{45}_{33}$sueʔ^{21} iau$^{53}_{45}$pɛ̃^{23}ts'iu$^{45}_{33}$gueʔ^{121}

轻说，犹平秋月。

注释：跙zit^{21}，追，逐。通t'aŋ^{45}，可以，能。拔，自拔，拔出。

154. 七绝·春水雨滴

i^{45} hɔ^{33} bi$^{23}_{33}$ bi^{23} su$^{21}_{53}$ kiu$^{53}_{45}$ zit^{121} gun^{53}sim^{45} ut$^{21}_{5}$ ut^{21} bo$^{23}_{33}$ t'aŋ$^{45}_{33}$ tit^{121}

伊雨微微四九日，阮心郁郁无通直。

k'i$^{53}_{45}$ huã^{23}kuan$^{23}_{33}$to^{45} tsioʔ$^{21}_{53}$luan$^{33}_{21}$sɛ^{45} kiu$^{53}_{45}$ kiu^{53} su$^{21}_{53}$ zit^{121}sim^{45} lan$^{23}_{33}$ it^{121}

起横悬刀斫乱纱，九九四日心难逸。

注释：微雨，毛毛细雨。阮，我。无通直，顺不了，理不顺。起横，下横心。悬刀，刀高举。斫，砍。心难逸，心很难放松（仍郁闷）。

155. 卜算子・**撑侬渡**

tsun^{23} tsai^{21} tɔ$^{33}_{21}$ huã$^{23}_{33}$ k'e^{45} taʔ$^{21}_{53}$ k'ɛʔ^{21} siã$^{23}_{33}$ hiaŋ^{45} hue^{21} gin$^{53}_{45}$ a^{53} laŋ^{23} ti^{45}

船 载 渡 横 溪，搭 客 城 乡 货。团 仔 侬 猪

lɔŋ$^{53}_{45}$ tsiɔ̃$^{33}_{21}$ tsun^{23} tsui^{53} tsiŋ^{33} t'ɛ̃$^{45}_{33}$ tsun^{23} k'ue^{21} hɔŋ^{45} ts'ue^{45} koʔ$^{21}_{53}$ hɔ^{33}

拢 上 船，水 静 撑 船 懀。风 吹 佫 雨

lam^{23} lau^{23} kip^{21} tsun$^{23}_{33}$ ko^{45} pue^{53} tan$^{53}_{45}$ kau^{21} bo$^{23}_{33}$ kɔŋ^{23} ua$^{53}_{45}$ huã$^{33}_{21}$ kĩ^{23} kaʔ$^{21}_{53}$

淋，流 急 船 篙 拔。等 遘 无 狂 倚 岸 墘，呷

kɔŋ$^{53}_{45}$ kan$^{45}_{33}$ lan^{23} kue^{21}

讲 艰 难 过。

注释：撑侬渡，人渡。团仔，孩子。懀k'ue^{21}，容易，不难。佫koʔ^{21}，又，还。篙，竹竿。遘，到。无狂，不紧张，不慌张。岸墘，岸边。呷kaʔ^{21}，才，方。过，过去了。

156. 浣溪沙・**挽茶歌**

tsui^{53} liŋ^{53} suã^{45} ts'ɛ̃^{45} kau$^{33}_{21}$ bu^{33} t'ua^{45} sip^{21} k'i^{53} hun^{23} sɛ̃^{45} kia$^{33}_{21}$ niã^{53} p'ua^{45}

水 冷 山 青 厚 雾 拖，湿 起 云 生 嵜 岭 帔，

lɔ^{33} zun^{33} tɛ$^{23}_{33}$ tsaŋ^{23} t'au$^{21}_{53}$ hioʔ^{121} ua^{45} tɛ$^{23}_{33}$ lu^{53} tso$^{21}_{53}$ hue^{53} tse$^{23}_{33}$ tsiɔ̃$^{33}_{21}$ niã^{53} t'au$^{23}_{33}$

露 润 茶 松 透 箬 桠。茶 女 做 伙 齐 上 岭，头

kin^{45} k‘am$^{21}_{53}$ tiŋ^{53} p‘ãi$^{33}_{21}$ tε$^{23}_{33}$ lua^{23} paŋ$^{21}_{53}$ au^{23} iu^{23} ts‘iɔ̃^{21} ban$^{53}_{45}$ tε^{23} kua^{45}

巾 冚 顶 揹 茶 箩，放 喉 尤 唱 挽 茶 歌。

注释：挽ban^{53}，采，摘。嵜kia^{33}，陡，峭。帔p‘ua^{45}，披，罩。茶枞，茶株，茶树。箬，叶子。做伙，一起。冚顶，盖头顶。揹p‘ãi^{33}，背，负。

闽南风情六题（一）（七律）

157. 公园底歌仔戏阵

lo?$^{121}_{21}$ hɔ^{33} t‘ĩ^{45} tsε̃^{23} tã^{21} bɔŋ$^{53}_{45}$ pai^{23} kuã$^{23}_{33}$ zuaʔ^{121} tsiau$^{21}_{53}$ taʔ$^{21}_{53}$ ts‘un$^{45}_{33}$ ts‘iu^{45} tai^{23}

落 雨 天 晴 担 罔 排，寒 热 照 搭 春 秋 台。

pi$^{53}_{45}$ ts‘iu^{53} huã$^{23}_{33}$ to^{45} pɔ$^{33}_{21}$ huaʔ^{121} tsai^{33} siã$^{45}_{33}$ t‘au^{23} ho$^{53}_{45}$ bai^{53} au$^{23}_{33}$ k‘aŋ^{45} hai^{45}

比 手 横 刀 步 伐 在，声 头 好 痞 喉 空 奒。

e$^{45}_{33}$ hian^{23} p‘aʔ$^{21}_{53}$ p‘ik^{21} tuã$^{23}_{33}$ k‘im$^{23}_{33}$ k‘iɔk^{21} ban$^{53}_{45}$ tiau^{33} k‘an$^{45}_{33}$ siã^{45} ua$^{53}_{45}$ pan^{53} ai^{45}

挨 弦 拍 拍 弹 琴 曲，挽 调 牵 声 倚 板 嗳。

k‘a$^{21}_{53}$ lo^{23} k‘ãi^{45} tãi^{45} lɔm$^{21}_{53}$ kɔ^{53} hiaŋ^{53} kɔ$^{53}_{45}$ tsiaŋ^{53} p‘iʔ^{21} p‘aʔ^{21} o$^{45}_{33}$ lo^{53} lai^{23}

敲 锣 铿 镫 搒 鼓 响，鼓 掌 噼 啪 呵 咾 来。

注释：公园底，公园里面。歌仔戏阵，闽南语戏曲戏迷会，又称“歌仔戏担”。落雨，下雨。排担，摆（戏）摊子（自娱自乐）。罔，随便，权且。寒热，冬夏。步伐在，步子稳；在，坚实，稳定。痞，歹，差。喉空，喉咙。奒hai^{45}，大。挨弦，拉琴。拍拍，打拍子。挽调，扯嗓子，唱高腔。牵声，拉长音。倚板，按板眼，跟节奏。嗳，唱，嚎。铿镫，锣钗声。搒鼓，打鼓。呵咾，夸奖，赞扬。

158. 旧底东菜市

taŋ$^{45}_{33}$ muĩ^{23} ts'ui$^{21}_{53}$ gua^{33} ĩ$^{23}_{33}$ k'uan^{23} pĩ^{45} ts'ia^{45} k'e^{21} laŋ^{23} e^{45} kiau$^{53}_{45}$ ts'a$^{53}_{45}$ t'ĩ^{45}

东 门 喙 外 圆 圈 边， 车 揳 侬 挨 搅 吵 天。

tik$^{21}_{5}$ kɔŋ^{53} kaʔ^{21} kaʔ^{21} zue$^{23}_{33}$ kĩ$^{45}_{33}$ mĩ^{33} ts'iaʔ$^{21}_{53}$ k'a^{45} tsiu^{45} tsiu^{45} taʔ$^{121}_{21}$ ts'ai^{21} ts'ĩ^{45}

竹 栱 嘎 嘎 挼 碱 面， 赤 骹 啾 啾 踏 菜 鲜。

tau$^{33}_{21}$ si^{33} baʔ$^{21}_{53}$ tsiɔ̃^{21} kiam$^{23}_{33}$ kua^{45} ts'e^{21} tsiɔ̃$^{21}_{53}$ ts'iŋ^{45} tsiaŋ$^{45}_{33}$ tsiu^{45} hiap$^{121}_{21}$ siŋ^{23} tĩ^{45}

豆 豉 肉 酱 咸 瓜 脆， 酱 清 漳 州 协 成 甜。

be$^{53}_{45}$ be^{33} tsiau$^{21}_{53}$ ki^{53} bo$^{23}_{33}$ sio^{33} kue^{33} lai^{23} k'i^{21} sun$^{23}_{33}$ kui^{45} u$^{33}_{21}$ t'an$^{21}_{53}$ tsĩ^{23}

买 卖 照 矩 无 相 㧟， 来 去 循 规 有 趁 钱。

注释：旧底，以前，过去。东菜市，于漳州旧城东门外，今文昌门外东北角。东门喙，东门口；喙，嘴巴。圆圈，1920年代粤军司令陈炯明驻漳州时拆毁漳州明清城墙填入濠沟为今新华路，于东门口十字路口建一纪念碑亭，底座圆形以分流人车流，是为圆圈，于1970年代末拆毁。揳、挨，拥、挤。竹栱，大竹筒。挼碱面，揉加了植物灰碱的面团。赤骹，赤脚。踏菜鲜，以脚踩踏揉制新鲜咸菜，曰“新咸菜仔（青绿色咸菜）”。酱清，酱油。协成，即今杨协成豆奶之“协成”，原漳州最大酱油产品商，后往东南亚发展。无相㧟，不互相别扭，不互欠；㧟，不顺。趁钱，挣/赚钱。

159. 翁婆车

lam^{23} t'ua^{45} lu^{53} sak^{21} aŋ$^{45}_{33}$ po$^{23}_{33}$ ts'ia^{45} hue^{21} tsai^{21} t'ɔ^{23} tu^{45} tsia^{45} kau$^{21}_{53}$ hia^{45}

男 拖 女 捒 翁 婆 车， 货 载 涂 堆 遮 遘 遐。

tsiɔ̃$^{33}_{21}$ kia^{33} au^{23} ta^{45} ts'uan^{53} p'iʔ^{21} p'ɛʔ^{21} loʔ$^{121}_{21}$ p'o^{45} gai$^{33}_{21}$ kim^{21} tio$^{23}_{33}$ la$^{23}_{33}$ gia^{23}

上 嵜 喉 燋 喘 噼 帕， 落 坡 碍 禁 趒 蟧 ⿰虫奇。

hɔ^{33} kau^{21} tam^{23} lam^{23} tsau$^{53}_{45}$ ts'iaʔ$^{21}_{53}$ pak^{21} t'ĩ^{45} tsɛ̃^{23} zit^{121} p'ak^{121} siŋ$^{23}_{33}$ iŋ$^{45}_{33}$ ia^{45}

雨遘澹淋走赤腹，天晴日曝承堬埃。

aŋ^{45} t'iɔŋ^{21} sia$^{21}_{53}$ hue^{21} k'aŋ$^{45}_{33}$ ts'ia^{45} sim^{21} bɔ^{53} hioʔ^{21} k'iau$^{45}_{33}$ k'a^{45} tso$^{21}_{53}$ lo$^{53}_{45}$ ia^{23}

翁畅卸货空车踸，某歇跷骹做老爷。

注释：翁婆车，一拖一推木制板车。翁婆，夫妻。捒sak^{21}，推，拥。堆涂，运泥/土。遮，这儿。遘kau^{21}，到，达。遐hia^{45}，那儿。嵜kia^{33}，陡坡，陡。熫，干，涸。喘噼帕，气喘状。碍禁，不好刹车，刹不住。趒蟧蜞，好像蜘蛛在跳跃；趒，跳，蹦；蟧蜞，长腿蜘蛛。澹tam^{23}，湿，潮。赤腹，光膀子。日曝，太阳晒。承堬埃，挨灰尘；堬埃，尘土，灰大状。某，老婆，踸sim^{21}，颤动，晃动。跷骹，架腿。

160. 渔家傲·侬

zin$^{23}_{33}$ siŋ^{45} ts'ut$^{21}_{5}$ si^{21} sã$^{45}_{33}$ hun$^{45}_{33}$ miã^{33} kɛ$^{45}_{33}$ tiŋ^{23} ka$^{21}_{53}$ si^{21} kã$^{45}_{33}$ gau$^{23}_{33}$ piã^{21} k'ai$^{45}_{33}$

人生出世三分命，家庭教示兼𠢕拼，开

siau^{45} tsiaʔ$^{121}_{21}$ ts'iŋ^{33} bo$^{23}_{33}$ k'aŋ$^{45}_{33}$ tiã^{53} bo$^{23}_{33}$ kau$^{21}_{53}$ tsiã^{21} kɔŋ^{45} siŋ^{23} sian^{33} lui^{53} laŋ$^{23}_{33}$

销食颂无空鼎；无够正，功成善累侬

miã^{23} hiã^{53} tsiŋ$^{23}_{33}$ laŋ^{23} tsik$^{21}_{5}$ tik^{21} au$^{33}_{21}$ laŋ^{23} niã^{53} au$^{33}_{21}$ laŋ^{23} ui$^{23}_{33}$ ik^{21} lau$^{23}_{33}$ sin$^{45}_{33}$

名显。前侬积德后侬领，后侬遗益留新

kiã^{53} tsɔŋ^{45} kɔŋ^{45} tsɔ^{53} iau^{33} aŋ$^{45}_{33}$ kɔŋ^{45} siã^{21} tuĩ$^{23}_{33}$ tai^{33} kiã^{33} k'in$^{53}_{45}$ bin^{23} au$^{33}_{21}$

囝，宗光祖耀尪公圣；传代健，[氵勤]眠后

tai^{33} tsai$^{45}_{33}$ kiam$^{23}_{33}$ tsiã^{53}

代知咸[氵斩食]。

注释：侬，人。出世，出生。教示，教育，教养。兼，含有，并且。𠢕gau^{23}，擅长。食颂，吃穿；颂ts'iŋ^{33}，穿，着。鼎，铁锅。无够正，还不够，仍不足。

善累，累积善行。新团，后代子孙。尪公显，神灵显。传代健，繁衍后代健康。㔶眠，浅睡，警醒，㔶k'in^{53}，浅，不深入。知咸饗，知道咸淡，知道好歹；饗，淡。

161. 七绝·龙岩适中苦抓

k'ɔ$^{53}_{45}$ tsua^{45} sik$^{21}_{5}$ tiɔŋ^{45} liŋ$^{23}_{33}$ nã^{23} liam^{23} tĩ$^{33}_{21}$ tsai^{21} ta$^{45}_{33}$ ki^{45} ts'au$^{21}_{53}$ sai$^{53}_{45}$ hiam^{45}

苦 抓 适 中 龙 岩 廉， 滇 载 燋 枝 臭 屎 莶。

bi^{33} k'ɔ^{53} kun$^{23}_{33}$ t'ŋ^{45} hue$^{53}_{45}$ k'i^{21} t'au^{53} k'i^{21} p'aŋ^{45} kun$^{53}_{45}$ tsŋ^{33} hue$^{23}_{33}$ kam^{45} t'iam^{45}

味 苦 焄 汤 火 气 敨， 气 芳 滚 脏 回 甘 添。

注释：苦抓，一种山野植物，晒干后可储存用于烧汤，味甘苦，与猪大肠合味佳。适中，福建龙岩东南部靠近漳州南靖的一个乡镇。滇tĩ^{33}，满，溢。燋枝，干枝叶。臭屎莶，屎臭味儿。焄kun^{23}，烧煮。敨，放松，释放；苦抓因苦有降火清凉功效。芳，香。脏，猪内脏。

162. 清平乐·天未光出工

t'sut$^{21}_{5}$ kaŋ^{45} li$^{23}_{33}$ tsim^{53} pɔ^{33} tsun^{21} ts'an$^{23}_{33}$ kĩ^{23} lim^{53} tian$^{33}_{21}$ hue^{53} bo$^{23}_{33}$ iu^{23}

出 工 离 枕， 步 颤 塍 墘 凛。 电 火 无 油

kuĩ^{45} p'u$^{53}_{45}$ bu^{33} ai$^{21}_{53}$ k'un^{21} nã$^{53}_{45}$ kiã^{23} nã$^{53}_{45}$ tim^{21} t'ĩ^{45} ɔ^{45} ia^{33} am^{21} im$^{45}_{33}$ tim^{23}

光 [illegible]雾， 爱 睏 若 行 若 頕。 天 乌 夜 暗 阴 沉，

kap^{21} hioʔ^{21} laŋ^{23} ĩ^{45} tsiŋ$^{33}_{21}$ im^{45} huaʔ$^{21}_{53}$ am^{33} ts'un$^{45}_{33}$ lun^{23} bak^{121} siap^{21} ham$^{33}_{21}$ bin^{23}

蛤 歇 侬 嘤 静 音。 喝 啥 伸 伦 目 涩， 瞰 眠

tse$^{33}_{21}$ tan^{53} kuĩ^{45} lim^{23}

坐 等 光 临。

注释：天未光，天没亮。塍墘，田边沿（因走在田埂上）；塍 ts‘an^{23}，水田；墘，边。凛 lim^{53}，差极少，十分接近（掉到田里）。电火，手电筒。无油，电池电量不足。光暗雾，光线模糊。爱睏，犯睏。若行若颔，边走边瞌（睡）；颔 tim^{21}，点头，打招呼。侬瞜，人都睡了；瞜 ĩ^{45}，睡。喝唅 huaʔ$^{21}_{53}$am^{33}，打哈欠。伸伦，伸展肢体。目涩，眼皮涩。喊眠 ham$^{33}_{21}$bin^{23}，睡觉带呼噜响。光，天亮。

163. 五绝·暝雨

piã$^{21}_{53}$aŋ^{21}ts‘ia$^{45}_{33}$kŋ^{45}ts‘ɛ^{23}　ho$^{53}_{45}$ĩ^{45}k‘un$^{21}_{53}$t‘au$^{21}_{53}$mɛ̃^{23}

摒瓮车缸叹，好瞜睏透暝。

hɔ^{33}tsɛ̃^{23}gim$^{23}_{33}$tsui^{53}tiʔ^{21}　t‘iaʔ$^{21}_{53}$bak^{121}siɔ̃$^{21}_{53}$tiɔŋ$^{45}_{33}$ɛ̃^{23}

雨晴簷水滴，拆目相中楹。

注释：暝雨，夜雨。摒瓮车缸，翻弄清洗缸瓮坛罐。叹 ts‘ɛ^{23}，雨大之声，下大雨，喻倾盆雨。好瞜，好睡，睡得好。睏透暝，一觉睡到天亮。簷水滴，屋簷滴水。拆目，睁开眼睛。相中楹，（因睡不着觉）呆呆望着屋顶中横梁；相，注视，专注。

164. 生查子·秋声

ts‘iu^{45}ts‘ui^{45}hioʔ^{121}ts‘iaʔ$^{21}_{53}$uĩ^{23}　hɔ^{33}p‘aʔ^{21}ki^{45}sue$^{23}_{33}$t‘ui^{33}　tsiau^{53}p‘iaʔ^{21}

秋摧箬赤黄，雨拍枝垂缒。鸟避

iã^{53}siau$^{45}_{33}$tsɔŋ^{45}　kap^{21}biʔ^{21}pu^{23}sɛ̃$^{45}_{33}$lui^{33}　hɔŋ^{45}sau^{21}k‘ut^{21}t‘am^{23}ta^{45}　liŋ^{53}

影消踪，蛤觅垺生类。风扫窟潭焦，冷

hiam^{21} hi^{23} hɛ^{23} nuĩ^{21}　laŋ^{33} ts‘un$^{33}_{21}$ baŋ$^{53}_{45}$ t‘ĩ$^{45}_{33}$ siã^{45}　gua^{53} po$^{53}_{45}$ kɛ$^{45}_{33}$ laŋ$^{23}_{33}$ k‘ui^{21}

⿰足咸 鱼虾 遨。侬 ⿰忄存 魍魉声，我 保佳侬 气。

注释： 箬hioʔ^{121}，树叶，叶子。缍t‘ui^{33}，下坠，累。觇biʔ^{21}，躲，藏。垺pu^{23}，小土堆，小山丘；（在此）是“做垺（在一起，聚堆）”之“垺”，即“聚，合”。窟，水坑。潭，池塘。燋ta^{45}，干，涸。⿰足咸hiam^{21}，驱，赶。遨nuĩ^{21}，钻，穿越。侬，有两读音：laŋ^{23}，人，人类；laŋ^{33}，人家，别人。⿰忄存ts‘un^{33}，剩，余。佳侬，活人，有活力之人。

165. 点绛唇·**南州春寒**

hɔ^{33} sau^{21} hɔŋ^{45} ts‘ue^{45}　suaʔ$^{21}_{53}$ taŋ^{45} kuã$^{23}_{33}$ bue^{53} ts‘un$^{45}_{33}$ kuã^{23} t‘iam^{33}　hɔ^{33}

雨扫风吹，续冬寒尾春寒⿰土忝。雨

sŋ^{45} t‘ĩ$^{45}_{33}$ liam^{33}　hɔŋ^{45} gan^{21} bo$^{23}_{33}$ suai$^{45}_{33}$ kiam^{53}　baŋ$^{33}_{21}$ zit^{121} kuĩ^{45} iau^{23}　tĩ$^{33}_{21}$

霜添潋，风汧无衰减。望日光遥，滇

bak^{121} ɔ$^{45}_{33}$ im^{45} tsiam^{21}　p‘ue^{23} lan$^{23}_{33}$ iam^{53}　kut^{21} piŋ$^{45}_{33}$ to^{45} ts‘iam^{53}　tsai$^{45}_{33}$ bat$^{21}_{5}$

目乌阴占。皮难掩，骨冰刀锓，知怽

ts‘un$^{45}_{33}$ kuã^{23} t‘iam^{53}

春寒⿸疒忝。

注释： 南州，漳州。续，接续，紧接。寒尾，寒冷末期。⿰土忝t‘iam^{33}，填，充，补。雨霜，雨冰冷；霜，冰，冻。添潋，不断下（雨）/增水。汧gan^{21}，冰，冻，寒。望，希望，盼望。日，太阳。光，光亮。滇tĩ^{33}，满，溢。目，眼睛。锓ts‘iam^{53}，刺，扎。怽bat^{21}，懂，知道。⿸疒忝t‘iam^{53}，厉害，难熬。皮难掩，骨冰刀锓，闽南春寒常冷于冬寒，是由于湿度大之故；冬寒干，春寒湿，更显冷。

166. 七绝·佮逐家侬暝踅南山公园

san^{53} lo^{21} pui^{23} e^{53} taʔ$^{121}_{21}$ pɔ^{33} ho^{23}　kuĩ^{45} t‘un^{23} sĩʔ^{21} tiã^{33} mɛ̃$^{23}_{33}$ tiŋ^{45} ho^{53}

瘖躿肥矮踏步和，光黗闪定暝灯好。

kɔŋ$^{53}_{45}$ ts‘io^{21} hi^{45} ha^{45} kaʔ$^{21}_{53}$ i^{21} to^{45}　kiam^{23} tĩ^{45} k‘ɔ^{53} siap^{21} bo$^{23}_{33}$ pɛ̃$^{23}_{33}$ ho^{33}

讲笑嘻哈佮意多，咸甜苦涩无平号。

注释：佮，和，与，跟。逐家侬，大伙儿，大家。暝，晚上。踅，转，逛。南山公园，于今漳州南山寺西北江边。瘖，瘦，苗条。躿，个儿高，高个子。黗，光线、颜色等晦色，模糊。佮意，和谐，合拍。无平号，不一样，不相同；平，又说“平平”。

167. 浣溪沙·割茅

kuaʔ$^{21}_{53}$ mɔ̃^{45} tsioʔ$^{21}_{53}$ ts‘a^{23} tsiɔ̃$^{33}_{21}$ suã$^{45}_{33}$ luan^{23}　ts‘ui^{21} k‘uaʔ^{21} au^{23} ta^{45} ai$^{21}_{53}$ pɛʔ$^{21}_{53}$

割茅斫柴上山峦，喙渴喉燋爱跖

kuan^{23}　bak^{121} am^{21} t‘au^{23} gɔŋ^{33} t‘ĩ^{45} te^{33} suan^{23}　i^{45} tue^{21} tau$^{21}_{53}$ k‘a^{45} hu$^{23}_{33}$ tse^{33}

悬，目暗头戆天地旋。伊趱鬥骹扶坐

hioʔ^{21}　mɔ̃^{45} ts‘a^{23} tɛʔ$^{21}_{53}$ tã^{21} pun$^{53}_{45}$ tã^{45} uan^{45}　u$^{33}_{21}$ sim^{45} ai$^{21}_{53}$ luan^{23} kɔŋ$^{53}_{45}$ piŋ$^{23}_{33}$ huan^{23}

歇，茅柴硩担扁担弯，有心爱恋讲平凡。

注释：割茅，割茅草。斫柴，砍柴；斫，砍。喙渴，口渴。喉咙干。爱跖悬，得爬高；爱，必须；跖pɛʔ^{21}，登，攀；悬，高处。目暗，眼昏。头戆，头晕。趱tue^{21}，跟，从。鬥骹，帮忙，原为“鬥骹手”。硩tɛʔ^{21}，压，轧。

168. 菩萨蛮·热天时卜暗仔溪堤顶

ts‘iŋ$^{45}_{33}$ hɔŋ^{45} zit^{121} loʔ^{121} aŋ$^{23}_{33}$ kuĩ$^{45}_{33}$ ts‘io^{33} t‘e^{23} k‘iau^{45} tik^{21} pai^{53} mɛ̃$^{23}_{33}$ iŋ^{45}
清风日落红光炤，堤跷竹摆暝莺

ts‘io^{21} sĩʔ$^{21}_{53}$ sĩʔ^{21} nãʔ$^{21}_{53}$ laŋ$^{23}_{33}$ sin^{45} siã$^{45}_{33}$ siã^{45} lai^{23} se$^{53}_{45}$ tin^{23} kiã^{53} aŋ$^{45}_{33}$ po^{23}
唱。闪闪爁侬身，声声来洗尘。囝翁婆

bɔŋ$^{53}_{45}$ tɔŋ^{33} hɔŋ^{45} suaʔ^{21} kui$^{45}_{33}$ su^{45} sɔŋ^{53} gin$^{53}_{45}$ a^{53} paŋ$^{21}_{53}$ kɔŋ$^{45}_{33}$ ts‘ɛ^{45} tua$^{33}_{21}$
罔动，风撒归枢爽。囝仔放公叉，大

laŋ^{23} giŋ$^{23}_{33}$ ts‘iaʔ$^{21}_{53}$ hɛ^{23}
侬凝赤霞。

注释： 热天时，夏天。卜暗仔，黄昏，傍晚。顶，在……之上。炤ts‘io^{33}，照，耀。跷k‘iau^{45}，弯曲。暝mɛ̃^{23}，夜晚。爁nãʔ^{21}，闪，烁。囝kiã^{53}，儿子，孩子。翁婆，夫妇。罔，随意，不拘。风撒，撒风，吹风。归枢，浑身。囝仔，孩子，小孩儿。公叉，风筝。大侬，大人。

169. 五绝·闽南六月天

k‘ut$^{21}_{5}$ t‘e^{53} laŋ$^{23}_{33}$ sŋ$^{23}_{33}$ tsan^{21} ts‘ue$^{45}_{33}$ sin^{45} tua$^{33}_{21}$ kuã^{33} pan^{53}
屈体笼床栈，炊身大汗反。

bak^{121} ɔ^{45} t‘au$^{23}_{33}$ k‘ak^{21} hin^{23} ko^{45} lut^{21} pui$^{23}_{33}$ laŋ^{23} san^{53}
目乌头壳眩，膏黜肥侬瘖。

注释： 笼床，蒸笼。栈，层。炊，蒸。反，流汗等，如“反汗（出汗）”。目，眼睛。头壳，脑袋。黜lut^{21}，掉，脱。瘖，瘦。

170. 卜算子·咏竹

bi$^{23}_{33}$hɔ^{33}p‘uã$^{33}_{21}$ts‘un$^{45}_{33}$hɔŋ^{45} k‘uã$^{53}_{45}$suaʔ^{21}kui$^{45}_{33}$suã^{45}p‘ik^{21} lik$^{121}_{21}$hioʔ^{121}
微雨伴春风，款撒归山碧。绿箬

ts‘ɛ̃$^{45}_{33}$gɛ^{23}iu$^{21}_{53}$sun^{53}sɛ̃^{45} muã$^{53}_{45}$bak^{121}tsiau$^{23}_{33}$ts‘ɛ̃$^{45}_{33}$tik^{21} ts‘ɛ̃^{45}iau$^{53}_{45}$ai$^{21}_{53}$
青芽幼笋生，满目缯青竹。青犹爱

suaʔ$^{21}_{53}$ts‘ɛ̃^{45} lik^{121}t‘e^{21}lau$^{23}_{33}$uĩ$^{23}_{33}$lik^{121} tan$^{53}_{45}$kau^{21}kɛ$^{45}_{33}$si^{45}mĩʔ$^{121}_{21}$kiã^{33}tsuan^{23}
煞青，绿退留黄绿。等遘家私物件全，

lau$^{33}_{21}$tik^{21}tsiã$^{23}_{33}$hue$^{23}_{33}$ik^{21}
老竹成回忆。

注释：款k‘uã^{53}，慢，逐渐。撒，即“撒风（吹风）”。归，一整，成。箬，叶子。缯tsiau^{23}，都，全。煞青，杀青；煞，停，止。遘，到，达。家私，家具。物件，东西。

闽南风情六叹（七绝）

171. 扒龙船

sin$^{45}_{33}$ kio^{23} taŋ$^{45}_{33}$ t‘au^{23}tsui$^{53}_{45}$ bin$^{33}_{21}$k‘uaʔ^{21} lo$^{23}_{33}$ ts‘ui^{45}kɔ^{53}ts‘iɔk^{21}liɔŋ$^{23}_{33}$tsun^{23}luaʔ^{21}
新桥东头水面阔，锣催鼓促龙船捋。

laŋ^{23} e^{45} p‘au^{21}paŋ$^{21}_{53}$kaŋ$^{45}_{33}$ t‘e^{23} aŋ^{23} t‘iŋ^{53} mɛ̃^{53}ki^{23}p‘iau$^{45}_{33}$tsiɔŋ$^{21}_{53}$su^{33}huaʔ^{21}
侬挨炮放江堤红，艇猛旗飘众士喝。

注释：扒龙船，划龙舟。新桥，漳州三座老桥之一，桥头接今解放路南，已拆毁。捋luaʔ^{21}，拼，搏。挨，拥，挤。喝，吆喝。

172. 榕树骹

tiŋ^{53} lut^{21} mɔ̃^{23} sŋ^{45} lau$^{33}_{21}$ pɛʔ$^{21}_{53}$kɔŋ^{45} t'ĩ^{45}tsɛ̃^{23}zuaʔ^{121}kau^{21}ts'ue$^{45}_{33}$liaŋ$^{23}_{33}$hɔŋ^{45}

顶 黜 毛 霜 老 伯 公， 天 晴 热 遘 吹 凉 风。

am$^{45}_{33}$k'a^{45}k'ɔk$^{121}_{21}$te^{33}t'uan$^{23}_{33}$siau$^{45}_{33}$sik^{21} ts'iu^{33} ɛ^{33} pun$^{23}_{33}$ t'ĩ^{45} kɔŋ$^{53}_{45}$sɔŋ$^{21}_{53}$ tɔŋ^{23}

庵 骹 嗑 地 传 消 息， 树 下 ⿰口盆 天 讲 宋 唐。

注释： 榕树骹，榕树下。顶黜，头秃；黜lut^{21}，掉，脱。毛霜，毛发白如霜。热遘，夏天到。庵骹，庵门口/附近。⿰口盆pun^{23}，吹，吹牛，如“⿰口盆灯火（吹熄灯）”等。

173. 攻炮城

kui$^{53}_{45}$tsap^{121}ua$^{53}_{45}$pɛʔ^{21}ts'ɛ̃$^{45}_{33}$t'au$^{23}_{33}$hiã^{45} kak$^{121}_{21}$p'au^{21}piã$^{45}_{33}$hun^{45}p'aʔ$^{21}_{53}$p'au$^{21}_{53}$siã^{23}

几 十 倚 百 青 头 兄， 捔 炮 抨 薰 拍 炮 城。

nãu$^{33}_{21}$ziat^{121}siã^{45}tan^{23}ts'u^{21}p'u$^{53}_{45}$bu^{33} tsua^{23}laŋ^{23}oʔ$^{21}_{53}$k'uã^{21}iã$^{23}_{33}$t'au$^{23}_{33}$miã^{23}

闹 热 声 ⿰耳真 觑 暿 雾， 谁 侬 恶 看 赢 头 名。

注释： 攻炮城，新年期间娱乐活动之一。攻者以鞭炮点燃摔炮城之一挂炮，谁点燃则谁为胜者。倚百，近百人。青头兄，小伙子。捔kak^{121}，扔，摔。抨piã^{45}，摔。薰，香烟。⿰耳真tan^{23}，响。觑暿雾，烟浓看不清。恶oʔ^{21}，不易。

174. 船底侬

tsun^{23}kiã^{53}se$^{21}_{53}$tsiaʔ^{21}laŋ^{23}sɛ̃^{45}e^{45} aŋ^{45}ts'ai^{33}tsun$^{23}_{33}$t'au^{23}bɔ^{53}ts'iaʔ$^{21}_{53}$te^{23}

船 囝 细 只 侬 牲 挨， 翁 ⿰扌在 船 头 某 赤 蹄。

tsun$^{23}_{33}$ tɔ^{33} mɛ̃^{23} laŋ^{23} zit^{121} but^{121} hue^{21} tsun$^{23}_{33}$ bue^{53} tsi$^{53}_{45}$ tsiaʔ^{121} k'ɔ$^{45}_{33}$ ti$^{45}_{33}$ ke^{45}

船肚暝侬日物货，船尾煮食箍猪鸡。

注释： 船底侬，船民，水上人家，疍民。船团，小船，小艇。细只，小。侬牲挨，人与牲口挤一块儿。翁，老公，丈夫。徛ts'ai^{33}，站立，竖。某，老婆。赤蹄，赤脚；实际上因与水的关系亲近，疍民基本不穿鞋。船肚，船舱。暝侬，晚上睡人。日物货，白天得装货。煮食，烧饭，烹调。箍k'ɔ^{45}，围，圈。

175. 舂涂墙

si$^{21}_{53}$ sĩ^{21} ts'a$^{23}_{33}$ paŋ^{45} kui$^{53}_{45}$ kun$^{21}_{53}$ t'ui^{23} tiŋ$^{53}_{45}$ ɛ^{33} laŋ$^{33}_{21}$ k'aŋ^{45} kuã$^{45}_{33}$ ts'a^{23} ui^{23}

四扇柴枋几棍槌，顶下弄空棺柴围。

ts'iŋ$^{45}_{33}$ t'ui^{23} hap$^{121}_{21}$ t'ɔ^{53} ts'iŋ^{45} t'ui^{23} taʔ^{21} tsit$^{121}_{21}$ tsan^{21} t'ɔ$^{23}_{33}$ ts'iɔ̃^{23} tsit$^{121}_{21}$ tsan^{21} tui^{23}

千槌合土千槌揩，一栈涂墙一栈捶。

注释： 涂墙，土墙；在闽南土墙以黄、红壤土为主，掺入白灰、红糖，或多种不同配方的纤维物等，普通土墙则主要是土与白灰。柴枋，木板。棍槌，木槌，舂土用。弄空，开放，敞开。棺柴围，舂土墙模板如无底无盖之棺材。合土，合成土，混合泥。揩taʔ^{21}，捶，拍。栈，层。

176. 踏三轮

iu$^{21}_{53}$ kut^{21} kau$^{33}_{21}$ lat^{121} laŋ^{23} kau$^{23}_{33}$ kau^{23} ti$^{21}_{53}$ leʔ^{121} muã$^{45}_{33}$ sui^{45} taʔ$^{121}_{21}$ liɔŋ^{21} gau^{23}

幼骨厚力侬猴猴，戴笠幔蓑踏踉势。

ts'ia$^{45}_{33}$ t'au^{23} ziʔ$^{121}_{21}$ tɛ̃^{33} taŋ$^{23}_{33}$ ts'ue^{45} hau^{53} tit$^{121}_{21}$ tɔŋ^{33} huã$^{23}_{33}$ ts'iɔŋ^{45} kue$^{21}_{53}$ lɔ$^{33}_{21}$ t'au^{23}

车头搣掷铜吹吼，直撞横冲过路头。

注释：过去闽南三轮车是左边两轮右边一轮款式。幼骨，又称“幼支骨”，骨架小，骨头细。厚力，有力气。依猴猴，人精瘦，踩三轮车者少见肥胖者。戴笠，戴竹斗笠（防晒防雨）。幔簑，披棕衣；幔muã^{45}，披，盖；簑，又叫“棕簑”。踏踉势，踩蹬能干；踉liɔŋ^{21}，蹬，踹，跃。揻搦铜吹，按挤铜喇叭（的皮球使之发出鸣响）；揻ziʔ^{121}，按，压；搦，捏，挤。

177. 浣溪沙·曝粟埕

p‘ak$^{121}_{21}$ ts‘ik^{21} t‘ɔ$^{23}_{33}$ tiã^{23} sia$^{33}_{21}$ te^{53} hai^{45}　k‘ia$^{33}_{21}$ ts‘u^{21} tiã$^{23}_{33}$ kĩ^{23} si$^{21}_{53}$ bin^{33} pai^{23}

曝　粟　涂　埕　社　底　奒，　徛　厝　埕　墘　四　面　排，

ts‘au$^{53}_{45}$ pu^{23} pĩ$^{45}_{33}$ t‘au^{23} taʔ$^{21}_{53}$ hi$^{21}_{53}$ tai^{23}　nɛ̃$^{23}_{33}$ p‘ak^{121} tsi$^{23}_{33}$ ts‘iam^{45} sĩ$^{33}_{21}$ kiam$^{23}_{33}$ ts‘ai^{21}

草　埔　边　头　搭　戏　台。　晾　曝　薯　纤　腌　咸　菜，

ts‘ia^{45} t‘ĩ^{45} luan$^{53}_{45}$ zit^{121} k‘ui$^{45}_{33}$ kɔ^{53} tsai^{45}　paŋ$^{21}_{53}$ p‘au^{21} sin$^{45}_{33}$ tsiã^{45} laŋ$^{33}_{21}$ aŋ$^{45}_{33}$ sai^{45}

车　天　暖　日　开　古　斋，　放　炮　新　正　弄　尪　狮。

注释：曝粟埕，晒谷场；曝，晒；粟，稻谷；埕tiã^{23}，场院。涂埕，泥地场院；还有其他舗料如“石埕（石板场院）、砖埕（砖地场院）”等。社底，村里。奒hai^{45}，巨，大。徛厝，居屋，住房。墘kĩ^{23}，边。草埔，草垛；埔pu^{23}，小山丘，隆起物，如“山埔（山丘），做埔（聚堆）”等。薯纤，生晒红薯丝。车天，谈天，翻天，聊大天儿。弄尪、弄狮，耍大头娃，耍狮子。

178. 七律·广州家治厝前埕仔囝

san$^{53}_{45}$ san^{53} tŋ$^{23}_{33}$ liau^{45} piaʔ$^{21}_{53}$ tiŋ^{53} pan^{45}　niũ$^{45}_{33}$ niũ^{45} iu$^{21}_{53}$ siu^{21} ts‘ɛ̃$^{45}_{33}$ im^{45} kuan^{23}

瘖　瘖　长　嘹　壁　顶　斑，　孥　孥　幼　秀　青　荫　悬。

lun$^{33}_{21}$ tik^{21} sɔ$^{45}_{33}$ ham^{45} kɔŋ^{53} kuã^{53} tit^{121} pɔ$^{45}_{33}$ tiŋ^{23} k'iɔk$^{21}_{5}$ uat^{21} ki$^{45}_{33}$ tiau^{23} uan^{45}

嫩竹疏箘栱杆直，痡藤曲斡枝条弯。

ts'au^{53} ɔŋ^{33} hua^{45} aŋ^{23} hioʔ^{121} lik^{121} sui^{53} p'aŋ^{45} ĩ^{45} tsiau^{53} ts'iɔ̃^{21} sian$^{23}_{33}$ ko^{45} tan^{23}

草旺花红箬绿水，蜂嘤鸟唱蝉哥聙。

bo$^{23}_{33}$ hiam^{23} ui^{33} tãi^{53} tiã$^{23}_{33}$ k'a^{45} eʔ^{121} e$^{33}_{21}$ kuan^{21} laŋ$^{23}_{33}$ suan^{45} pak$^{21}_{5}$ lai^{33} an^{45}

无嫌位噔埕骹狭，会惯侬喧腹内安。

注释：家治厝，自己家。埕仔囝，小院落。痟痟，瘦长状。长嘹，一长条状。孧孧，小状。幼秀，秀气，清秀简朴。悬，高。疏箘，竹节较长，也说“落lauʔ^{21}箘”。栱杆直，竹子长得直。痡藤，枯藤；痡pɔ^{45}，朽，枯。箬，叶子。嘤ĩ^{45}，蜂鸣声。聙tan^{23}，响，发声。位噔，位置/空间小；噔tãi^{53}，小。埕骹狭，院子窄。

179. 五绝 · 往过漳平县城

k'e$^{45}_{33}$ huã^{33} ts'u^{21} kuan$^{23}_{33}$ kɛ^{33} lau^{23} tiɔŋ^{45} tsun^{23} bɔŋ$^{53}_{45}$ pɛ^{23}

溪岸厝悬下，流中船罔扒。

kɔ$^{53}_{45}$ tsiɔ̃^{45} t'uã^{45} tiŋ^{53} ɔŋ^{33} tsui$^{53}_{45}$ te^{53} se$^{53}_{45}$ kun$^{23}_{33}$ ts'ɛ^{45}

古樟滩顶旺，水底洗裙衩。

注释：漳平，福建省漳平县，于漳州市西北，今龙岩市属。厝悬下，房子因地势排列错落高低不一。古樟，河附近有一大片古樟树林。

180. 忆秦娥 · 刺羊毛衫

mɔ̃$^{23}_{33}$ sã^{45} t'iaʔ^{21} kiã$^{23}_{33}$ hua^{45} be$^{33}_{21}$ aʔ^{121} tiŋ$^{23}_{33}$ lai$^{23}_{33}$ ts'iaʔ^{21} tiŋ$^{23}_{33}$ lai$^{23}_{33}$ ts'iaʔ^{21}

毛衫拆，行花脍合重来刺。重来刺，

t'e$^{21}_{53}$hua^{45}uã$^{33}_{21}$iaʔ^{121} pĩ$^{21}_{53}$ts'ɛ̃^{45}tsiã$^{23}_{33}$ts'iaʔ^{21} t'an$^{21}_{53}$hun^{45}k'ioʔ$^{21}_{53}$biau^{53}lau$^{23}_{33}$

替花换蝶，变青成赤。趁分挠秒留

k'aŋ$^{45}_{33}$k'iaʔ^{21} mɛ̃^{23}tsik^{21}zit^{121}ts'iaʔ^{21}tsuan$^{23}_{33}$bo$^{23}_{33}$iaʔ^{21} tsuan$^{23}_{33}$bo$^{23}_{33}$iaʔ^{21} ui$^{33}_{21}$

空隙，暝织日刺全无瘟。全无瘟，为

i^{45}sam^{45}giaʔ^{121} ui$^{33}_{21}$i^{45}gueʔ^{121}tiaʔ^{21}

伊杉搼，为伊月摘。

注释：刺羊毛衫，织毛衣。鲙合，不满意，不合意。挠秒，夺秒；挠k'ioʔ^{21}，拾，捡。暝，夜，晚。无瘟，不厌烦，不厌倦。为伊杉搼，源自“搼杉头（挑重担，找罪受）”；杉头，杉木重的一头；搼，抬，举。

181. 如梦令·早春

ts'un^{45}sip$^{21}_{5}$luan^{53}ts'ɛ̃$^{45}_{33}$ua^{45}tian^{53} ts'ui$^{45}_{33}$puʔ$^{21}_{53}$ĩ^{53}ki$^{45}_{33}$t'au^{23}pian^{21} gɛ^{23}

春湿暖青桠展，催㯥杒枝头变。芽

iu^{21}t'ɔŋ$^{53}_{45}$uĩ$^{23}_{33}$ts'ɛ̃^{45} ki$^{45}_{33}$bue^{53}pɛʔ$^{121}_{21}$hua$^{45}_{33}$m^{23}hian^{53} kiau$^{45}_{33}$ian^{21} kiau$^{45}_{33}$ian^{21}

幼捅黄青，枝尾白花莓显。娇燕，娇燕，

pue$^{45}_{33}$tsiõ$^{33}_{21}$loʔ^{121}tsi^{21}tsiu^{45}pian^{21}

飞上落唧啾遍。

注释：㯥杒，冒芽；㯥puʔ^{21}，长，冒；杒ĩ^{53}，幼芽，嫩叶。捅t'ɔŋ^{53}，露头，冒出。莓m^{23}，花苞。

182. 七绝·佮某乜侬讲耶稣

sim^{45}tio^{23}tŋ^{23}k'iu^{23}hiãʔ$^{121}_{21}$tsiaʔ^{21}ziat^{121} nuã^{33}pɛʔ^{121}ts'ui^{21}k'uaʔ^{21}nã$^{23}_{33}$au^{23}k'iat^{121}

心趒肠𬘓额迹热，㘓白喙渴啉喉竭。

tui$^{21}_{53}$ aʔ^{21} tan$^{23}_{33}$ lui^{23} be$^{33}_{21}$ tui$^{21}_{53}$ ts'iu^{45}　nuã$^{33}_{21}$ t'ɔ^{23} tsiɔ̃$^{33}_{21}$ piaʔ^{21} iu$^{23}_{33}$ t'un$^{45}_{33}$ hiat^{21}

对鸭瑱雷烩对鬏，烂涂上壁尤吞血。

📝 **注释：** 佮 kap^{21}/kaʔ^{21}，和，与，跟。某乜侬，某人。讲耶酥，讲大道理。心趒，心跳；趒 tio^{23}，蹦。绚 k'iu^{23}，卷缩，痉挛。额迹，前额，额头。嘫 nuã^{33}，唾沫，口水。喙濶，口干。咻喉竭，喉咙干。对鸭瑱雷，对着鸭子打雷；瑱 tan^{23}，响。烩对鬏，对不上号，不对付。烂涂上壁，烂泥糊墙；涂，泥，土。

183. 菩萨蛮·忆热天时南菜市中昼

ts'iŋ$^{23}_{33}$ ts'a^{23} hioʔ^{121} tiã^{33} bo$^{23}_{33}$ hɔŋ^{45} suaʔ^{21}　t'ĩ^{45} sio^{45} tau^{21} tsiã^{21} laŋ$^{23}_{33}$ t'au^{23}

榕柴箬定无风撒，天烧昼正侬头

puaʔ^{21}　kua^{45} hãʔ$^{21}_{53}$ zit^{121} ta$^{45}_{33}$ liam^{45}　ke^{45} haŋ^{45} aʔ^{21} ts'au$^{21}_{53}$ hiam^{45}　zuaʔ^{121}

簸。瓜颇日燋蔫，鸡烘鸭臭莶。热

hɔŋ^{45} sio$^{45}_{33}$ k'i^{21} mɛ̃^{53}　ts'ai^{21} huan^{33} hi$^{23}_{33}$ siaŋ^{45} ts'ɛ̃^{53}　siŋ$^{45}_{33}$ li^{53} ai$^{21}_{53}$ laŋ^{23} bɔŋ^{45}　sio$^{45}_{33}$

风烧气猛，菜贩鱼商醒。生理爱侬摸，烧

t'ĩ^{45} tioʔ^{121} kɔŋ$^{53}_{45}$ hɔŋ^{45}

天着讲风。

📝 **注释：** 热天时，夏天。南菜市，于今漳州老城西南西桥亭西，华侨新村南，已拆毁。中昼，正午。柴，木，呆滞。箬定，叶子不动。风撒，即撒风，吹风。昼正，即正昼，正午。侬头簸，正午天热没生意，商贩们打瞌睡，脑袋像簸箕晃。日颇，太阳烘烤，辐射。瓜燋蔫，瓜（菜）干瘪；燋，干，燥。鸡烘鸭臭莶，鸡鸭在烈日下烤，散发一股奇臭；莶 hiam^{45}，浓烈刺激味。烧气，热风；烧，热，烫。生理，生意。爱，需要，必须。着，得，必须。

184. 渔家傲・泡工夫茶

kun$_{45}^{53}$ tsui^{53} hiã$_{33}^{23}$ ue^{45} hŋ$_{33}^{45}$ un^{33} biau^{33}　tŋ$_{21}^{33}$ pue^{45} uã$_{21}^{33}$ tsuã^{53} sin$_{33}^{45}$ biŋ^{53} kau^{21}

滚水熒锅哼韵妙，溋杯换盏新茗遘，

ɔ^{23} kɔ$_{45}^{53}$ piʔ^{21} au^{45} niũ^{45} aʔ$_{21}^{121}$ p'au^{21}　tɛ^{23} k'aʔ$_{21}^{121}$ kau^{53}　bo$_{33}^{23}$ tɛ^{23} iau$_{45}^{53}$ hian^{53} tɛ$_{33}^{23}$

壶古佖瓯孧合泡；茶阖垢，无茶犹显茶

p'aŋ^{45} kau^{33}　sioʔ^{121} k'i^{21} tin^{23} siau^{45} sun^{23} zip$_{21}^{121}$ k'au^{53}　kuan$_{33}^{23}$ ts'iɔŋ^{45}

芳厚。　臊去尘消醇入口，悬冲

kɛ^{33} to^{21} k'a$_{33}^{45}$ pɔ^{33} tau^{21}　tɛ^{23} ak^{21} t'an$_{53}^{21}$ sio^{45} au$_{33}^{23}$ te^{53} k'iau^{53}　tɛ^{23} tsiaʔ$_{21}^{121}$ t'au^{21}

下倒骹步鬥，茶沃趁烧喉底巧；茶食透，

kui$_{33}^{45}$ mɛ̃^{23} ho$_{45}^{53}$ k'un^{21} bin^{23} t'au$_{45}^{53}$ kau^{21}

归暝好睏眠敨够。

注释：滚水，开水，沸水。熒锅，在锅里煮；熒hiã^{23}，燃，烧。溋tŋ^{33}，涮洗。古佖，古板奇特。孧niũ^{45}，小。阖垢，粘附上茶垢；阖k'aʔ^{121}，沾，卡。厚，多，浓。臊sioʔ^{121}，手/脚汗，因过去制茶用手脚揉制而有“头遍骹臊，二遍茶箬(头泡脚汗，二泡茶范)”的说法，头泡水去汗味儿去尘屑，第二泡水才能喝到纯茶汤。悬冲下倒，即“悬冲下停”，开水冲进茶壶时要“高冲”，热水加压力，茶叶更能泡出好味儿，而茶汤倒进客人杯子里的时候，得“低斟”，即壶嘴低至杯沿，免得茶汤溅出来；停，即“停茶t'iŋ$_{33}^{23}$ tɛ^{23}”，就是倒茶。骹步鬥，手法步子跟上；鬥tau^{21}，凑，配。茶沃，即沃茶，喝茶。趁烧，工夫茶得趁热喝，与喝烫咖啡同理。喉底，喝了乌龙茶，大多人喉咙底会有回甘感，称“有喉底”。茶食透，茶喝够了，过足了茶瘾。归暝，一整夜。好睏，睡得好。眠敨够，睡足，睡饱。

185. 五绝・漳州晓风册店

ts'u^{21} k'uaʔ^{21} li^{45} pai$_{33}^{23}$ tuã^{23}　k'aŋ^{45} lɔŋ^{45} bo$_{33}^{23}$ kui$_{45}^{53}$ laŋ^{23}

厝阔哩排坛，空啷无几侬。

laŋ^{23} nã$^{33}_{21}$ m$^{33}_{21}$ tsai$^{45}_{33}$ ts'ɛʔ^{21}　k'aʔ$^{21}_{53}$ su^{45} tsiu$^{21}_{53}$ ts'ɛʔ$^{21}_{53}$ t'aŋ^{23}

侬若伓知册，恰输蛀册虫。

注释：册，书，书籍；册店，书店。厝，房子，屋子。阔，宽，敞。哩，在，正。排坛，原指摆祭祀用坛，引申排场。空啷，空荡。无几侬，没有几个人。恰输，不如。

186. 清平乐·厝后埕

ts'u^{21} k'a$^{45}_{33}$ p'iã^{45} ui^{33}　ts'au^{53} ts'iu^{33} hui^{45} hua^{45} sui^{53}　p'iaʔ$^{21}_{53}$ tsiŋ^{33} kɔ^{45} biŋ^{23}

厝骹髆位，草树菲花水。僻静孤鸣

tɔk$^{121}_{21}$ tsiau^{53} ts'ui^{21}　i^{45} p'uã^{33} hua$^{45}_{33}$ k'a^{45} tɔk$^{21}_{5}$ lui^{33}　p'iau$^{45}_{33}$ p'iat$^{21}_{5}$ k'ui^{21}

独鸟脆，伊伴花骹砉泪。飘撇气

iau$^{53}_{45}$ tun^{23} bui^{45}　ian$^{23}_{33}$ tau$^{23}_{33}$ kiã^{53} u$^{33}_{21}$ laŋ^{23} tui^{45}　tsi$^{53}_{45}$ gin^{33} i$^{45}_{33}$ laŋ^{23} bak^{121} ts'u^{21}

犹唇微，缘投团有侬追。只讱伊侬目觑，

kɔ$^{45}_{33}$ tsai^{45} ka$^{45}_{33}$ ti^{33} sim^{45} tui^{23}

孤知家治心捶。

注释：厝后埕，屋后院；埕，场，院。骹髆k'a$^{45}_{33}$p'iã^{45}，背后，背脊。花骹，花下面。砉tɔk^{21}，掉，落。飘撇气，潇洒不羁。唇微，带微笑。缘投团，帅哥，英俊小子。只讱，只恨；讱gin^{33}，怨，恨。目觑，眼睛看不清，视力不好；觑ts'u^{21}，近视，眯眼看，倚近看。孤，仅，只。家治，自己。心捶，捶胸。

闽南风情六题（二）（七律）

187. 天宝埔里果林场

e$^{53}_{45}$ pu^{23} si$^{21}_{53}$ bin^{33} k'uan$^{23}_{33}$ ts'an$^{23}_{33}$ iɔ̃^{23}　le$^{33}_{21}$ tsi^{45} tɛ$^{23}_{33}$ tsaŋ^{23} tsiŋ$^{21}_{53}$ ko$^{53}_{45}$ tiɔ̃^{23}

矮埔四面环塍洋，荔枝茶松种果场。

k'ut$_{5}^{21}$ te^{53} laŋ^{45} ts'iŋ^{45} ik$_{5}^{21}$ tiu^{33}ts'ai^{21} pɔ$_{33}^{45}$ k'a^{45} tsui^{53} tĩ^{33} si$_{33}^{45}$ gu^{23} iɔ̃^{23}

窟底泠清益粙菜，埔骹水滇施牛羊。

t'iɔŋ$_{53}^{21}$ au^{33} tik^{21} lik^{121} t'uĩ$_{33}^{23}$ suã$_{33}^{45}$tsiaʔ^{21} ts'u$_{53}^{21}$tsiŋ^{23} t'i^{23} ts'ɛ̃^{45} t'uã$_{53}^{21}$hak$_{21}^{121}$ ts'iɔ̃^{23}

塚后竹绿传山脊，厝前苔青澶岩墙。

huĩ^{33} ai$_{53}^{21}$ uan$_{33}^{45}$k'iau^{45} t'ian$_{33}^{45}$po^{53} niã^{53} kin^{33} sik^{121} pɛʔ$_{21}^{121}$ tit^{121} huan$_{33}^{45}$tsi$_{33}^{23}$ k'iɔ̃^{45}

远爱弯跷天宝岭，近熟白直番薯腔。

注释：埔里果林场，为漳州旧城北十几公里，大宝山南麓，今天宝镇埔里村辖。矮埒，小矮土丘；埒，矮山。塍洋，大片水田；塍 ts'an^{23}，水田。茶枞，茶树。窟底，水坑里头；底，里面。泠 laŋ^{45}，泉水，如"坑泠（泉）"等。粙 tiu^{33}，水稻。埔骹，山坡下；埔，相对的高地；骹，在……下。滇 tĩ^{33}，满，溢。塚，坟，墓。传，繁衍。厝 ts'u^{21}，房子。澶 t'uã^{21}，拓展，繁衍。岩 hak^{121}，茅坑。弯跷，弯曲；跷，弯。白直，明白易懂。番薯腔，本地方言，本地话。

188. 土法做茶

tɛ$_{33}^{23}$ laŋ^{53}sui$_{33}^{23}$ suã^{45} k'i$_{53}^{21}$ ban$_{45}^{53}$ tɛ^{23} tɛ$_{33}^{23}$ ĩ^{53} tua$_{53}^{21}$ lɔ^{33} sɛ̃$_{33}^{45}$ k'ui$_{33}^{45}$ ts'ɛ^{45}

茶笼随山去挽茶，茶杒带露生开杈。

ts'ɛ^{45} tsĩ^{53} uĩ^{23} ts'ɛ̃^{45} nɔ̃$_{21}^{33}$ tsai^{53}ts'uaʔ^{21}ts'uaʔ$_{53}^{21}$liau^{53} tuĩ$_{45}^{53}$ts'u^{21} nɛ̃$_{33}^{23}$ts'ɛ̃$_{33}^{45}$ gɛ^{23}

杈芷黄青两指掣，掣了转厝晾青芽。

gɛ$_{33}^{23}$ hioʔ^{121}nɛ̃$_{33}^{23}$ ta^{45} zue$_{33}^{23}$ tsiɔ̃$_{45}^{53}$ts'iu^{53} ts'iu$_{45}^{53}$nuã^{53} huat$_{5}^{21}$ hau^{33} hian$_{33}^{45}$sɛ^{45} tsɛ^{23}

芽箬晾燋挼掌手，手攔发酵掀纱查。

tsɛ$_{33}^{23}$ tsɛ^{23} bi$_{33}^{23}$ aŋ^{23} t'uã$_{53}^{21}$hue^{53} pue^{21} pue^{21}hue^{53}ts'iu$_{45}^{53}$sioʔ^{121}tsiã$_{33}^{23}$p'aŋ$_{33}^{45}$tɛ^{23}

查查微红炭火焙，焙火手搔成芳茶。

注释：挽茶，采茶；挽 ban^{53}，摘。茶杒，茶树幼芽；杒，亦可写为苚，

幼芽，嫩叶。芷tsĩ^{53}，嫩，幼。掔，拽，扯。转厝，回家，回屋。箬，叶子。燋，干，燥。挼zue^{23}，揉，搓。搁nuã^{53}，搓，揉。掀纱查，以纱布包裹青叶揉制，待发酵后，掀开纱布检视发酵效果。查查，检查完毕。手膣，手汗。

189. 籼仔

ts‘un^{45} pɔ^{21} ts‘iu$^{45}_{33}$ siu^{45} iau$^{53}_{45}$ hɛ$^{33}_{21}$ siu^{45}　tui^{33} a^{53} nɔ̃$^{33}_{21}$ tso^{33} ban$^{23}_{33}$ lam$^{23}_{33}$ tsiu^{45}

春播秋收犹夏收，籼仔两造闽南州。

kuaʔ$^{21}_{53}$ tiu^{33} siu$^{45}_{33}$ niɔ̃^{23} p‘ak$^{121}_{21}$ ts‘ik^{21} tan^{33}　ka$^{53}_{45}$ bi^{53} tsi$^{53}_{45}$ puĩ^{33} bua$^{23}_{33}$ tsiɔ̃^{45} iu^{45}

割籼收粮曝粟模，绞米煮饭磨浆优。

lio$^{23}_{33}$ am^{53} kun$^{23}_{33}$ mãi^{23} tiã$^{53}_{45}$ mĩ$^{33}_{21}$ sue^{33}　ts‘a$^{53}_{45}$ kue^{53} tsi$^{53}_{45}$ hun^{53} bi$^{53}_{45}$ t‘ai$^{45}_{33}$ tsiu^{45}

撩饮焄糜鼎面漇，炒粿煮粉米筛赒。

pau$^{45}_{33}$ tsaŋ^{21} tau^{33} buaʔ^{121} aŋ$^{23}_{33}$ ku$^{45}_{33}$ kue^{53}　go$^{23}_{33}$ tsiu^{53} muã$^{23}_{33}$ tsi^{23} tsiaʔ$^{121}_{21}$ be$^{33}_{21}$ iu^{45}

包粽豆末红龟粿，熬酒蔴糍食絵忧。

注释：籼仔，稻子，水稻。曝粟，晒稻谷。模tan^{33}，饱满，结实。绞米，碾米。撩饮lio$^{23}_{33}$am^{53}，捞米汤；饮，米汤。焄糜，烧煮稀饭；焄kun^{23}，水煮，如"焄鸭仔笋（鸭肉与笋同煮）"；糜mãi^{23}，粥。鼎面漇，锅边糊；鼎，铸铁锅；漇sue^{33}，液体下淌，流淌。炒粿，又说"炒粿条"。煮粉，煮米粉。米筛赒，即"米筛目"，米筛漏米浆制成的大米食品，口感与粿条等类似。包粽，包粽子。豆末，即豆末粿，豆沙馅的年糕。红龟粿，糕似龟背状，上盖有红印章。熬酒，酿酒。蔴糍，糯米糍粑。上述食品全部大米制成，水稻则是大米的提供者。

190. 浣溪沙·漳州旧城

tsiaŋ$^{45}_{33}$ hu^{53} tan$^{23}_{33}$ siã^{23} tsu$^{33}_{21}$ kɔ^{53} hai^{45}　lau^{23} kuan^{23} ke^{45} k‘uaʔ^{21} ĩ$^{21}_{53}$ bue^{53} pai^{23}

漳府陈城自古奓，楼悬街阔燕尾排，

seʔ^{121} k'ɔ^{45} ts'iɔ̃^{23} kau^{33} taʔ$^{21}_{53}$ ko$^{45}_{33}$ tai^{23}　　tŋ^{23} k'i^{21} ts'iŋ$^{45}_{33}$ nĩ^{23} kin$^{45}_{33}$ te^{53} tsai^{33}

踅箍墙厚搭高台。唐去千年根底在，

sã$^{45}_{33}$ hiaŋ^{45} lak$^{121}_{21}$ kuan^{33} ua$^{53}_{45}$ laŋ^{23} lai^{23}　zit^{121} siaŋ^{45} mɛ̃^{23} li^{53} kiŋ$^{21}_{53}$ si$^{45}_{33}$ tsai^{45}

三乡六县倚侬来，日商暝理敬书斋。

注释：漳州明清故城规模在同期中国同级故城中算是超群的。奓hai^{45}，巨，大。悬，高。阔，宽敞。燕尾，屋脊两边均翘有燕尾状顶。踅箍，转城一圈；踅seʔ^{121}，旋转；箍k'ɔ^{45}，圆圈。

191. 卜算子·汤池洗汤

tsui$^{53}_{45}$ bu^{33} ta$^{21}_{53}$ ts'ue$^{45}_{33}$ paŋ^{23}　zip$^{121}_{21}$ lai^{33} t'ŋ$^{45}_{33}$ ti^{23} t'ŋ^{21}　i$^{53}_{45}$ ua^{53} t'e$^{45}_{33}$ ts'ŋ^{23} t'au$^{53}_{45}$

水雾罩炊房，入内汤池烫。倚倚麗床敨

t'uat^{21} tsiau^{23}　loʔ$^{121}_{21}$ tsui^{53} sio$^{45}_{33}$ t'ŋ^{45} tŋ^{33}　sio$^{45}_{33}$ t'ŋ^{45} koʔ$^{21}_{53}$ liŋ$^{53}_{45}$ tŋ^{45}　sio$^{45}_{33}$

脱缯，落水烧汤盪。烧汤佫冷汤，烧

liŋ^{53} lun$^{23}_{33}$ liu^{23} sŋ^{53}　bo$^{23}_{33}$ kau^{21} k'ɔ$^{45}_{33}$ laŋ^{23} tau$^{21}_{53}$ t'ut$^{21}_{5}$ sian^{45}　kue$^{21}_{53}$ gian^{21} sim$^{45}_{33}$

冷轮流损。无够箍侬鬥黖铣，过瘾心

t'au^{23} tŋ^{53}

头涨。

注释：漳州老城地处温泉地热带，方圆几公里地热资源十分丰富。洗汤，洗温泉，洗热水。炊房，蒸汽房。倚倚，靠，凭。麗床，躺椅。敨脱，放松，放弃。缯，都，全。盪，洗，涮。损，玩儿。箍侬，喊人。鬥黖铣，帮搓体垢。

192. 五绝·家治厝埕仔囝

ts‘iu^{33} bat^{121} tsaʔ$^{121}_{21}$ kui^{45} tsiã^{53}　tik^{21} se^{45} t‘au$^{21}_{53}$ am$^{21}_{53}$ iã^{53}

树 密 闸 光 𩟔， 竹 疏 透 暗 影。

lau$^{33}_{21}$ tiŋ^{23} k‘an$^{45}_{33}$ t‘uã^{21} kuan^{23}　sin$^{45}_{33}$ ts‘au^{53} puʔ$^{21}_{53}$ sɛ̃^{45} hiã^{53}

老 藤 牵 澶 悬， 新 草 㬥 生 显。

注释：闸光，遮光；闸，挡，拦。𩟔tsiã^{53}，淡，不浓。澶t‘uã^{21}，衍生，繁衍。㬥puʔ^{21}，生，长。

193. 菩萨蛮·风飑天

t‘ĩ$^{45}_{33}$ si^{23} p‘u$^{53}_{45}$ hue^{45} hɔŋ$^{45}_{33}$ t‘ai^{45} kau^{21}　ɔ$^{45}_{33}$ im^{45} am$^{33}_{21}$ nãʔ^{21} ki$^{23}_{33}$ kuĩ^{45} t‘au^{21}

天 时 暜 灰 风 飑 遘， 乌 阴 暗 爁 奇 光 透。

loʔ$^{121}_{21}$ se$^{21}_{53}$ hɔ^{33} tan$^{45}_{33}$ lai^{23}　hɔŋ^{45} kɔŋ^{23} ts‘ue^{45} tioʔ$^{121}_{21}$ tsai^{45}　huã$^{23}_{33}$ hɔŋ^{45} sia$^{23}_{33}$

落 细 雨 暺 来， 风 狂 吹 着 灾。 横 风 斜

hɔ^{33} p‘uaʔ^{21}　laŋ^{23} tsun^{21} ts‘an$^{23}_{33}$ huĩ^{23} tsuaʔ^{21}　ts‘iu^{33} tsiʔ^{121} ts‘u^{21} uai$^{45}_{33}$ ts‘ia^{23}

雨 泼， 侬 颤 膢 园 𨑨。 树 折 厝 歪 笡，

hɔ^{33} tsɛ̃^{23} tiŋ$^{23}_{33}$ puaʔ$^{121}_{21}$ ts‘ia^{45}

雨 晴 重 跋 车。

注释：风飑天，台风来袭期间的特殊天象；风飑，台风。天时，天气，气候。暜灰，灰朦朦。遘，到。暗爁，乌黑云层会带有奇特的闪亮。落细雨，下小雨。暺tan^{45}，先，预先。着灾，受灾，逢灾。𨑨tsuaʔ^{21}，抖动，颤。厝歪笡，房子歪斜；笡ts‘ia^{23}，斜，歪。跋车，即车跋，折腾，捣腾。

194. 七绝·漳州东湖燋了变塍园

tioʔ$^{121}_{21}$ t‘at^{21} taŋ$^{45}_{33}$ ɔ^{23} muan$^{53}_{45}$ ti^{33} bue^{53} ban$^{33}_{21}$ tuĩ^{53} kaŋ$^{53}_{45}$ts‘ɛ^{45} ts‘an$^{23}_{33}$ huĩ^{23} hue^{23}

着 窒 东 湖 满 治 尾，慢 转 港 汉 塍 园 洄。

lɔ^{33} tsiã^{23} huã^{33} ke^{53} ts‘aŋ$^{45}_{33}$ huĩ^{23} ho^{33} aŋ^{45} tso^{33} ɔ^{23} ta^{45} ku$^{33}_{21}$ kiŋ^{53} pue^{45}

路 成 岸 改“苍 园”号，尪 造 湖 燋 旧 景 飞。

注释：漳州东湖，位于今九龙公园及其附近大片地区，为漳州古代风景之一，清末被毁变为田园，“塍园”写成“苍园”，即包含水田（塍）和旱地（园）。燋ta^{45}，干，涸。着窒，淤塞。满治，清治，清朝。尪，神灵。

195. 西江月·清朝尾漳州城

p‘aʔ$^{21}_{53}$ seʔ^{121} kuan$^{23}_{33}$ ts‘iɔ̃^{23} tsap$^{121}_{21}$ li^{53} laŋ^{23} tse^{33} ts‘u^{21} k‘e^{21} tiŋ$^{45}_{33}$ hɔŋ^{45} pak$^{21}_{5}$

拍 踅 悬 墙 十 里，侬 侪 厝 揳 登 峰。北

tse^{23} tsi$^{45}_{33}$ niã^{53} suã^{45} niɔ̃^{23} tiɔŋ^{45} lam^{23} kin$^{53}_{45}$ ua^{53} sai$^{45}_{33}$ k‘e^{45} pɔŋ^{33} taŋ$^{45}_{33}$

齐 芝 岭 山 梁 中，南 紧 倚 西 溪 傍。东

kueʔ^{21} gua^{33} sin$^{45}_{33}$ siã^{23} hian^{33} pɛ̃^{23} pɛ̃^{23} nãu$^{33}_{21}$ ziat^{121} tsiŋ$^{23}_{33}$ lɔŋ^{23} p‘aʔ$^{21}_{53}$ taŋ^{23} zit^{121}

廓 外 新 城 现，平 平 闹 热 情 浓。拍 铜 日

mɛ̃^{23} t‘ɔŋ^{45} t‘ɔŋ^{45} p‘aʔ$^{21}_{53}$ siaʔ^{21} kaŋ$^{33}_{21}$ ho^{33} gau$^{23}_{33}$ pɔŋ^{33}

暝 嗵 嗵，拍 锡 共 号 勢 呼。

注释：清朝尾，清末。拍踅，转圈儿（漳州绕城城墙）；踅seʔ^{121}，旋，转。十里，实际周长有几公里。侪tse^{33}，多。揳k‘e^{21}，拥，挤。北齐芝岭，城墙北到芝山顶。平平，一样儿。拍铜、拍锡，今打铜街，打锡巷。共号，同样，相同。势，擅长。

196. 五绝 · 四季日头

ts‘un^{45} sip^{21} zit^{121} lai$^{23}_{33}$ p‘ua^{45} ts‘iu^{45}kuan^{23} ai$^{21}_{53}$ zit^{121} t‘ua^{45}

春 湿 日 来 帔， 秋 悬 爱 日 拖。

zuaʔ^{121}kau^{21} zit^{121} kiã$^{45}_{33}$ ts‘i^{21} kuã^{23} lai^{23} gian$^{21}_{53}$ zit$^{121}_{21}$ hua^{45}

热 遘 日 惊 刺， 寒 来 癒 日 花。

注释：日头，太阳。帔p‘ua^{45}，披，盖，罩。悬，高，高处。爱，得，喜欢。热遘，夏天，夏日到。惊，害怕，担心。寒，冬天。癒，喜欢，爱。日花，冬日之太阳。

197. 七绝 · 瓦窑仔

puã$^{21}_{53}$ tai^{23} t‘ɔ$^{23}_{33}$ pu^{23} to$^{53}_{45}$ k‘ap$^{21}_{5}$ p‘un^{23} tsuan$^{23}_{33}$ hiã^{23} hioʔ$^{121}_{21}$ ts‘au^{53} ts‘iɔŋ$^{45}_{33}$ t‘ĩ^{45} hun^{45}

半 坮 涂 垺 倒 瞌 盆， 全 熇 箬 草 冲 天 燻。

t‘ɔ$^{23}_{33}$ p‘iaʔ^{121} gan$^{33}_{21}$ tsi^{53} tsuĩ^{45} p‘ue^{45} hia^{33} kŋ^{45} k‘ã^{45} haŋ$^{45}_{33}$ lɔ^{23} lian$^{33}_{21}$ kik$^{121}_{21}$ un^{45}

涂 甓 雁 子 砖 坯 瓦， 缸 坩 烘 炉 练 极 温。

注释：瓦窑仔，砖窑。坮tai^{23}，埋，掩。涂垺，土丘；瓦窑常利用小土丘开挖成窑以保暖保温。倒瞌盆，倒扣的盆子。熇，燃，烧。箬草，柴草作燃料，火力猛。燻hun^{45}，烟，烟雾。涂甓，大块砖。雁子，红砖，油砖。坩k‘ã^{45}，瓦砵。烘炉，炉子。

198. 踏莎行 · 古早南门溪

lik$^{121}_{21}$ tik^{21} io$^{23}_{33}$ lo^{23} uĩ$^{23}_{33}$ sua^{45} tian$^{53}_{45}$ ts‘o^{21} uĩ$^{23}_{33}$ suã^{45} iu$^{21}_{53}$ siu^{21} ts‘ɛ̃$^{45}_{33}$ t‘ĩ^{45} p‘o^{33}

绿 竹 摇 娜， 黄 沙 展 糙， 圆 山 幼 秀 青 天 抱。

k‘e^{45} ts‘iŋ^{45} tsui^{53} tsiŋ^{33} tiam^{33} taŋ^{45} lau^{23} tsun^{23} k‘iŋ^{45} tsiɔ̃^{53} taŋ^{33} kɔŋ$^{23}_{33}$ sai^{45} ko^{21}
溪 清 水 静 恬 东 流， 船 轻 桨 动 狂 西 捁。

kɛ$^{33}_{21}$ ts‘u^{21} hɔŋ$^{23}_{33}$ ko^{45} kuan$^{23}_{33}$ tai^{23} ua$^{53}_{45}$ k‘o^{21} lam$^{23}_{33}$ muĩ^{23} si$^{21}_{53}$ tsaŋ^{21} siã$^{23}_{33}$ ts‘iɔ̃^{23} go^{33}
下 厝 癀 高， 悬 台 倚 靠， 南 门 四 壮 城 墙 卧。

lau^{23} tio^{23} kɔk^{21} tio^{33} nãu$^{33}_{21}$ ts‘un$^{45}_{33}$ siau^{45} laŋ^{23} e^{45} kiɔk^{21} taʔ^{121} ki$^{53}_{45}$ guan$^{23}_{33}$ to^{53}
楼 趒 阁 佻 闹 春 宵， 侬 挨 脚 踏 祈 元 祷。

注释：圆山，漳州城西南处山名。幼秀，秀气，娟秀。恬 tiam^{33}，静。捁 ko^{21}，划（船）。下厝癀高，低矮的房子（因屋顶两边高翘的燕尾状物）展示/显耀其高；癀 hɔŋ^{23}，炫耀。悬台，高台。四壮，雄伟，雄壮。趒 tio^{23}，跳，跃。佻 tio^{33}，颤，抖。侬挨，人挤/拥。

闽南风情六咏（二）(五律)

199. 旧三中校园

tsit$^{121}_{21}$ tso^{33} t‘ian$^{45}_{33}$ kio$^{23}_{33}$ kuan^{45} nɔ̃$^{33}_{21}$ tsaŋ^{23} pɛʔ$^{121}_{21}$ giɔk$^{121}_{21}$ lan^{23}
一 座 天 桥 关， 两 松 白 玉 兰。

sã$^{45}_{33}$ tɔŋ^{21} aŋ$^{23}_{33}$ huan$^{45}_{33}$ ts‘u^{21} ts‘ɛ̃$^{45}_{33}$ t‘aŋ^{45} p‘ue$^{21}_{53}$ ts‘iaʔ$^{21}_{53}$ gan^{23}
三 栋 红 番 厝， 青 窗 配 赤 颜。

lian$^{33}_{21}$ ts‘au^{45} liŋ$^{23}_{33}$ kan$^{53}_{45}$ hai^{53} t‘ak$^{121}_{21}$ ts‘ɛʔ^{21} p‘aŋ$^{45}_{33}$ hua$^{45}_{33}$ kan^{45}
练 操 龙 眼 海， 读 册 芳 花 间。

ka^{21} oʔ^{121} tso^{21} t‘iŋ^{23} hioʔ^{21} t‘iʔ$^{21}_{53}$ tsiŋ^{45} sui$^{23}_{33}$ kɔŋ$^{21}_{53}$ tan^{23}
教 学 做 停 歇， 铁 钟 随 摃 瑱。

注释：天桥关，过去漳州三中校园分两大块，中间有条巷子供附近人员

穿过，于是在巷子顶上架了座行人天桥。两枞白玉兰，两棵罕见的巨大玉兰树，两棵树相距两米多，但树冠并列在一起，树干得三人方能抱拢。三栋红番厝，三栋原进德女中留下来的红砖洋楼/房，即四层宿舍楼，二层办公和教学楼，一座大礼堂。龙眼海，漳州三中旧校园内龙眼树大而多，总有几十近百棵。读册，读书。芳，香。铁钟，悬挂于玉兰树上。损瞋，敲响；瞋，响。

200. 细汉读小学路顶仔

ts‘ut$^{21}_{5}$ muĩ^{23} kĩ$^{21}_{53}$ tsui$^{53}_{45}$ts‘an^{23} t‘ak$^{121}_{21}$ts‘ɛʔ^{21} giaʔ$^{121}_{21}$t‘au^{23}kuan^{23}

出 门 见 水 塍， 读 册 搻 头 悬。

gu^{23} pɔ^{33} huã$^{33}_{21}$ kĩ^{23} k‘ia^{33} tsiau^{53}pue^{45} t‘am$^{23}_{33}$ tiŋ^{53} suan^{23}

牛 哺 岸 墘 徛， 鸟 飞 潭 顶 旋。

hɔŋ^{45}ts‘ue^{45} ua$^{53}_{45}$ am^{21} mɛ̃^{53} hɔ^{33} tiʔ^{21} k‘aʔ$^{121}_{21}$t‘ɔ^{23} huan^{23}

风 吹 倚 暗 猛， 雨 滴 阖 涂 烦。

tio$^{23}_{33}$ ŋiã^{23} bɛʔ$^{121}_{21}$tiu^{33} kuaʔ^{21} tiam$^{33}_{21}$k‘uã^{21} gu$^{23}_{33}$ le^{23} huan^{45}

趒 迎 麦 籼 割， 恬 看 牛 犁 翻。

注释：细汉，小时候。路顶仔，路上，半路。水塍，水田；塍ts‘an^{23}，田。册，书。搻gia$ʔ^{121}$，抬，拿。悬，高。哺，咀嚼。岸墘，岸边。徛k‘ia^{33}，站，立。倚暗，傍晚。阖k‘a$ʔ^{121}$，沾，粘。涂，泥，土。趒tio^{23}，跳，蹦。籼tiu^{33}，水稻。恬tiam^{33}，静，安。

201. 甘蔗林

ts‘ui^{21}ta^{45}t‘au$^{45}_{33}$ak$^{21}_{5}$tsia^{21} k‘eʔ$^{21}_{53}$pɔ^{33}poʔ^{21}tai$^{23}_{33}$ia^{53}

喙 燋 偷 扼 蔗， 喫 哺 粕 坮 野。

sai^{53} kin^{53} nuĩ$^{21}_{53}$ k'u$^{33}_{21}$ saŋ^{45}　tsaŋ^{23} pui^{23} tsai$^{45}_{33}$ kam$^{53}_{45}$ sia^{33}

屎紧遨跍松，枞肥知感谢。

zit^{121} haŋ^{45} biʔ$^{21}_{53}$ tsia$^{21}_{53}$ nã^{23}　bian$^{53}_{45}$ p'ak^{121} hioʔ$^{21}_{53}$ t'au$^{45}_{33}$ kia^{21}

日烘覕蔗林，免曝歇偷寄。

tsia^{21} iu^{23} hioʔ^{121} bat^{121} im^{45}　sio$^{45}_{33}$ p'iat^{121} tɔŋ$^{21}_{53}$ liaŋ$^{23}_{33}$ sia^{21}

蔗尤箬密阴，相邀当凉舍。

注释：喙燋，口渴；喙ts'ui^{21}，嘴巴；燋ta^{45}，干，燥。扼ak^{21}，折，拗。喫k'eʔ^{21}，咬，啃。哺，嚼。粕，甘蔗渣。坮tai^{23}，埋，葬；偷吃完甘蔗把蔗渣就地埋好，免让人发现。屎紧，急便。遨nuĩ^{21}，钻，穿。跍k'u^{23}，蹲。松，放松。枞，（甘蔗）植株。烘，太阳烘烤。覕biʔ^{21}，躲，避。曝，晒。箬hioʔ^{121}，叶子。相邀，谈爱情；邀p'iat^{121}，追求（异性）。

202. 渔家傲・闽南歌仔戏

pun$^{53}_{45}$ te^{33} au$^{23}_{33}$ k'aŋ^{45} k'iɔ̃$^{45}_{33}$ bi^{33} kau^{21}　ui$^{21}_{53}$ lam^{23} an$^{21}_{53}$ pak^{21} ban$^{23}_{33}$ lam^{23} tsau^{53}

本地喉空腔味够，偎南按北闽南走，

kua^{45} tsu$^{33}_{21}$ kim$^{53}_{45}$ kua^{45} im$^{45}_{33}$ tiau^{33} t'au^{53}　hian$^{23}_{33}$ k'iɔk^{21} tsau^{21}　puã$^{45}_{33}$ pɛ̃^{23} k'aʔ$^{21}_{53}$

歌自锦歌音调敨；弦曲奏，搬棚恰

ho$^{53}_{45}$ t'ɔ$^{23}_{33}$ k'a^{45} sau^{21}　laŋ^{33} nɔ̃$^{33}_{21}$ huã^{33} taŋ$^{23}_{33}$ siã^{45} kaŋ$^{33}_{21}$ k'au^{53}　huan$^{45}_{33}$ piŋ^{23}

好涂骹扫。侬两岸同声共口，番肦

ban$^{23}_{33}$ sia^{33} lai$^{23}_{33}$ sio$^{45}_{33}$ tau^{21}　ui^{23} ts'iɔ̃$^{21}_{53}$ k'iɔk^{21} tuã$^{23}_{33}$ k'im^{23} un^{33} kau^{33}　kua^{45} bue$^{33}_{21}$

闽社来相鬥，唯唱曲弹琴韵厚；歌[舟会]

lau^{33}　laŋ^{23} bo$^{23}_{33}$ ai$^{21}_{53}$ k'uã^{21} aŋ$^{45}_{33}$ kɔŋ^{45} bau^{33}

老，侬无爱看尪公泖。

注释：闽南歌仔戏，闽南语本地戏曲；歌仔，小调，歌曲。喉空，喉咙。偎 ui^{21}，自，从。按，往，朝。锦歌，闽南自产本地小调，歌仔戏曲调之源泉。敨 t‘au^{53}，放松，自如。搬棚恰好涂骹扫，搬上戏台胜于在大街上“落地扫（即随地表演）”；棚，又“戏棚”，戏园子，舞台；涂骹，地上。番胕，南洋，外埠。相鬥，凑热闹。袂，不，不会。无爱看，不喜欢看。尪公泖，神，神灵看（戏）；尪公，神；泖 bau^{33}，烫煮（面条儿等），在此喻帮衬。

203. 七绝·漳州搭车偎嵩屿坐船去厦门

ts‘ia^{45} kau^{21} su$^{33}_{21}$ k‘au^{53} ŋiã$^{23}_{33}$ ts‘o$^{45}_{33}$ hɔŋ^{45}　zit^{121} ts‘ut^{21} t‘ĩ^{45} tsɛ̃^{23} piã$^{21}_{53}$ hai^{53} kɔŋ^{23}

车　遘屿口　迎鳔风，日　出天晴拼　海狂。

ɔ$^{45}_{33}$ im^{45} koʔ$^{21}_{53}$ ts‘iŋ^{33} tio$^{23}_{33}$ tsɔŋ$^{23}_{33}$ lɔŋ^{33}　t‘ɔ^{21} kue^{21} io$^{23}_{33}$ tiã^{45} kĩ$^{21}_{53}$ hɛ$^{33}_{21}$ tsɔŋ^{45}

乌阴佫　蹭越趒浪，吐过摇颠见厦踪。

注释：嵩屿，今海沧（原漳州属）属一大陆与厦门岛之较近岛屿。过去一段时间漳州去厦门常走这条线：先搭乘长途班车到嵩屿海边（总距离49公里），然后搭乘30分钟海船从厦门第一码头（厦禾路头）上岸，返程依旧。遘，到，抵。鳔 ts‘o^{45}，腥，海腥味。天晴拼海狂，天晴时海浪都不小。佫 koʔ^{21}，又，还。蹭 ts‘iŋ^{33}，碰，遇。越趒 tio$^{23}_{33}$ tsɔŋ^{23}，又蹦又跳。

204. 五绝·喝煞

ts‘iŋ$^{21}_{53}$ sim$^{45}_{33}$ kɔŋ$^{53}_{45}$ huaʔ$^{21}_{53}$ suaʔ^{21}　k‘i$^{53}_{45}$ liŋ^{33} giaʔ$^{121}_{21}$ to$^{45}_{33}$ kuaʔ^{21}

凊心讲　喝　煞，起楞拺刀割。

ts‘ui^{21} ŋɛ̃^{33} k‘a$^{45}_{33}$ ts‘uĩ^{45} mĩ^{23}　p‘ue^{23} t‘iŋ^{23} pak$^{21}_{5}$ lai^{33} suaʔ^{21}

喙硬尻川绵，皮停腹内续。

注释：喝煞，喊停，喝止。漖心，心冷，灰心。起楞，横心，发癫。揲 giaʔ^{121}，拿，举。喙硬尻川绵，嘴巴硬屁股软；尻川，屁股。腹内，肚子里，心里。

205. 七绝·题李竹深先生

tik^{21} ko^{45} baŋ$^{23}_{33}$ taŋ^{45} m$^{33}_{21}$ kɔŋ$^{53}_{45}$ bi^{23} tik$^{121}_{21}$ ko^{23} baŋ$^{33}_{21}$ taŋ^{33} tsio^{45} kui$^{45}_{33}$ pi^{23}

竹 篙 芒 苳 伓 讲 微，直 據 忘 重 蕉 归 蕇。

tik$^{21}_{5}$ ko^{23} bɔŋ$^{45}_{33}$ taŋ^{45} iau$^{53}_{45}$k'ioʔ$^{21}_{53}$sɛʔ^{21} tik$^{21}_{5}$ ko^{45} bɔŋ$^{53}_{45}$ tɔŋ^{33} iu$^{23}_{33}$ zu$^{23}_{33}$ i^{45}

竹 笱 摸 冬 犹 挠 蓛，竹 篙 罔 动 尤 如 伊。

注释：李竹深，闽南语、闽南文化名家，在诗词、古文献、闽南语，书法艺术等方面多有造诣。芒苳，芦苇，细长。直據，一直写/撰/编；據ko^{23}，涂，写，画。蕉归蕇，(像）香蕉成串，喻作品成果多；蕇pi^{23}，量词，用于香蕉的“串、挂”。竹笱，(装鱼虾）竹篓子。摸冬犹挠蓛，冬天（非捕捞季节）下河捉捞还捡漏；挠蓛k'ioʔ$^{21}_{53}$sɛʔ^{21}，拾遗，捡漏。竹篙，竿子。罔动，权且/随意活动活动。

206. 菩萨蛮·花佮侬

hua^{45} aŋ^{23} hioʔ^{121} ts'ɛʔ^{45} tiŋ$^{23}_{33}$ tiŋ^{23} ts'ui^{21} laŋ^{23} bi^{45} bak^{121} k'iau^{21} bai$^{23}_{33}$ bai^{23}

花红箬 青重重 翠，侬眯目 翘眉眉

tsui^{21} hua^{45} hioʔ^{121} tui$^{21}_{53}$ si^{45} su^{23} laŋ^{23} bai^{23} sun$^{33}_{21}$ bak^{121} t'u^{23} hua^{45}

醉。花 箬 对诗词，侬 眉 顺 目 踳。 花

k'ui^{45} bo$^{23}_{33}$ ku$^{53}_{45}$ tian^{53} laŋ^{23} siõ^{33} u$^{33}_{21}$ si^{23} hian^{33} tu$^{53}_{45}$ kui^{21} tsun$^{53}_{45}$ hua^{45} kui^{45} si^{23}

开 无 久 展，侬 想 有 时 现。抵 季 准 花 归，时

lai^{23} tiã$^{33}_{21}$ laŋ^{23} hui^{45}

来 定 侬 非。

注释：花佮侬，花和人。箬，叶子。踏t'u^{23}，犹豫，踌躇。准，一定，一准儿。定，常，经常。

207. 忆秦娥·人生觅

zin$^{23}_{33}$ siŋ^{45} bik^{121} bo$^{23}_{33}$ tsai^{45} tsio$^{53}_{45}$ su^{33} piŋ$^{23}_{33}$ an^{45} lik^{121} piŋ$^{23}_{33}$ an^{45} lik^{121}

人生觅，无灾少事平安历。平安历，

tioʔ$^{121}_{21}$ bo$^{23}_{33}$ kiɔŋ^{23} pik^{21} ai$^{21}_{53}$ bo$^{23}_{33}$ kɛ$^{45}_{33}$ ik^{121} laŋ^{23} gau^{23} e$^{33}_{21}$ siɔ̃^{33} tsai^{23} lui^{45}

着无穷逼，爱无加欲。侬势会想才镭

tsik^{21} k'iŋ$^{23}_{33}$ ai^{21} lau$^{23}_{33}$ sian^{33} siu$^{45}_{33}$ kɔŋ$^{45}_{33}$ tik^{21} siu$^{45}_{33}$ kɔŋ$^{45}_{33}$ tik^{21} hɔ$^{33}_{21}$ laŋ^{33} kɛ$^{45}_{33}$ ik^{21}

积，琼爱留善修功德。修功德，互侬加益，

kaʔ^{21} laŋ^{33} si$^{45}_{33}$ tik^{121}

呷侬施泽。

注释：着、爱，得，必须。加，多，增加。势gau^{23}，贤，能。镭，钱，财。琼，捞，留，存。互，让，被。呷，向，朝。

208. 七绝·漳州双门顶

hɔŋ^{53} kuan^{23} tsioʔ^{121} taŋ^{33} hɔŋ$^{23}_{33}$ in^{45} siat^{21} ke^{45} eʔ^{121} laŋ^{23} e^{45} tsiɔŋ^{21} nãu$^{33}_{21}$ ziat^{121}

坊悬石重皇恩设，街狭侬挨众闹热。

ke$^{45}_{33}$ t'au^{23} tsi$^{53}_{45}$ kɔŋ^{53} tiŋ$^{45}_{33}$ hua^{45} kiau^{45} haŋ$^{33}_{21}$ bue^{53} kã$^{45}_{33}$ bun^{23} ts'u^{21} im$^{21}_{53}$ ziat^{121}

街头只讲灯花娇，巷尾兼闻厝荫嬉。

✍ **注释**：双门顶，漳州香港路石牌坊及其附近。灯花娇，传说中的美女故事。厝荫嬉，家中守道妇人；厝，房子，家；嬉ziat^{121}，妇人，母亲。这只是则传说而已，仍给人留下美好想象空间。兼kã^{45}，仅，只。

209. 如梦令·某侬仔好伊

ts‘ɛʔ$^{21}_{53}$tsua^{53}tsiau$^{23}_{33}$ko$^{23}_{33}$i^{45}zi^{33} sim$^{45}_{33}$te^{53}hɔ$^{33}_{21}$i$^{45}_{33}$laŋ^{23}pi^{21} mɛ̃$^{23}_{33}$zit^{121}laŋ$^{33}_{21}$
册 纸 缮 掾伊字， 心 底 互伊 侬 痹。暝 日 弄
tun$^{23}_{33}$hua^{45} m$^{33}_{21}$bat$^{21}_{5}$k‘uã^{21}k‘iam$^{23}_{33}$siŋ^{23}si^{21} puã$^{45}_{33}$hi^{21} puã$^{45}_{33}$hi^{21} tsiã$^{21}_{53}$
唇 花， 伓 抹 看 虔 诚 势。 搬 戏， 搬 戏， 正
sin^{23}kau^{21}tiam$^{23}_{33}$k‘e^{45}bi^{33}
神 遘 沉 溪 沕。

✍ **注释**：某侬仔，某人。好伊，好（hào）他/她。册纸，写字纸，书写纸，有别于“粗纸（手纸）”等。缮tsiau^{23}，全，都。掾ko^{23}，涂，写，画。互hɔ^{33}，让，被。痹，麻痹。暝日，日夜。弄唇花，耍嘴皮儿，挂口上说。伓抹，不曾，没经历过。虔诚势，虔诚/真诚的样子。搬戏，演戏。正神遘，真人来/到；遘，抵，达。沉溪沕，下潜到江里（躲藏起来）；沕bi^{33}，潜水。

210. 家治座右铭

siu$^{33}_{21}$ ik^{21} i$^{53}_{45}$ tsian$^{23}_{33}$ zin^{23} ik^{21} lau^{23} i$^{53}_{45}$ hɔ$^{33}_{21}$ zin^{23}
受 益 于 前 人， 益 留 于 后 人。
siu$^{33}_{21}$ hak^{121} i$^{53}_{45}$ gan$^{23}_{33}$ kin^{53} t‘uan^{23} si^{45} i$^{53}_{45}$ ts‘iu^{53}k‘in^{23}
授 学 以 言 谨， 传 书 以 手 勤。

注释：家治，自己，自个儿。

211. 西江月·石码鱼市

lɔ^{33} eʔ^{121} tʻuã^{45} pai^{23} tin$^{21}_{53}$ ui^{33}　laŋ^{23} e^{45} tã^{21} tʻat^{21} tŋ$^{23}_{33}$ ke^{45}　kɛʔ$^{21}_{53}$ kaŋ$^{45}_{33}$ tʻe^{23}

路狭摊排镇位，侬挨担窒长街。隔江堤

kin$^{33}_{21}$ ua^{53} kim$^{53}_{45}$ kʻe^{45}　tsiɔ̃$^{33}_{21}$ huã^{33} hi^{23} tsʻĩ^{45} tsʻiɔ̃$^{53}_{45}$ be^{33}　u$^{33}_{21}$ kuĩ$^{53}_{45}$ a^{53} hi^{23} hɛ^{23}

近倚锦溪，上岸鱼鲜抢卖。有卷仔鱼虾

kan^{53}　o^{23} ham^{45} tsʻiʔ^{121} sĩ$^{33}_{21}$ kiam$^{23}_{33}$ ke^{23}　kʻuã$^{21}_{53}$ hi$^{23}_{33}$ tsun^{23} kau^{21} kʻeʔ$^{21}_{53}$ pue$^{45}_{33}$ e^{23}

蚬，蚵蚶蠘腌咸鲑。看渔船遘揳飞鞋，

ho$^{53}_{45}$ mĩʔ^{121} sio$^{45}_{33}$ tsɛ̃^{45} tau$^{21}_{53}$ be^{53}

好物相争鬥买。

注释：石码，漳州属龙海县城所在地，于漳州老城东二十公里西溪南岸。镇位，占位子，碍路。依挨，人挤。担窒，担子塞堵路。锦溪，西溪石码段被称为“锦江”。卷仔，又说“小卷仔”，小墨鱼。蚬kan^{53}，又“鲜蚬仔”，黄暗绿葵花籽状贝壳类。蚵o^{23}，牡蛎，蚝。蚶ham^{45}，白色辐射纹贝类。蠘tsʻiʔ^{121}，花蟹。咸鲑，腌盐渍海产总称。遘，到，抵。揳，挤，拥。相争，互争，争抢。鬥买，凑热闹买。

游欢旅乐六叹（七绝）

212. 蹈天宝大山

tʻian$^{45}_{33}$ po^{53}　suã$^{45}_{33}$ kʻa^{45} kʻuaʔ^{21} koʔ$^{21}_{53}$ tsʻia^{23}　tʻian$^{45}_{33}$ po^{53}　niã$^{53}_{45}$　tiŋ^{53}　ĩ$^{23}_{33}$　lun$^{23}_{33}$ tsʻia^{45}

天宝山骹阔傛笡，天宝岭顶圆崙崖。

kan$^{53}_{45}$ ki^{45} suã$^{45}_{33}$ t‘au^{23} kɔŋ$^{53}_{45}$ ai$^{21}_{53}$ pɛʔ^{21} ts‘iɔ̃$^{33}_{21}$ tiŋ^{53} kaʔ$^{21}_{53}$ kak^{21} tsia^{45} hui$^{45}_{33}$ hia^{45}
拣 支 山 头 讲 爱 跖， 上 顶 呷 觉 遮 非 遐。

注释：天宝大山位于漳州城西北几十里，海拔900多米，由多个山峰组成。跖pɛʔ^{21}，爬，攀。山骹，山根儿。阔佫筐，又宽又陡；筐ts‘ia^{23}，斜，陡。圆岺峯，山尖圆顶。拣，挑，选。爱，喜欢。上顶，到了峰顶。呷，才，方。遮，这里，这儿。遐hia^{45}，那里，那儿。

213. 踏骹踏车去南太武山

taʔ$^{121}_{21}$ ts‘ia^{45} sio$^{45}_{33}$ tsio^{45} seʔ$^{121}_{21}$ t‘ai$^{21}_{53}$ bu^{53} iã$^{23}_{33}$ laŋ^{23} tui$^{21}_{53}$ tse^{33} kɛ$^{45}_{33}$ tau^{45} pu^{33}
踏 车 相 招 踅 太 武， 赢 侬 对 坐 家 兜 孵。
ki$^{23}_{33}$ k‘i^{45} pɛʔ$^{121}_{21}$ zit^{121} hɔŋ$^{45}_{33}$ tsai$^{45}_{33}$ suã^{45} k‘am$^{45}_{33}$ k‘iat^{121} huĩ$^{45}_{33}$ mɛ̃^{23} tsiaʔ$^{21}_{53}$ kau$^{21}_{53}$ ts‘u^{21}
崎岖 白 日 方 知 山， 礁 碣 昏 暝 则 遘 厝。

注释：南太武山，于漳州属龙海港尾海边，海拔560米。骹踏车，自行车；骹，腿，脚。相招，相邀。踅seʔ^{121}，转，逛。赢侬，胜于，好于。家兜，家里，屋里。白日，白天。山，形容词，崎岖连绵。礁碣k‘am$^{45}_{33}$k‘iat^{121}，坑洼不平，难走。昏暝，夜晚。遘厝，到家；厝，房子，家。

214. 坐车过龙岩板寮岭

laŋ$^{23}_{33}$ kɔŋ^{53} uan$^{45}_{33}$ k‘iau^{45} kiu$^{53}_{45}$ kiu^{53} tŋ^{23} pan$^{53}_{45}$ liau^{23} uat$^{21}_{5}$ niã^{53} iã$^{23}_{33}$ iɔ̃$^{23}_{33}$ tŋ^{23}
侬 讲 弯 跷 九 九 长， 板 寮 斡 岭 赢 羊 肠。
pɛʔ$^{21}_{53}$ ts‘ui^{21} suã^{45} k‘aŋ^{45} kan$^{21}_{53}$ te^{53} ho^{33} uĩ$^{45}_{33}$ bak^{121} tã^{53} se^{21} ts‘ia$^{45}_{33}$ tiɔŋ^{45} lŋ^{23}
掰 喙 山 空 涧 底 祸， 挟 目 胆 细 车 中 郎。

✍ **注释**：板寮岭，长几十公里，百曲千弯，于福建龙岩东南境内。1990年代前漳州搭乘长途车去龙岩（仅140公里）需一整个白天（约10个小时）。弯踛，弯曲。掰喙，张大的嘴巴（口呆）；喙，口。山空，山空荡。涧底祸，翻车落山涧下。抉目，遮眼；抉uĩ^{45}，盖，挡。胆细，胆小。

215. 看电影《卖花姑娘》

tsit$^{121}_{21}$ lɔ^{33} tsap$^{121}_{21}$ li^{53} laŋ^{23} tsĩ$^{45}_{33}$ laŋ^{23}　kiã$^{23}_{33}$ kau$^{21}_{53}$ pɛ̃$^{23}_{33}$ k‘a^{45} laŋ^{23} taʔ$^{121}_{21}$ laŋ^{23}

一 路 十 里 侬 攕 侬， 行 遘 棚 骹 侬 踏 侬。

hi^{21} suaʔ^{21} mɛ̃^{23} ɔ^{45} seʔ$^{121}_{21}$ tuĩ$^{53}_{45}$ ts‘u^{21}　tsap$^{121}_{21}$ li^{53} tsit$^{121}_{21}$ lɔ^{33} laŋ^{23} e$^{45}_{33}$ laŋ^{23}

戏 煞 暝 乌 踅 转 厝， 十 里 一 路 侬 挨 侬。

✍ **注释**：《卖花姑娘》是朝鲜宽银幕彩色故事片。当时宽银幕彩色电影在中国也算稀罕物，因此只限于某些特殊场合可以看到。攕tsĩ^{45}，塞，挤。棚骹，放电影的地方。戏煞，电影放完；闽南语看电影说“看戏”，看演出说“看侬戏（看人戏）”，后改说“看电影”。暝乌，夜黑。踅seʔ^{121}，转，回。转厝，回家。挨，挤。

216. 榜山暝睏船顶

tsun^{23} p‘a^{33} k‘e$^{45}_{33}$ tiɔŋ^{45} tue$^{21}_{53}$ am$^{21}_{53}$ lau^{23}　mɛ̃^{23} bi^{33} tsui$^{53}_{45}$ te^{53} hian$^{45}_{33}$ ku^{45} gau^{23}

船 泊 溪 中 趭 暗 流， 暝 沕 水 底 掀 龟 勢。

hi^{45} ha^{45} bo$^{23}_{33}$ pun^{45} kun$^{53}_{45}$ ia$^{33}_{21}$ puã^{21}　kɔ̃^{21} kã^{21} u$^{33}_{21}$ piat^{21} ĩ$^{45}_{33}$ mɛ̃$^{23}_{33}$ tau^{45}

嘻 哈 无 分 滚 夜 半， 鼾 鼾 有 别 瞜 暝 兜。

✍ **注释**：榜山，漳州西溪桥闸附近村落，即样板京戏《龙江颂》故事来源地，龙海县属。暝，夜，晚。睏，睡觉。船顶，船上。泊p‘a^{33}，外来语词，音译英语词park，“泊”闽南音读p‘ɔk^{21}，是个入声字。趱tue^{21}，跟，随。沕bi^{33}，潜水，下潜。水底，水里。掀龟，又说“反龟pan$^{53}_{45}$ku^{45}”，露光腚；夜里裸泳取乐。勢gau^{23}，（表现）能干。滚，嬉闹，玩儿。鼾鼾kɔ̃^{21}kã^{21}，呼噜声响。瞨ĩ^{45}，睡觉。暝兜，夜晚。

217. 去糖厂食竹蔗

sã^{45} gɔ^{33} tsio$^{45}_{33}$tsio^{45}tso$^{21}_{53}$ tsit$^{121}_{21}$kun^{23} bo$^{23}_{33}$ ui^{21} huĩ$^{33}_{21}$ huĩ^{33} kiã$^{23}_{33}$ to$^{45}_{33}$ lun^{23}

三 五 招 招 做 一 群， 无 畏 远 远 行 多 轮。

tsia$^{21}_{53}$p‘oʔ^{21}kuan$^{23}_{33}$suã^{45}k‘eʔ$^{21}_{53}$tik$^{21}_{5}$tsia^{21} suĩ$^{53}_{45}$ gin^{23} lauʔ$^{21}_{53}$k‘i^{53} siaŋ$^{45}_{33}$ aŋ$^{23}_{33}$ tun^{23}

蔗 粕 悬 山 喫 竹 蔗， 损 龈 落 齿 伤 红 唇。

注释：食竹蔗，每年到了冬末甘蔗收获季，糖厂日夜开工榨蔗制糖等。甘蔗车四处可见，孩子们也冒险在拐弯处抽甘蔗解嘴馋。竹蔗，硬如竹子，但含糖量高于一般食用甘蔗不少。蔗粕，甘蔗渣。旧日漳州糖厂几处极高大甘蔗渣山，蔗渣可制酒精、造纸等。喫k‘eʔ^{21}，啃，咬。落齿，掉牙。

218. 清平乐·井墘

tsɛ̃$^{53}_{45}$kĩ^{23}laŋ^{23}tse^{33} u$^{33}_{21}$tsim$^{53}_{45}$i^{23}niɔ̃$^{23}_{33}$le^{53} se$^{53}_{45}$t‘ua^{33}kã$^{45}_{33}$kɛ$^{45}_{33}$po^{23}laŋ$^{33}_{21}$te^{53}

井 墘 侬 侪， 有 婶 姨 娘 妳。 洗 汏 兼 家 婆 弄 短，

lam^{23}k‘iaŋ^{21}laŋ^{33}bueʔ$^{21}_{53}$ts‘ua$^{33}_{21}$k‘e^{21} lian^{23}gun^{53}t‘au$^{23}_{33}$k‘ak^{21}taŋ$^{33}_{21}$le^{23} siɔ̃$^{33}_{21}$

男 雳 侬 卜 娶 契。 怜 阮 头 壳 重 犁， 想

i^{45}bak$^{121}_{21}$tsai^{53}k‘iŋ$^{45}_{33}$zue^{23} nɔ̃$^{33}_{21}$siɔ̃^{33}baŋ^{33}si$^{45}_{33}$tiŋ$^{23}_{33}$tso^{21} tuã$^{45}_{33}$su$^{45}_{33}$tsaŋ^{45}ai$^{21}_{53}$

伊 目 滓 轻 挼。 两 想 梦 须 重 做， 单 思 鬃 爱

to^{21}_{53} se^{45}
倒梳。

注释：井墘，井边。侬侪，人多。娘妳，母亲。洗汰，洗涤。兼kã[45]，并且，还。家婆，八卦，多事儿。弄短，嚼舌，搬弄。男屘，男人厉害/能干；屘k'iaŋ[21]，贤，能。侬卜娶契，人家打算娶干妹妹。阮gun[53]，我，我们。头壳，头，脑袋。重犁，沉重地死命低着头（洗）；犁，低头（干活）。目滓，眼泪，又说"目屎"。挼zue[23]，揉，擦。鬃，头发，又说"头鬃"。倒梳，倒重梳，再梳。

219. 五绝·忆旧旧桥

uan^{45}_{33} uat^{21} $n\tilde{ɔ}^{33}_{21}$ $s\tilde{a}^{45}_{33}$ $k'iau^{45}$ tun^{45}_{33} $k'a^{45}$ lo^{23}_{33} $tsui^{53}$ lau^{23}
弯 斡 两 三 跷，墩 骹 醪 水 流。

kio^{23}_{33} $t'au^{23}$ sio^{45}_{33} hue^{53}_{45} $haŋ^{33}$ kio^{23}_{33} bue^{53} lam^{23}_{33} $su\tilde{a}^{45}_{33}$ tau^{45}
桥 头 烧 火 巷，桥 尾 南 山 兜。

注释：旧旧桥，漳州老城南门之老旧桥，又称"中山桥"，桥头北直通今香港路南口，过去被称为"旧桥"。跷，弯曲。墩骹，桥墩下。醪，混浊。烧火巷，应是"烧灰巷"，但在民间常有两称。

220. 忆秦娥·郑亚玲生佮杨月霞旦

hua^{45} $t'iam^{45}_{33}$ $hioʔ^{121}$ tsa^{23}_{33} $siŋ^{45}$ lu^{53}_{45} $tu\tilde{a}^{21}$ $liŋ^{23}_{33}$ $hɛ^{23}_{33}$ $kioʔ^{21}$ $liŋ^{23}_{33}$ $hɛ^{23}_{33}$ $kioʔ^{21}$
花 添 箬，查 生 女 旦 玲 霞 脚。玲 霞 脚，

ua^{53}_{45} $t'\tilde{i}^{45}_{33}$ $kɔŋ^{45}$ $k'ioʔ^{21}$ tit^{21}_{5} $aŋ^{45}_{33}$ $kɔŋ^{45}$ $sioʔ^{21}$ li^{53} bui^{45} gua^{53} $ts'io^{21}$ $taŋ^{23}_{33}$ tse^{23}_{33}
倚 天 公 抾，得 尪 公 惜。汝 微 我 笑 同 齐

oʔ^{121}　pɛ̃$^{23}_{33}$k‘a^{45}hi$^{21}_{53}$gua^{33}siaŋ$^{45}_{33}$bo$^{23}_{33}$ioʔ^{121}　siaŋ$^{45}_{33}$bo$^{23}_{33}$ioʔ^{121}　hɔk^{21}kɛ^{45}bo$^{23}_{33}$

学，　棚 骹 戏 外　双 无 约。　双 无 约，　福 加 无

poʔ^{121}　tsiŋ^{23}ts‘im^{45}zu$^{23}_{33}$tsioʔ^{121}

薄，　情　深 如 石。

注释：郑亚玲生佮杨月霞旦，该二角为1990—2010年代闽南歌仔戏最红之女生女旦，红遍闽南语流行区域。箬，叶子。查生，是“查某生”之略称，即女生。脚kioʔ^{21}，角（色）。倚天公挠，靠老天选择了她们一对；挠，拾，收拾，选。得尪公惜，得到神灵的保祐；尪公，神。微，微笑。棚，舞台，戏园子。双无约，两人没多大矛盾；约，猜，盘算。

221. 七绝·题晓风册店搬青年路新店面

lau$^{23}_{33}$　tiŋ^{53}　lau$^{23}_{33}$k‘a^{45}tsap$^{121}_{21}$t‘ɔ$^{53}_{45}$kan^{45}　ts‘ɛʔ^{21}k‘iŋ^{45}ts‘ɛʔ^{21}taŋ^{33}p‘ɔ$^{45}_{33}$lau$^{23}_{33}$　paŋ^{45}

楼　顶　楼　骹　十　吐　间，　册　轻　册　重　铺　楼　枋。

kɔ$^{53}_{45}$　ts‘u^{21}pun$^{53}_{45}$　te^{53}　laŋ^{23}　ki^{45}　ho^{53}　tan$^{33}_{21}$　ŋiã^{23}　pin^{45}　lai^{23}　p‘ĩ$^{33}_{21}$ts‘ɛʔ$^{21}_{53}$p‘aŋ^{45}

古　厝　本　底　侬　居　好，　但　迎　宾　来　鼻　册　芳。

注释：2021年6月，漳州晓风书屋从南昌路天虹广场店搬迁至古城西门出口附近青年路新店面。楼顶楼骹，楼上楼下。十吐间，十余间。册，书。楼枋，楼板。古厝，老房子。本底，本来，原本。鼻册芳，闻书香；鼻，鼻子，鼻涕，闻，嗅；芳，香，芬芳。

222. 卜算子·题四岁查某婴吟闽南语诗词

tã^{53}tsai^{33}bo$^{23}_{33}$ts‘ɛ̃$^{45}_{33}$kiã^{45}　ho$^{53}_{45}$le^{53}sã$^{45}_{33}$kun^{23}sui^{53}　ts‘ui$^{21}_{53}$a^{53}gau$^{23}_{33}$lo^{23}

胆 在 无 青 惊，　好 礼 衫 裙 水。　喙 仔 勢 啰

ka$^{33}_{21}$ zi^{33} ts‘iŋ^{45} ts‘io$^{21}_{53}$ bin^{33} iã$^{23}_{33}$ hua$^{45}_{33}$ lui^{53} ian$^{23}_{33}$ tau^{23} koʔ$^{21}_{53}$ kɔ$^{53}_{45}$ tsui^{45}

咬字清，笑面赢花蕊。缘投佫古锥，

tua$^{33}_{21}$ pan^{33} kã$^{45}_{33}$ kan$^{45}_{33}$ ts‘ui^{21} t‘in$^{21}_{53}$ hau^{33} gim$^{23}_{33}$ t‘au^{23} siɔŋ$^{33}_{21}$ bue^{53} siu^{45} si$^{21}_{53}$ keʔ^{21}

大范兼干脆。趁候吟头诵尾收，四廓

laŋ^{23} tsiau$^{23}_{33}$ tsui^{21}

侬缯醉。

注释：查某婴，小女孩儿，又说“查某婴仔”。胆在，胆大，胆壮。青惊，惊慌，慌乱。好礼，有礼貌。水 sui^{53}，漂亮。喙仔，小嘴儿。勢啰，能说，会道；勢 gau^{23}，擅于；啰，唠叨，说话。花蕊，花朵。缘投，漂亮，帅气。佫，又，还。古锥，有趣儿，好玩儿。大范，大方。趁候，等到。四廓，四周。侬，人，人们。缯 tsiau^{23}，都，全。

223. 五绝·五月节

tseʔ^{21} lai^{23} pau$^{45}_{33}$ tsaŋ^{21} gau^{23} hiã^{33} tiam^{53} sio$^{45}_{33}$ hun^{45} kau^{33}

节来包粽勢，艾点烧燻厚。

hiɔŋ$^{23}_{33}$ hɔŋ^{23} suaʔ$^{21}_{53}$ tsiu^{53} p‘aŋ^{45} lɔm$^{21}_{53}$ kɔ^{53} pɛ$^{23}_{33}$ tsun^{23} nãu^{33}

雄黄撒酒芳，揼鼓扒船闹。

注释：五月节，端午节。燻，烟，雾。厚，浓，多。芳，香。揼鼓，敲/打鼓。扒，划。

224. 如梦令·厝骹扫街路老伙仔

tsit$^{121}_{21}$ tsa^{53} ts‘ut$^{21}_{5}$ muĩ^{23} tsɔŋ$^{23}_{33}$ huĩ^{33} mɛ̃^{23} k‘am$^{21}_{53}$ t‘au^{23} bo$^{23}_{33}$ tsai$^{45}_{33}$ tuĩ^{53} t‘ĩ^{45}

一早出门赵远，暝冚头无知转。天

luaʔ$^{121}_{21}$ k‘uaʔ^{21} t‘aŋ$^{45}_{33}$ pue^{45} te^{33} luaʔ$^{121}_{21}$ kau^{33} sui$^{23}_{33}$ laŋ^{33} nuĩ^{21} baŋ$^{45}_{33}$ muĩ^{33} baŋ$^{45}_{33}$

偌 阔 通 飞，地 偌 厚 随 侬 遨。甮 问，甮

muĩ^{33} tsin$^{33}_{21}$ tiŋ$^{21}_{53}$ i^{21} sã$^{45}_{33}$ ts‘an$^{45}_{33}$ puĩ^{33}

问， 尽 中 意 三 餐 饭。

注释：厝骹，房子下/附近。扫街路，扫大街。老伙仔，老头儿。赵远，奔得很远；赵tsɔŋ^{23}，奔忙。暝冚头，夜色盖头；暝，夜；冚，盖，覆。无知转，不懂得要回家。偌阔，多宽，多广阔。通飞，可以/能飞；通，可以，能。偌厚，多厚，多深。随侬遨，任人钻/穿；遨nuĩ^{21}，钻，穿越。甮baŋ^{45}，别，甭。尽，很，非常。中意，满意。

225. 西江月・庙仔囝前搬伽儡戏

bio^{33} tãi^{53} aŋ^{45} niũ^{45} siã^{21} hiã^{53} pɛ̃^{23} kuan^{23} k‘ɛʔ^{21} tsio^{53} tiŋ^{45} kuĩ^{45} kɔ$^{53}_{45}$ lo^{23}

庙 噔 尪 孧 圣 显，棚 悬 客 少 灯 光。鼓 锣

nãu$^{33}_{21}$ ziat^{121} kui$^{45}_{33}$ mɛ̃$^{23}_{33}$ huĩ^{45} kua$^{45}_{33}$ a^{53} ĩ$^{45}_{33}$ ɛ̃^{45} bo$^{23}_{33}$ tuĩ^{33} e^{45} tuã^{23} ts‘iɔ̃^{21} aŋ$^{45}_{33}$

闹 热 归 暝 昏，歌 仔嘤嘤 无 断。挨 弹 唱 翁

po$^{23}_{33}$ tã^{21} au$^{23}_{33}$ k‘aŋ^{45} tua^{33} pɛʔ$^{21}_{53}$ bo$^{23}_{33}$ uĩ^{45} ka$^{45}_{33}$ le^{53} bɔŋ$^{53}_{45}$ laŋ^{33} ts‘iu^{53} bo$^{23}_{33}$ suĩ^{45}

婆 担，喉 空 大 掰 无 挟。伽 儡 罔 弄 手 无 酸，

tsi$^{53}_{45}$ ui^{33} t‘an^{21} sã$^{45}_{33}$ tuĩ$^{21}_{53}$ puĩ^{33}

只 为 趁 三 顿 饭。

注释：庙仔囝，小庙。搬伽儡戏，演木偶戏；搬戏，演戏。噔tãi^{53}，小。尪aŋ^{45}，神，神像。孧niũ^{45}，小，细小。棚悬，戏台子高；棚，戏台，戏院。灯光，灯很亮。闹热，热闹。归暝昏，一整个晚上；归，成，整，如“归日（成天）”等。歌仔，小调，歌曲。挨，拉（琴）。翁婆担，夫妻档。喉空，喉咙。掰无挟，张着大口没遮拦；挟uĩ^{45}，挡，遮。罔，权且，随意。趁，挣。

226. 五绝·做囝仔损篮仔桲树

bo$^{23}_{33}$ ui$^{21}_{53}$ iu$^{21}_{53}$ ki^{45} tsiʔ^{121} kue^{53} ts‘ɛ̃^{45} siã$^{23}_{33}$ nuã^{33} tiʔ^{21}

无 畏 幼 枝 折， 果 青 涎 嘲 滴。

tsiɔ̃$^{33}_{21}$ tsaŋ^{23} ɔ$^{45}_{33}$ pɛʔ^{121} lai^{21} tɛ̃$^{21}_{53}$ sai^{53} k‘a$^{45}_{33}$ ts‘uĩ^{45} liʔ^{121}

上 松 乌 白 来， 镫 屎 尻 川 裂。

注释：做囝仔，孩提时代，小时候。损，玩儿，糟踏。篮仔桲树，番石榴树。幼枝，细枝桠。涎 siã^{23}，引诱。嘲 nuã^{33}，口水，唾沫。上松，上树；松 tsaŋ^{23}，植株。乌白，瞎，乱。镫屎，挤（硬）屎。尻川，屁股，肛门。番石榴籽基本不能消化，因此闽南语说“食篮仔桲放篮仔桲屎（吃番石榴拉番石榴屎）”，喻得了学了却没消化清楚。

227. 七绝·泡手

se$^{53}_{45}$ pue^{45} tŋ$^{33}_{21}$ tsuã^{53} tɛ$^{23}_{33}$ au^{45} kŋ^{45} ɔ^{45} tsim^{21} tɛ$^{23}_{33}$ t‘ŋ^{45} liam$^{33}_{21}$ te$^{53}_{45}$ tŋ^{23}

洗 杯 盪 盏 茶 瓯 缸， 壶 浸 茶 汤 念 短 长。

kuan$^{23}_{33}$ ts‘iɔŋ^{45} kɛ$^{33}_{21}$ to$^{21}_{53}$ p‘aŋ$^{45}_{33}$ tɛ^{23} t‘ŋ^{21} suaʔ$^{21}_{53}$ ts‘iu^{53} t‘iŋ$^{23}_{33}$ tɛ^{23} ts‘ai$^{33}_{21}$ p‘au$^{21}_{53}$ ts‘ŋ^{23}

悬 冲 下 倒 芳 茶 烫， 续 手 停 茶 拻 泡 床。

注释：闽南语“泡手”，即负责泡茶侍茶的人；任何会泡茶，又愿意泡的人均可担任。到别人家做客，泡手通常由主人担任。盪，洗涤，烫洗。念短长，乌龙茶的浸泡时间通常非常短，仅几秒，大都视茶叶的特点或喝者的需要来决定时间更长或更短，以供最合适的茶汤。悬冲，是指沸水冲进茶壶时要高冲，以高温及高水压促茶叶释放更合适的成分。下倒，又称“下停”，即倒茶给客人杯里时壶嘴要“低”，以免倒出杯外或溅到桌面或烫伤周围的人。续手，顺手，不停手。停茶，倒茶。拻泡床，坚守在泡茶台；拻 ts‘ai^{33}，竖，站，坚守。

228. 卜算子·海岛查某囝

ts‘ai$^{53}_{45}$ siu^{21} k‘am$^{21}_{53}$ t‘au$^{23}_{33}$ kin^{45} sɔ$^{21}_{53}$ tsik^{21} p‘iau$^{45}_{33}$ k‘a$^{45}_{33}$ k‘ɔ^{21} kɔ$^{53}_{45}$ i^{21} laŋ$^{23}_{33}$

彩绣冚头巾，素织飘骹裤。古意侬

ian^{23} tua$^{33}_{21}$ pan^{33} bui^{45} ts‘ian$^{53}_{45}$ t‘ua^{45} huaʔ^{121} k‘iŋ$^{45}_{33}$ pɔ^{33} siã$^{23}_{33}$ lai^{33} siau$^{21}_{53}$

缘大范微，浅拖伐轻步。城内少

lian$^{23}_{33}$ kɛ^{45} iu$^{23}_{33}$ pɔ^{33} t‘ɔ$^{23}_{33}$ t‘uã^{45} tɔ^{33} k‘uã^{21} tioʔ^{121} laŋ^{23} kiau^{45} ts‘io^{21} koʔ$^{21}_{53}$ tĩ^{45}

年家，游埠涂滩度。看着侬娇笑佫甜，

ai$^{21}_{53}$ i^{21} tsiɔŋ$^{23}_{33}$ t‘au^{23} bɔ^{33}

爱意从头慕。

注释：查某囝，女孩儿，又“查某囝仔”。冚头巾，盖头巾；冚，盖。飘骹裤，宽腿/脚裤。古意，热情，真诚。大范，大方。微，微笑，笑。浅拖，拖鞋，因常需下海所以不穿鞋。伐步，迈步，走路。少年家，年轻人，小伙子。游埠，旅行。涂滩，泥滩。度，踱步，度假。佫koʔ^{21}，又，还。

漳州风光四叹（七绝）

229. 漳州圆山谣

zit^{121} k‘uã^{21} ts‘ɛ̃$^{45}_{33}$ bo^{33} mɛ̃^{23} k‘uã^{21} tiã^{53} hɔ^{33} bu^{33} ho$^{53}_{45}$ t‘ĩ^{45} hɛ$^{23}_{33}$ kuĩ^{45} hiã^{53}

日看青帽暝看鼎，雨雾好天霞光显。

laŋ^{33} kɔŋ$^{53}_{45}$ uĩ$^{23}_{33}$ suã^{45} tsap$^{121}_{21}$ peʔ$^{21}_{53}$ sin^{45} kɔ$^{45}_{33}$ k‘uã$^{21}_{53}$ tsit$^{121}_{21}$ bin^{33} bo$^{23}_{33}$ tsai$^{45}_{33}$ iã^{53}

侬讲圆山十八身，孤看一面无知影。

注释：圆山，距漳州老城区西南数公里南门溪南岸。暝mɛ̃^{23}，夜，晚。鼎，

铸铁锅。雨雾，下雨时雾笼罩。圆山十八身，漳州俗话说“圆山十八面”，实指圆山之不同方向呈不同形状，喻世事亦然；“十八”是个虚泛数。无知影，不知道。

230. 梁才女墓

niɔ̃$^{23}_{33}$ lu^{53} tsu$^{33}_{21}$ se^{21} tso$^{23}_{33}$gim$^{23}_{33}$ si^{45} t‘in$^{33}_{21}$ laŋ^{33}kim$^{45}_{33}$ ko^{45} tau$^{21}_{53}$ kaŋ$^{33}_{21}$ bi^{23}

梁 女 自 细 撍 吟 诗， 媵 侬 金 哥 鬥 共 眉。

t‘ĩ$^{45}_{33}$ tiŋ^{53} ui$^{23}_{33}$ so^{45} iŋ$^{53}_{45}$ tsia^{53} si^{21} t‘iɔŋ$^{21}_{53}$ kĩ^{23} t‘o$^{53}_{45}$ hui^{33}bun$^{23}_{33}$ zin^{23} t‘i^{45}

天 顶 遗 骚 咏 者 逝， 塚 墘 讨 慧 文 人 痴。

注释：梁才女，明代洪武漳州梁知府之女，自小知诗识词，未婚早夭，建墓于漳州城西北芝山之蝶山脚下，漳州西湖边；文人每至墓前祭祀，讨要才学功名。墓于清末民国初毁。自细，从小。撍 tso^{23}，写，撰，画。媵 t‘in^{33}，允嫁，允婚。金哥，金公子，梁女允婚之对象，亦未婚早亡。鬥，凑，配。天顶，天上。遗骚，留下文才。塚墘，坟边/附近。

231. 旧南台路

tsioʔ$^{121}_{21}$ kio^{23} tɔk$^{121}_{21}$ kap^{21} ho$^{23}_{33}$ kau^{45}kua^{45} siaŋ$^{45}_{33}$tsiau^{53} iu$^{45}_{33}$ biŋ^{23}tsun$^{21}_{53}$ tsiŋ$^{33}_{21}$ ua^{45}

石 桥 独 蛤 濠 沟 呱， 双 鸟 幽 鸣 颤 静 桠。

lɔ$^{33}_{21}$ kĩ^{23} tua$^{33}_{21}$ ts‘u^{21}ts‘ɛ̃$^{45}_{33}$ im^{45} tsaʔ^{121} t‘au$^{23}_{33}$ tiŋ^{53} sui$^{45}_{33}$ts‘iŋ^{23}p‘un$^{21}_{53}$zit$^{121}_{21}$ hua^{45}

路 墘 大 厝 青 荫 闸， 头 顶 髦 榕 喷 日 花。

注释：南台路，即今漳州钟法路华侨新村旁一段。路墘，路边。大厝，大宅，现已拆部分。闸，挡，遮。头顶，头上。髦榕，长满挂须之榕树。喷日花，榕树叶较疏处日光照射状。

232. 南靖涂楼

t‘ɔ^{23} tsiŋ^{45} ts‘iɔ̃^{23} kuan^{23} si$^{21}_{53}$ gɔ$^{33}_{21}$ tsan^{21} tsiɔ̃$^{33}_{21}$ pɛʔ^{21} si$^{21}_{53}$ kak^{21} ui$^{23}_{33}$ ĩ^{23} pan^{33}

涂 舂 墙 悬 四 五 栈， 上 百 四 角 围 圆 范。

tsap$^{121}_{21}$ sɛ̃^{21} i$^{33}_{21}$ tsɔk^{121} tsu$^{33}_{21}$ zian^{23} ts‘un^{45} tsaʔ$^{121}_{21}$ muĩ^{23} k‘ui$^{45}_{33}$ t‘aŋ^{45} k‘ɔŋ$^{21}_{53}$ tik^{121} han^{21}

杂 姓 异 族 自 然 村， 闸 门 开 窗 抗 敌 悍。

注释：南靖涂楼，即南靖土楼；涂，泥，土。舂涂（墙），打土墙。悬，高。栈，层。上百，漳州市境内有几百座闽南人居住的土楼。四角、围圆，土楼有四方形、圆形、长方形、椭圆形等多种形状。范，范儿，样子。闸，挡，关。

233. 渔家傲·暗雨着暝

hɔ^{33} loʔ^{121} lian$^{23}_{33}$ pɔ^{45} mɛ̃$^{23}_{33}$ tiau$^{23}_{33}$ am^{21} ĩ$^{45}_{33}$ tĩ^{23} sap$^{21}_{5}$ hɔ^{33} mɛ̃$^{23}_{33}$ si^{45} sam^{53} tiŋ$^{23}_{33}$

雨 落 连 晡 暝 着 暗， 萦缠 霎 雨 暝 丝 糁， 踵

tɛ̃^{23} lui$^{33}_{21}$ hɔ^{33} sio$^{45}_{33}$ ts‘am$^{45}_{33}$ lam^{33} bo$^{23}_{33}$ kau$^{21}_{53}$ tsam^{33} t‘ĩ$^{45}_{33}$ kɔŋ^{45} ho$^{53}_{45}$ bai^{53} lai$^{23}_{33}$

踭 泪 雨 相 掺 滥； 无 遘 站， 天 公 好 痞 来

kiŋ$^{45}_{33}$ lam^{53} hɔ^{33} tiʔ^{21} sim^{45} suĩ^{45} tsiŋ^{23} oʔ$^{21}_{53}$ k‘am^{21} mɛ̃^{23} ts‘im^{45} pak^{21} k‘ɔ^{53}

经 搅。 雨 滴 心 酸 情 恶 冚， 暝 深 腹 苦

laŋ^{23} k‘iŋ$^{45}_{33}$ ts‘am^{53} ai$^{21}_{53}$ gin^{33} zin$^{23}_{33}$ siŋ^{45} ui$^{23}_{33}$ kui$^{53}_{45}$ ham^{33} t‘au$^{23}_{33}$ k‘ak^{21} tam^{21}

侬 轻 惨， 爱 讱 人 生 遗 几 憾； 头 壳 頕，

sim^{45} k‘aŋ^{45} lui^{33} piã^{21} sue$^{23}_{33}$ mɔ̃^{23} sam^{21}

心 空 泪 摒 垂 毛 鬖。

注释：暗雨着暝，晚雨连夜，该话是闽南天气谚语。着晡雨，下午开始不

断的雨；着tiau^{23}，牢，黏紧；晡pɔ^{45}，午。连晡暝，连着晚上。萦缠，连绵不断，纠缠不休。霎雨，毛毛细雨。暝，晚上。糁sam^{53}，撒，洒。踵踭tiŋ$^{23}_{33}$tɛ̃^{23}，踌躇，犹豫。相掺滥，混合，搅混在一起。无遘站，还没了结，还没完事。天公，老天。好痞，好歹，横竖。恶oʔ^{21}，难，不易。轻惨，容易伤心。讱gin^{33}，恨。头壳，脑袋。颌tam^{21}/tim^{21}，点头，低头。摒piã^{21}，迸发。垂毛鬖，头发下垂散乱状；鬖sam^{21}，散发。

234. 五绝·柳树

ts‘un$^{45}_{33}$ hɔŋ^{45} ts‘ui^{45} puʔ$^{21}_{53}$ gɛ^{23} zuaʔ$^{121}_{21}$ lɔŋ^{33} ts‘iɔk$^{21}_{5}$ muã$^{45}_{33}$ sɛ^{45}

春 风 催 㯷 芽，热 浪 促 幔 纱。

ts‘iu$^{45}_{33}$ ta^{45} kuã$^{53}_{45}$ hioʔ^{121} tɔk^{21} han$^{23}_{33}$ k‘i^{21} laŋ$^{33}_{21}$ k‘ui$^{45}_{33}$ ts‘ɛ^{45}

秋 燋 赶 箬 砉，寒 气 弄 开 杈。

注释：㯷芽，冒芽，长芽；㯷puʔ^{21}，生，长。幔muã^{45}，披，罩。秋燋，秋燥；燋ta^{45}，干，燥。箬，叶子。砉tɔk^{21}，掉，落。

235. 七绝·年兜挨粿粞

bɛ$^{53}_{45}$ pɔ^{33} siaŋ$^{45}_{33}$k‘a^{45}ts‘ai$^{33}_{21}$ nɔ̃$^{33}_{21}$ te^{23} tsioʔ$^{121}_{21}$ bo^{33} tiŋ$^{53}_{45}$ ɛ^{33} tsiau$^{23}_{33}$ un$^{23}_{33}$ e^{45}

马 步 双 骹 扗 两 蹄，石 磨 顶 下 缮 匀 挨。

bi^{53} bua^{23} tsui^{53} seʔ^{121} lau$^{23}_{33}$ tsiɔ̃$^{45}_{33}$ ts‘e^{21} pu^{23} iɔ̃^{53} hia^{45} sue^{33} kɔŋ$^{53}_{45}$ kaŋ$^{33}_{21}$ tse^{23}

米 磨 水 趸 流 浆 粞，麭 舀 桸 涶 讲 共 齐。

注释：年兜，新年期间。挨粿粞，磨大米浆；挨，推石磨；粿kue^{53}，年糕，蒸糕；粞ts‘e^{21}，大米浆/粉。双骹，两腿/脚。扗ts‘ai^{33}，稳站，竖。顶下，上下。缯匀，均匀。趸 seʔ^{121}，旋，转。匏 pu^{23}，葫芦，瓢儿。桸 hia^{45}，木勺儿。涶 sue^{33}，液体下垂/流下。共，一样，相同。

236. 如梦令·**古井**

bua$^{23}_{33}$ tsɛ̃$^{53}_{45}$ soʔ^{21} kĩ^{23} hun^{23} tse^{33} kuan^{45} tsɛ̃$^{53}_{45}$ lai^{33} tsʻim^{45} bo$^{23}_{33}$ te^{53} tsuã^{23}

磨井索嵌痕侪，观井内深无底。泉

kiã^{33} tsui^{53} tĩ$^{45}_{33}$ tsʻiŋ^{45} kʻŋ$^{21}_{53}$ luaʔ$^{121}_{21}$ tse^{33} tsiŋ^{23} lai$^{23}_{33}$ te^{53} bo$^{23}_{33}$ ke^{53} bo$^{23}_{33}$ ke^{53} laŋ^{23}

健水甜清，园偌侪情来贮。无解，无解，侬

tue$^{21}_{53}$ au^{33} tsiau$^{23}_{33}$ tsiau^{23} se^{53}

趱后缯缯洗。

注释：磨井索嵌，井栏上石头被绳索长年磨出的道道深痕。侪 tse^{33}，多。泉健，泉水旺，出水多。园 kʻŋ^{21}，藏，存。偌侪，多少，几多。贮，装。趱后，跟在后头；趱 tue^{21}，从，随。缯缯，全，都。

237. 清平乐·**水牛**

gu^{23} tin^{45} sioʔ$^{21}_{53}$ bo^{53} u$^{33}_{21}$ kiã^{53} gu$^{23}_{33}$ tʻo^{45} po^{53} mɛ̃$^{53}_{45}$ sai^{53} tsʻan$^{23}_{33}$ le^{23} kʻiŋ$^{23}_{33}$

牛珍惜母，有囝牛弢宝。猛驶塍犁琼

lat^{121} tso^{21} iŋ^{23} kʻut$^{21}_{5}$ te^{53} tsʻiŋ$^{45}_{33}$ liaŋ^{23} pʻo^{33} tsʻun$^{45}_{33}$ kiŋ^{45} piã$^{21}_{53}$ lat^{121} sin$^{45}_{33}$

力做，闲窟底清凉抱。春耕摒力辛

lo^{23} zuaʔ$^{121}_{21}$ tʻĩ^{45} tsim$^{21}_{53}$ tsui^{53} lian$^{23}_{33}$ ho^{23} kuã^{23} kuan$^{21}_{53}$ tsiu^{53} mãi^{23} sio$^{45}_{33}$ lo^{33} sio^{45}

劳，热天浸水莲荷。寒灌酒糜烧[illegible]，烧

t‘e^{45} ts‘iŋ$^{21}_{53}$ tsui^{53} liam$^{23}_{33}$ lo^{23}

麗　瀙　水　黏　醪。

注释：囝，孩子，儿子。牛豭，又“牛豭仔”，小牛，牛犊。塍ts‘an^{23}，水田。琼力，使力，用劲；琼，留，存。窟底，水坑里。敨气，放松，喘气。摒力，竭尽全力；摒piã^{21}，清理。寒，寒冷，大冬天。灌酒糜烧爆，灌喂牛酒和热白米粥（以提高体能）；烧，热，暖，烫；烧爆sio$^{45}_{33}$ lo^{33}，热乎，烫，温暖。麗t‘e^{45}，倒卧，倚。黏醪，（泥浆）黏乎。瀙水，凉水。

238. 五绝·望海

bɔŋ$^{23}_{33}$ bɔŋ^{23} ts‘ɛ̃$^{45}_{33}$ hai^{53} p‘ik^{21}　ɔŋ$^{33}_{21}$ ɔŋ^{33} k‘uaʔ$^{21}_{53}$ hiŋ$^{45}_{33}$ p‘ik^{21}

茫　茫　青　海　碧，　旺　旺　阔　胸　魄。

tsai^{45} tsui^{53} tiʔ^{21} zu$^{23}_{33}$ laŋ^{23}　pɔk$^{121}_{21}$ kui^{45} p‘ɔŋ$^{21}_{53}$ hue^{53} sik^{21}

知　水　滴　如　侬，　爆　胿　肨　火　熄。

注释：青，绿，蓝。阔，宽，广。知，了解。侬，人。爆胿，（汽球等）爆，炸；胿，禽类嗉囊，汽球。肨p‘ɔŋ^{21}，膨，胀。

239. 忆秦娥·角孤淈

laŋ^{23} kɔ$^{45}_{33}$ k‘ut^{121}　ki$^{23}_{33}$ puã^{23} tiŋ$^{53}_{45}$ bin^{33} kɔ$^{45}_{33}$ ke$^{45}_{33}$ tsut^{21}　kɔ$^{45}_{33}$ ke$^{45}_{33}$ tsut^{21}　koʔ$^{21}_{53}$

侬孤淈，棋盘顶面孤鸡卒。孤鸡卒，佫

kiã$^{45}_{33}$ laŋ^{33} lut^{121}　aʔ^{21} gi$^{23}_{33}$ laŋ^{33} hut^{21}　sio$^{45}_{33}$ kau^{45} tso$^{21}_{53}$ hue^{53} mɔ̃^{23} tioʔ$^{121}_{21}$ lut^{21}

惊侬捋，抑疑侬捴。　相交做伙毛着黜，

zin$^{23}_{33}$ siŋ^{45} u$^{33}_{21}$ zip^{121} iu$^{23}_{33}$ si$^{45}_{33}$ ts‘ut^{21} u$^{23}_{33}$ si$^{45}_{33}$ ts‘ut^{21} ai$^{21}_{53}$ bo$^{23}_{33}$ kiã^{45} t‘ut^{121} mãi$^{21}_{53}$
人生有入尤须出。尤须出，爱无惊秃，媛

ŋiãu$^{21}_{53}$ siau$^{23}_{33}$ kut^{21}
赆消骨。

注释：甭孤涠，别太孤僻，别小器；甭baŋ^{45}，不要。侬，人。顶面，上面。孤鸡，孤立，孤独。佫koʔ^{21}，又，还。惊侬捋，害怕人获取；惊，担心；捋，掠，取。抑疑侬揔，又怀疑人家搞（他）；抑，也，又；揔hut^{21}，整，搞。做伙，聚伙，在一起。毛着黜，毛得掉；着，得，必须；黜lut^{21}，落，脱。爱，得，必须。媛mãi^{21}，别，不要。赆消骨，齐啬鬼。

240. 临江仙·**撒风飑**

tiau$^{23}_{33}$ am$^{21}_{53}$ mɛ̃^{23} hɔŋ$^{45}_{33}$ t‘ai^{45} gɔŋ$^{33}_{21}$ suaʔ^{21} kuã$^{45}_{33}$ muĩ^{23} tsaʔ$^{121}_{21}$ hɔ^{33} iŋ$^{45}_{33}$ ia^{45}
着暗暝风飑戆撒，关门闸户塎埃。

hɔŋ^{45} ts‘ue^{45} su^{21} su^{21} hau$^{53}_{45}$ tsia^{45} hia^{45} hun$^{53}_{45}$ t‘ɔ^{23} ts‘u$^{45}_{33}$ paŋ$^{23}_{33}$ lai^{33} ɛ̃$^{23}_{33}$ tsiaʔ^{21}
风吹咝咝吼遮遐，粉涂舒房内，楹脊

tsau$^{53}_{45}$ la$^{23}_{33}$ gia^{23} ts‘u$^{21}_{53}$ te^{53} kŋ^{45} k‘ãi^{45} kã^{45} p‘ua$^{21}_{53}$ piak^{121} kui$^{45}_{33}$ mɛ̃^{23} tse^{33}
走蟧崎。 厝底缸铿坩破煏，归暝坐

k‘ia^{33} t‘e^{45} ts‘ia^{45} t‘aŋ$^{45}_{33}$ p‘aŋ^{33} ts‘u^{21} tsiu^{33} tsuaʔ^{21} lau^{23} sia^{23} iã^{53} uai^{45} io$^{23}_{33}$ ts‘u^{21}
徛麗车。窗缝觑树迮楼斜，影歪摇厝

hiã^{21} am^{45} to^{53} tsiʔ$^{121}_{21}$ ts‘iŋ^{23} k‘ia^{23}
向，庵倒折榕骑。

注释：撒风飑，刮台风。着暗暝，连夜。戆撒，胡/乱刮一气；戆gɔŋ^{33}，乱来。闸，关，挡，遮。塎埃iŋ$^{45}_{33}$ ia^{45}，尘多灰大状，多尘。遮，这儿。

遐hia^{45}，那儿。粉涂，灰尘，粉尘，常说“涂粉”。舒ts‘u^{45}，铺，展。楹脊，梁上。蟧蜻la$^{23}_{33}$ gia^{23}，长腿蜘蛛。厝底，屋里/内。铿k‘ãi^{45}，铿锵，声响。坩kã^{45}，砵，瓦砵。熇piak^{121}，开裂（响）。归暝，一整夜。徛k‘ia^{33}，站，立。躔t‘e^{45}，倚，靠。车，翻滚，辗转。觑ts‘u^{21}，看，眯眼看。迊tsuaʔ^{21}，摇，颤，抖。向hiã^{21}，倒，偏，歪。

241. 西江月·旧街五骹忌

seʔ^{121} ku$^{33}_{21}$ ke^{45} uan$^{45}_{33}$ uat^{21} nuĩ^{21}　lau^{23} kuan^{23} haŋ^{33} eʔ^{121} ts‘am$^{45}_{33}$ ts‘i^{45}　ua$^{53}_{45}$
踅 旧 街 弯 斡 邀， 楼 悬 巷 狭 参 差。 倚

ke$^{45}_{33}$ lɔŋ^{23} tiam$^{21}_{53}$ p‘ɔ^{21} bin$^{23}_{33}$ ki^{45}　laŋ^{23} tua^{21} li$^{53}_{45}$ siaŋ^{45} muĩ$^{23}_{33}$ ts‘i^{33}　lau^{23} nɔ̃$^{33}_{21}$
街 廊 店 铺 民 居， 侬 蹛 旅 商 门 市。 楼 两

tsan^{21} huan$^{45}_{33}$ piŋ$^{23}_{33}$ t‘e^{53}　tiau$^{45}_{33}$ hua^{45} k‘ik$^{21}_{5}$ tsiau^{53} p‘u$^{23}_{33}$ hi^{23}　zit^{121} haŋ^{45} liaŋ^{23} biʔ^{21}
栈 番 盼 体， 雕 花 刻 鸟 浮 鱼。 日 烘 凉 覕

k‘ia$^{23}_{33}$ lau$^{23}_{33}$ ki^{45}　lam$^{23}_{33}$ hɔ^{33} p‘iaʔ$^{21}_{53}$ gɔ$^{33}_{21}$ k‘a$^{45}_{33}$ ki^{33}
骑 楼 基， 淋 雨 避 五 骹 忌。

注释：五骹忌，骑楼，街廊，逛街步行可防日晒雨淋；骹忌，外来语词，音译自马来—印尼语的kakki，即“步子，脚步”；五gɔ^{33}，意译lima（五），即街廊宽五步。踅旧街，逛老街。斡，拐，转弯。邀nuĩ^{21}，钻，穿越。蹛tua^{21}，居，住。两栈，两层（楼）。番盼体，南洋风味儿；盼piŋ^{23}，边。体，样子。日烘，太阳晒烤。覕biʔ^{21}，躲藏。骑楼基，骑楼底下。

242. 五绝·霜

ts‘au^{53} hua^{45} muã$^{45}_{33}$ seʔ$^{21}_{53}$ tsŋ^{45}　ts‘u$^{21}_{53}$ hia^{33} ts‘u$^{45}_{33}$ piŋ$^{45}_{33}$ sŋ^{45}
草 花 幔 雪 装， 厝 瓦 舒 冰 霜。

zit^{121} siŋ^{45} k‘i$^{21}_{53}$ ku$^{33}_{21}$ tsiaʔ^{21}　but^{121} t‘uã^{21} ŋiã$^{23}_{33}$ sin$^{23}_{33}$ t‘ŋ^{45}

日 升 去 旧 迹， 物 澶 迎 新 汤。

注释：草花，寒冬时南方某些花草耐寒。幔 muã^{45}，披，罩。厝瓦，屋瓦。舒 ts‘u^{45}，铺，展开，垫。霜，在闽南语里，“霜”既是霜又是冰，如“霜、霜条（冰棍儿）、结霜（结冰）、霜角（冰块）”等。澶 t‘uã^{21}，繁衍，繁殖，生长。新汤，霜融化之水。

243. 卜算子·赴墟

laŋ$^{53}_{45}$ tã^{21} hu$^{21}_{53}$ hi$^{45}_{33}$ tiɔ̃^{23}　kaŋ$^{33}_{21}$ sia^{33} taŋ$^{23}_{33}$ tse$^{23}_{33}$ tau^{21}　k‘i$^{21}_{53}$ kau$^{21}_{53}$ hi^{45} hia^{45}

笼 担 赴 墟 场， 共 社 同 齐 鬥。 去 遘 墟 遐

t‘ioʔ$^{21}_{53}$ tiaʔ^{121} niɔ̃^{23}　ts‘ai$^{21}_{53}$ pɔ^{53} kau$^{45}_{33}$ t‘ɔ$^{23}_{33}$ tau^{33}　ue^{45} k‘ã^{45} uã$^{53}_{45}$ ti^{33} sin^{45}

粜 籴 粮， 菜 脯 交 涂 豆。 锅 坩 碗 箸 新，

p‘ue$^{33}_{21}$ ts‘ioʔ^{121} sã$^{45}_{33}$ kun^{23} sau^{21}　ts‘iŋ$^{33}_{21}$ tioʔ$^{121}_{21}$ lam$^{23}_{33}$ lu^{53} tui$^{21}_{53}$ bak^{121} si^{23}　sun$^{33}_{21}$

被 蓆 衫 裙 扫。 蹭 着 男 女 对 目 时， 顺

tsua^{33} in$^{45}_{33}$ ian^{23} kau^{53}

迣 姻 缘 搞。

注释：赴墟，赶集。笼担，带箩筐的挑子，挑子泛称。共社，同村子。同齐，一起，同时。鬥，凑伙，配合。遘 kau^{21}，到，抵。遐 hia^{45}，那儿，那里。粜 t‘ioʔ^{21}，卖粮食。籴 tiaʔ^{121}，买粮食。菜脯，萝卜干儿。交，交易，交换。涂豆，花生，又说“桃豆 t‘o$^{23}_{33}$ tau^{33}”。坩 k‘ã^{45}，瓦砵。箸 ti^{33}，筷子。蹭 ts‘iŋ^{33}，碰，遇。对目，对眼，看上。顺迣，顺便，顺势；迣 tsua^{33}，趟，次。

244. 清平乐·红青荔枝

le^{33} aŋ^{23} p'aŋ$^{45}_{33}$ kɔŋ^{21}　tiau$^{21}_{53}$ ts'iu$^{33}_{21}$ ua^{45} tsaŋ^{23} ɔŋ^{33}　ts'iaʔ$^{21}_{53}$ k'ak^{21} siã^{23} laŋ^{23}
荔红芳贡，吊树椏枞旺。赤壳涎侬
bit$^{121}_{21}$ tsiap^{21} tiʔ^{21}　pai$^{23}_{33}$ liap^{121} aŋ^{23} ĩ^{23} koʔ$^{21}_{53}$ p'ɔŋ^{21}　ui$^{23}_{33}$ i^{45} le^{33} muã^{45} ts'ɛ̃$^{45}_{33}$
蜜汁滴，排粒红圆佫肨。唯伊荔幔青
tsɔŋ^{45}　kaŋ$^{33}_{21}$ hui$^{45}_{33}$ tsu^{53} ts'io^{21} tĩ^{45} lɔŋ^{23}　lik^{121} kap$^{21}_{5}$ aŋ^{23} siaŋ$^{45}_{33}$ tso$^{21}_{53}$ p'uã^{33}　ts'ɛ̃^{45}
妆，共妃子笑甜浓。绿佮红双做伴，青
aŋ^{23} tse$^{23}_{33}$ saŋ^{21} hun$^{45}_{33}$ hɔŋ^{45}
红齐送芬芳。

注释： 青荔枝，绿荔枝，有多品种，成熟时仍为青绿色，有些会稍带微红，出名的有妃子笑等。芳贡，香，芬芳，又说“芳贡贡”。树枞，树；枞tsaŋ^{23}，植株。涎侬，诱人；涎siã^{23}，吸引，引诱，逗弄。佫koʔ^{21}，又，还。肨p'ɔŋ^{21}，大，胀，鼓。幔muã^{45}，披，罩。佮kap^{21}/kaʔ^{21}，与，和，跟。

245. 七绝·秋游

k'i^{21} sɔŋ^{53} ts'iu^{45} kuan^{23} zit^{121} k'aʔ$^{21}_{53}$ ho^{23}　ki^{45} uĩ^{23} hioʔ^{121} ts'iaʔ^{21} t'ĩ^{45} iu$^{23}_{33}$ ko^{45}
气爽秋悬日恰和，枝黄箬赤天尤高。
iau$^{53}_{45}$ k'uã^{21} baʔ^{21} t'ui^{33} ts'iu^{45} sui^{45} t'uã^{21}　tsi$^{53}_{45}$ ts'un^{33} sim^{45} iu^{23} pak$^{21}_{5}$ tɔ^{53} go^{23}
犹看肉缍鬏鬌澶，只忖心游腹肚遨。

注释： 悬kuan^{23}，高，高处。恰k'aʔ^{21}，更，还。箬hioʔ^{121}，叶子。缍t'ui^{33}，下坠，累。鬏鬌，毛发，胡子。澶t'uã^{21}，繁衍，生长。忖ts'un^{33}，剩，余。腹肚，肚子，心里。

246. 渔家傲・新正遘

nãu$^{33}_{21}$ziat^{121}nĩ$^{23}_{33}$mɛ̃^{23}laŋ^{23}ai$^{21}_{53}$tau^{21} ts‘u$^{21}_{53}$pĩ^{45}tsiɔ̃$^{33}_{21}$loʔ^{121} muĩ$^{23}_{33}$k‘a$^{45}_{33}$k‘au^{53}
闹热年暝侬爱閂，厝边上落门骹口。

muĩ$^{23}_{33}$tui^{21}sia$^{53}_{45}$kɔ^{23}t‘ĩ$^{45}_{33}$hɔk$^{21}_{5}$t‘au^{21} aŋ^{23}kĩ$^{21}_{53}$t‘au^{53} ka$^{45}_{33}$aŋ^{23}tsian$^{53}_{45}$lik^{121}t‘aŋ$^{45}_{33}$
门对写糊添福透；红见敨，铰红剪绿窗

hua^{45}nãu^{33} e$^{45}_{33}$ts‘e^{21}ts‘ue$^{45}_{33}$kue^{53}tɔŋ$^{45}_{33}$ho$^{53}_{45}$liau^{33} saʔ$^{121}_{21}$ham^{45}ts‘a$^{53}_{45}$tau^{33}
花闹。挨粞炊粿当好料，煠蚶炒豆

tiŋ$^{23}_{33}$kau^{23}hau^{33} u$^{33}_{21}$kiŋ^{21}laŋ^{23}hau^{21}t‘ĩ$^{45}_{33}$kɔŋ^{45}tau^{21} nĩ^{23}tseʔ^{21}kau^{21} sin$^{45}_{33}$
灯猴候，有敬侬孝天公罩；年节遘，新

tsiã^{45}tak$^{121}_{21}$ui^{33}lɔŋ$^{53}_{45}$sio$^{45}_{33}$p‘au^{21}
正逐位拢烧炮。

注释：新正遘，新年到。闹热，热闹。年暝，年三十晚上，除夕。閂，帮忙，配合。厝边，邻居。上落，进出。门骹口，门口。门对，对联儿。敨 t‘au^{53}，放松，欢愉。铰 ka^{45}，剪，绞。挨粞，磨大米浆/粉末。炊粿，蒸年糕。当，正，正在。好料，好吃，美味。煠蚶，水煮贝类；煠 saʔ^{121}，煮；如“煠鸡卵（煮鸡蛋）”等。灯猴，竹制灯架之豆油灯。天公，老天爷。逐位，到处。拢，都，全。

247. 阮郎归・食老叹

ts‘iu^{33}pɔ^{45}ta$^{45}_{33}$hioʔ^{121}suaʔ$^{21}_{53}$ts‘iu$^{45}_{33}$hɔŋ^{45} hɔŋ^{45}ts‘ui^{45}sau$^{21}_{53}$hioʔ^{121}kɔŋ^{23}
树痡焦箬撒秋风，风摧扫箬狂。

kut^{21}sau^{45}suai$^{45}_{33}$t‘e^{53}tu$^{53}_{45}$laŋ^{23}bɔŋ^{23} bɔŋ^{23}ts‘im^{45}suĩ$^{53}_{45}$t‘e^{53}k‘ɔŋ^{45} bo$^{23}_{33}$
骨瘠衰体抵侬茫，茫侵损体空。无

kiã^{53} bɔŋ^{33} tue$_{53}^{21}$ p'ɔŋ$_{33}^{23}$ hɔŋ^{23} sim$_{33}^{45}$ kuã^{45} si$_{53}^{21}$ keʔ$_{53}^{21}$ tsɔŋ^{23} puaʔ$_{21}^{121}$ ts'ia^{45} ts'iu^{45}
团 梦， 趱 彷 徨， 心 肝 四 廓 赵。 跋 车 秋

tsin^{33} tsiap$_{5}^{21}$ giam$_{33}^{23}$ tɔŋ^{45} zin$_{33}^{23}$ siŋ^{45} k'i^{21} kui$_{45}^{53}$ tsɔŋ^{45}
尽 接 严 冬， 人 生 去 几 踪？

注释：食老，上了年纪，老了。痡pɔ^{45}，朽，枯，腐。燋ta^{45}，干，燥。箬，树叶。撤，刮，吹。痟sau^{45}，体弱，不堪。抵，碰，遇。侬，人。体，身体。空k'ɔŋ^{45}，傻，蠢。无团梦，没有孩儿梦，没少年志。趱tue^{21}，跟，随。心肝，心，内心。四廓，四处，到处。赵tsɔŋ^{23}，奔，跑，匆。车跋，折腾，瞎搞。去几踪，可以有几回呢。

248. 五绝 · 热天日中昼

iã^{53} seʔ^{121} zit$_{21}^{121}$ t'au^{23} ta^{21} t'au^{23} hiŋ^{23} bak^{121} am^{21} a^{53}
影 趖 日 头 罩， 头 眩 目 暗 哑。

u$_{21}^{33}$ tsaʔ^{121} biʔ$_{53}^{21}$ im^{45} k'a^{45} bo$_{33}^{23}$ hɔŋ^{45} tiʔ$_{53}^{21}$ kuã^{33} ka^{21}
有 闸 覕 荫 骹， 无 风 滴 汗 漖。

注释：热天，夏天。日中昼，正午。趖seʔ^{121}，旋，转。闸，遮，挡，盖。覕biʔ^{21}，躲，藏。荫骹，阴影里。滴汗，流汗。漖ka^{21}，水分多，（在此）挥汗如雨。

249. 浣溪沙 · 爱遘依瞋

bio$_{21}^{33}$ ts'ai^{33} kuan$_{33}^{45}$ im^{45} pai^{21} bin$_{21}^{33}$ tsiŋ^{23} an^{21} sio^{45} hun$_{33}^{45}$ bu^{33} seʔ$_{21}^{121}$ hiɔ̃^{45}
庙 揸 观 音 拜 面 前， 案 烧 燻 雾 趖 香

liŋ^{23}　k'ɔk^{121} k'iau^{45} tan^{23} hau^{53} hiã$^{53}_{45}$ laŋ^{23} iŋ^{23}　　aŋ$^{45}_{33}$ tsia^{53} tso$^{21}_{53}$ pu^{23} sã$^{45}_{33}$ gɔ$^{33}_{21}$

灵，梱 敲 瑱 吼 显 侬 萦。　翁 姐 做 垺 三 五

zit^{121}　tsit$^{121}_{21}$ si^{23} ka$^{45}_{33}$ ts'at^{21} pɛʔ$^{21}_{53}$ nĩ^{23} tsiŋ^{23}　kui$^{45}_{33}$ si^{21} in$^{45}_{33}$ ai^{21} kau$^{21}_{53}$ laŋ^{23} biŋ^{23}

日，一 时胶 漆 百 年 情，归世恩爱 遘 侬 瞑。

注释：遘侬瞑，到人闭眼/眼瞎；遘，到，抵；瞑，瞎，闭眼。拵ts'ai^{33}，座落，建，站。燻，烟。踅seʔ^{121}，转。梱k'ɔk^{121}，木鱼。瑱吼，响；瑱tan^{23}，发声，响。侬，人，人家。翁姐，夫妻。做垺，一起。归世，一辈子；归，成（天），一整（天），如"归日（成天）、归年（整年）"等。

250. 清平乐·西溪大堤

ho^{53} t'ɔ$^{23}_{33}$ t'e^{23} ts'ai^{33}　u$^{33}_{21}$ ts'au$^{53}_{45}$ kin^{45} tĩ^{23} tsai^{33}　k'ia$^{33}_{21}$ baŋ^{33} k'e$^{45}_{33}$ t'e^{23} taŋ^{45}

好 涂 堤 拵，有 草 根 缠 在。徛 望 溪 堤 东

k'i$^{21}_{53}$ tsui^{53}　p'aŋ^{23} muã$^{53}_{45}$ kua^{21} kiã$^{23}_{33}$ tsun^{23} k'uai^{21}　huan$^{45}_{33}$ t'au^{23} k'uã$^{21}_{53}$ tua$^{33}_{21}$

去 水，篷 满 挂 行 船 快。翻 头 看 大

t'e$^{23}_{33}$ kai^{45}　tiu$^{33}_{21}$ ts'an^{23} tsit$^{121}_{21}$ p'ian^{21} ts'ɛ̃$^{45}_{33}$ lai^{45}　huĩ^{33} tsiŋ^{33} uĩ$^{23}_{33}$ gu^{23} tsiaʔ$^{121}_{21}$ ts'au^{53}

堤 阶，粙 塍 一 片 青 睐。远 静 黄 牛 食 草，

piŋ$^{23}_{33}$ ho^{23} t'ĩ$^{45}_{33}$ te^{33} kuan$^{23}_{33}$ hai^{45}

平 和 天 地 悬 奒。

注释：西溪大堤，闽南九龙江西溪大堤。好，好在，幸亏。涂堤，土堤；涂，泥，土。拵ts'ai^{33}，站，屹立。在，形容词，稳，牢。徛k'ia^{33}，站，立。篷，船帆。翻头，回头，扭头。大堤阶，堤内高地。粙塍，稻田；粙tiu^{33}，水稻；塍ts'an^{23}，水田。青睐，绿油油状，呈反光绿状。悬奒，又高又宽大；奒，大。

251. 七绝·篮仔桲

ts‘iu^{33}kuan^{23}hioʔ^{121}nuĩ^{33}ki$^{45}_{33}$ ua^{45} aŋ^{23} hua^{45} pɛʔ^{121}sim^{45} uĩ^{23} lui^{53} pan^{33}p‘aŋ^{45}

树 悬 箬 卵 枝 桠 红，花 白 芯 黄 蕊 瓣 芳。

ko^{53} aŋ^{23} zia$^{53}_{45}$ u^{33} t‘am$^{45}_{33}$ tĩ^{45} tsiau^{53} sit^{121}p‘aŋ^{45}siã$^{23}_{33}$ bo^{23} tsiŋ$^{21}_{53}$ts‘iu^{33}laŋ^{23}

果 红 惹 有 贪 甜 鸟，实 芳 涎 无 种 树 侬。

注释：篮仔桲，番石榴，芭乐。悬，高，高处。箬，树叶。卵，（叶）卵形。芳，香，芬芳。涎，引诱。侬，人。

252. 五绝·秋

ts‘iu^{45}kuan^{23}k‘i^{21} sɔŋ$^{53}_{45}$ laŋ^{23} kiŋ^{53} sui^{53}ts‘iu$^{45}_{33}$ hua^{45}p‘aŋ^{45}

秋 悬 气 爽 侬，景 水 秋 花 芳。

ts‘iu^{45} lai^{23} u$^{33}_{21}$ iã$^{53}_{45}$ ho^{53} bo$^{23}_{33}$ ts‘ai^{53} ua$^{53}_{45}$ giam$^{23}_{33}$ taŋ^{45}

秋 来 有 影 好，无 彩 倚 严 冬。

注释：水 sui^{53}，漂亮，美丽；读 tsui^{53}，水。有影，确实，的确。无彩，可惜，亏了。倚，靠，近。

253. 忆秦娥·闽南语古体诗词

gim$^{23}_{33}$si^{45}hut^{121} sian$^{45}_{33}$laŋ^{23}t‘ɔ$^{53}_{45}$t‘aŋ^{53}si$^{45}_{33}$su^{23}lut^{121} si$^{45}_{33}$su^{23}lut^{121} an$^{21}_{53}$

吟 诗 核， 先 侬 土 诞 诗 词 律。 诗 词 律， 按

giam$^{23}_{33}$kui^{45}tsut^{121} ui$^{21}_{53}$giam$^{23}_{33}$kui^{45}ts'ut^{21} ban$^{23}_{33}$lam^{23}t'ɔ$^{53}_{45}$gi^{53}ban$^{23}_{33}$laŋ^{23}
严 规 抹， 偎 严 规 出。 闽 南 土 语 闽 侬
tut^{121} ka$^{45}_{33}$ki^{33}tsɔ$^{53}_{45}$gi^{53}kɛ$^{45}_{33}$tau^{45}but^{121} kɛ$^{45}_{33}$tau^{45}but^{121} ai$^{21}_{53}$tsun^{45}zu$^{23}_{33}$put^{121}
咄， 家 己 祖 语 家 兜 物。 家 兜 物， 爱 尊 如 佛，
tioʔ$^{121}_{21}$bo$^{23}_{33}$mãi$^{23}_{33}$but^{121}
着 无 埋 没。

注释：核，核心，主要的东西。先侬，先人，祖先。土涎t'ɔ$^{53}_{45}$t'aŋ^{53}，创作，杜撰，原创，土产。抹tsut^{121}，写，创作。偎ui^{21}，从，自。咄tut^{121}，说，咕哝，自语。家已，自己。家兜，家，家里，如“外家兜（娘家）”等。爱、着，得，必须，不得不。无，别，不要。

254. 卜算子·清明

hɔ^{33}sap^{21}tu$^{53}_{45}$ts'iŋ$^{45}_{33}$biŋ^{23} ut$^{21}_{5}$ut^{21}ɔ$^{45}_{33}$hun^{23}tɛʔ^{21} sam$^{53}_{45}$hɔ^{33}pi$^{45}_{33}$tsiŋ^{23}
雨 霎 抵 清 明， 郁 郁 乌 云 砻， 糁 雨 碑 前
k'i$^{21}_{53}$k'uã$^{21}_{53}$i^{45} bak$^{121}_{21}$tsai^{53}k'e$^{45}_{33}$lau^{23}sɛʔ^{21} taʔ$^{21}_{53}$hiŋ^{45}kue$^{21}_{53}$nɔ̃$^{33}_{21}$laŋ^{23}
去 看 伊， 目 滓 溪 流 撷。 搭 胸 过 两 侬，
tsua^{23}siɔ̃^{33}laŋ$^{23}_{33}$ian^{45}kɛʔ^{21} siɔ̃$^{21}_{53}$kau^{21}hun$^{23}_{33}$kĩ^{23}luan$^{33}_{21}$ts'au^{53}kɛ̃^{45} koʔ$^{21}_{53}$k'aʔ$^{21}_{53}$
谁 想 侬 烟 隔。 相 遘 坟 墘 乱 草 经， 佫 恰
sim$^{45}_{33}$kuã^{45}lɛʔ^{121}
心 肝 裂。

注释：雨霎，小雨，细雨，又说“霎雨”。抵，碰上，遇，砻tɛʔ^{21}，压，轧。糁雨，小雨，雨淅淅；糁sam^{53}，洒，撒。目滓，泪水，又说“目屎”。溪

流撷，像洪水般倾泄；溪流，源自“出溪流”，即九龙江涨洪水。撷 sɛʔ^{21}，扔，抛。揞胸，拍胸脯，发誓；揞，拍，打。相 siɔ̃^{21}，注视，关注，专注。遘，到，达。坟墘，坟边；墘 kĩ^{23}，边，沿。经 kɛ̃^{45}，织（网）等。佫佮 koʔ$^{21}_{53}$k'aʔ^{21}，还，更，更加。

255. 五绝 · 姑婆箬

huĩ^{33} bi^{45} ɔ^{33} k'am$^{21}_{53}$ pɔ^{45} kin^{33} ts'u^{21} ɔ^{33} po$^{23}_{33}$ kɔ^{45}

远 眯 芋 冚 埔，近 觑 芋 婆 姑。

kɛ^{33} ɔ^{33} tiŋ^{53} aŋ$^{23}_{33}$ tsi^{53} hioʔ^{121} mãu^{45} haʔ^{121} kuã^{53} ts'ɔ^{45}

下 芋 顶 红 籽，箬 仰 荅 杆 粗。

注释：姑婆箬，海芋，野芋，会结鲜红色球组果。箬 hioʔ^{121}，叶子。眯，眯眼看。冚 k'am^{21}，盖，覆。埔，相对的高平地。觑，近看，细看。仰 mãu^{45}，块头大，高大。荅杆，芋杆；荅 haʔ^{121}，茎叶；又称“芋荅、蔗荅（甘蔗叶）”等。

256. 如梦令 · 搬露天电影

sio$^{45}_{33}$tsio$^{21}_{53}$muĩ^{33}kuan$^{23}_{33}$siã^{45}huaʔ^{21} k'uã$^{21}_{53}$nɔ̃$^{33}_{21}$piŋ^{23}pun$^{45}_{33}$siaŋ$^{45}_{33}$puaʔ^{21}

相 借 问 悬 声 喝，看 两 朌 分 双 拨。

hɔ^{33}loʔ^{121}ak$^{21}_{5}$tam$^{23}_{33}$sin^{45} hɔŋ^{45}suaʔ^{21}pɛʔ$^{121}_{21}$gin$^{23}_{33}$piŋ^{23}tsuaʔ^{21} baŋ$^{45}_{33}$ts'uaʔ^{21}

雨 落 沃 澹 身，风 撒 白 银 屏 𨑨。甮 掣，

baŋ$^{45}_{33}$ts'uaʔ^{21} laŋ^{23}kue^{33}bin^{33}uai^{45}im^{45}tsuaʔ^{121}

甮 掣，侬 捡 面 歪 音 谀。

注释：搬电影，放映电影。相借问，打招呼，问候。悬声喝，高声喊，大声说。看两胎分双拔，露天电影银幕两边都可看，画面一正一反罢了。胎piŋ^{23}，边，半。落雨，下雨。沃澹身，淋湿身子；沃，浇，淋；澹tam^{23}，潮，湿。撒风，刮风，吹风。逝tsuaʔ^{21}，抖动，颤动。甭掣，别抖，别颤；掣ts‘uaʔ^{21}，抖，动。侬捡，人扭曲；捡kue^{33}，扭，不顺，别扭。音谀，声音走调；谀tsuaʔ^{121}，音、话变味儿。

257. 鹧鸪天·热遘

zuaʔ^{121} kau^{21} t‘ĩ^{45} sio^{45} ts‘iaʔ$^{21}_{53}$ zit$^{121}_{21}$ t‘au^{23} hiau$^{45}_{33}$ p‘ue^{23} t‘ɔŋ$^{53}_{45}$ kut^{21} san$^{53}_{45}$

热遘天烧刺日头，挠皮捅骨瘖

ɔ$^{45}_{33}$ kau^{23} sã^{45} tam^{23} k‘ɔ^{21} tsiɔ̃^{21} bo$^{23}_{33}$ ta$^{45}_{33}$ baʔ^{21} ts‘ui^{21} k‘uaʔ^{21} k‘iŋ^{45} aŋ^{23} iau$^{53}_{45}$

乌猴。衫澹裤酱无燋肉，喙渴眶红犹

k‘iat$^{121}_{21}$ au^{23} lɔ$^{23}_{33}$ hue^{53} hãʔ^{21} lai$^{33}_{21}$ to^{45} k‘au^{45} t‘au^{23} hiŋ^{23} bak^{121} am^{21}

竭喉。炉火颬，利刀刟，头眩目暗

nɔ̃$^{33}_{21}$ k‘a^{45} p‘iau^{45} zin$^{23}_{33}$ kan^{45} lak$^{121}_{21}$ gueʔ^{121} sio$^{45}_{33}$ t‘ĩ^{45} zit^{121} tsai$^{33}_{21}$ si^{21} tsian$^{45}_{33}$ ŋãu^{23}

两骹飘。人间六月烧天日，在世煎熬

k‘o$^{53}_{45}$ te^{33} tiau^{23}

烤地潮。

注释：热遘，夏天到，夏天。日头，太阳。挠hiau^{45}，掀，揭。捅t‘ɔŋ^{53}，露出，冒出。瘖san^{53}，瘦，苗条。乌，黑，暗。澹tam^{23}，潮，湿。酱，湿漉，多水状。燋ta^{45}，干，燥。喙ts‘ui^{21}，口，嘴巴。竭，干，涸。颬hãʔ^{21}，烤，烘。刟k‘au^{45}，刮。目暗，眼黑。骹k‘a^{45}，脚，腿。

258. 五绝 · 潭仔

ts‘u^{21} ui^{23} t‘am$^{23}_{33}$ a^{53} sε̃^{45} tsui^{53} ak^{21} ts‘ai$^{21}_{53}$ huĩ^{23} ts‘ε̃^{45}

厝 围 潭 仔 生， 水 沃 菜 园 青。

ts‘i$^{33}_{21}$ hi^{23} kua$^{21}_{53}$ se$^{53}_{45}$ tŋ^{33} kεʔ$^{21}_{53}$ piaʔ^{21} tse$^{33}_{21}$ kau$^{45}_{33}$ p‘ε̃^{45}

饲 鱼 挂 洗 盪， 隔 壁 侪 交 攀。

注释：潭仔，池塘，鱼塘。厝ts‘u^{21}，房子，家。沃，浇，淋。饲鱼，养鱼。挂，连带，并且。洗盪，洗涤。隔壁，邻居，街坊。侪tse^{33}，多，繁。交攀，交往，往来。

259. 卜算子 · 港墘

siɔ̃$^{21}_{53}$ iã^{53} ua$^{53}_{45}$ t‘aŋ$^{45}_{33}$ kĩ^{23} tiã$^{33}_{21}$ kaʔ^{21} sã$^{45}_{33}$ kun^{23} se^{53} tsit$^{121}_{21}$ zit^{121} sã$^{45}_{33}$ huan^{45}

相 影 倚 窗 墘， 定 呷 衫 裙 洗。 一 日 三 番

se$^{53}_{45}$ tŋ^{33} lai^{23} siɔ̃$^{33}_{21}$ k‘uã$^{21}_{53}$ i^{45} laŋ$^{23}_{33}$ t‘e^{53} tiau$^{23}_{33}$ tit^{121} se$^{21}_{53}$ zi^{33} laŋ^{23} m$^{33}_{21}$ kã^{53}

洗 盪 来， 想 看 伊 侬 体。 条 直 细 腻 侬， 伓 敢

k‘ui$^{45}_{33}$ siã^{45} e^{53} t‘in$^{21}_{53}$ hau^{33} laŋ^{23} puã^{45} ts‘u^{21} sua^{53} si^{23} tsit$^{121}_{21}$ liap^{121} sim^{45} k‘aŋ$^{45}_{33}$ pe^{53}

开 声 哎。 趁 候 侬 搬 厝 徙 时， 一 粒 心 空 捭。

注释：港墘，河边；港，主要供行船的河流。相siɔ̃^{21}，注视，关注，等待。定，经常，又说“定定”。呷，把，将。伊侬体，他人的模样儿；体，样子，款式。条直，忠厚，老实，诚实。细腻，害羞，怕羞。伓m^{33}，不。哎e^{53}，漳州话跟人打招呼之口头用语。趁候，等到。侬搬厝徙，搬房子，迁居。一粒心，一颗心。捭pe^{53}，扔，投，丢。

260. 青玉案・**闽南春雨**

ts‘un^{45} bue^{23} hɔ^{33} tiʔ^{21} mĩ$^{23}_{33}$ mĩ^{23} loʔ^{121}　tiʔ^{21} huan$^{23}_{33}$ tiʔ^{21}　tĩ$^{23}_{33}$ laŋ^{23} tsoʔ^{121}

春霉雨滴绵绵落，滴还滴，缠侬踖。

si$^{21}_{53}$ keʔ^{21} tam$^{23}_{33}$ siɔ̃^{23} liam$^{23}_{33}$ kɔk^{121} sioʔ^{121}　te^{33} bo$^{23}_{33}$ ta$^{45}_{33}$ ui^{33}　ts‘u^{21} iu$^{23}_{33}$ bue$^{23}_{33}$ tsiɔ̃^{21}

四廍澹疡黏涌膙，地无燋位，厝尤霉酱，

ts‘ut$^{21}_{5}$ gua^{33} kiã$^{23}_{33}$ k‘a^{45} oʔ^{21}　ɔ$^{45}_{33}$ hun^{23} tɛʔ$^{21}_{53}$ bu^{33} hiam$^{23}_{33}$ kuĩ^{45} poʔ^{121}　sap$^{21}_{5}$

出外行骹恶。乌云硩雾嫌光薄，霎

hɔ^{33} lam$^{23}_{33}$ sin^{45} k‘iam$^{21}_{53}$ aŋ^{45} sioʔ^{21}　ut$^{21}_{5}$ tsut^{21} ĩ$^{23}_{33}$ tsĩ^{45} t‘ĩ^{45} ai$^{21}_{53}$ hioʔ^{21}　tiŋ^{53} zit$^{121}_{21}$

雨淋身欠尪惜。郁卒萦攕天爱歇，顶日

t‘au^{23} ts‘io^{33}　ɛ^{33} k‘in$^{23}_{33}$ laŋ^{23} tso^{21}　iau$^{53}_{45}$ puʔ^{21} aŋ$^{23}_{33}$ hua^{45} hioʔ^{121}

头炤，下勤侬做，犹㩧红花箬。

注释： 绵绵落，连绵不断地，缓缓地下（雨）。踖 tsoʔ^{121}，烦躁，厌。侬，人。四廍，四周，到处。澹 tam^{23}，潮，湿。疡 siɔ̃^{23}，黏湿，黏乎。黏涌 liam$^{23}_{33}$ kɔk^{121}，黏状，又说"黏涌涌"。膙 sioʔ^{121}，黏且带臊味儿，又写作"腋"。燋 ta^{45}，干，涸，燥。厝 ts‘u^{21}，房子。霉酱，又湿又烂。行骹，迈步，走路；骹 k‘a^{45}，腿，脚。恶 oʔ^{21}，难，不易。硩 tɛʔ^{21}，压，轧。霎雨，毛毛细雨。尪 aŋ^{45}，神，神灵。郁卒，郁闷，烦燥。萦攕 ĩ$^{23}_{33}$ tsĩ^{45}，纠缠不休。爱，得，必须。顶，上面，天上。炤 ts‘io^{33}，照，耀。㩧 puʔ^{21}，冒出，生，长出。箬 hioʔ^{121}，叶子。

261. 清平乐・**大寒遘**

tua$^{33}_{21}$ kuã^{23} t‘ai^{23} kau^{21}　t‘au$^{21}_{53}$ tsa^{53} sŋ$^{45}_{33}$ hua^{45} kau^{33}　ts‘aŋ$^{21}_{53}$ p‘ue$^{33}_{21}$ k‘aŋ^{45}

大寒刣遘，透早霜花厚。撖被空

sio^{45}mãi$^{21}_{53}$pɛʔ$^{21}_{53}$k‘i^{53} ai$^{21}_{53}$koʔ$^{21}_{53}$kɛ$^{45}_{33}$ĩ^{45}tsiaʔ$^{21}_{53}$kau^{21} sio$^{45}_{33}$tɛ^{23}lau$^{33}_{21}$bɔ^{53}

烧嫒跖起，爱佫加瞨则够。 烧茶老某

p‘aŋ$^{23}_{33}$au^{45} mĩ$^{23}_{33}$hiu^{23}ts‘iu^{53}giaʔ^{121}tsia$^{45}_{33}$t‘au^{23} ts‘iu^{53}kue^{33}tɛ^{23}ts‘ia^{45}la$^{33}_{21}$ts‘io^{21}

捀瓯，棉裘手⿰扌羊遮头。手捡茶车摎笑，

aŋ$^{45}_{33}$bɔ^{53}ho^{53}si$^{33}_{21}$kɛ$^{45}_{33}$tau^{45}

翁某好是家兜。

注释：大寒刣遘，最寒冷的日子杀到；刣t‘ai^{23}，宰，杀。透早，早上，清晨。厚，多。撇被空，钻被窝。烧，暖，热。嫒mãi^{21}，不爱，不想。跖起，起床；跖pɛʔ^{21}，爬，登。爱，想，要。佫koʔ^{21}，又，还。加瞨，多睡；瞨ĩ^{45}，睡觉。烧茶，热茶。老某，老妻；某，妻。捀p‘aŋ^{23}，端，捧。⿰扌羊giaʔ^{121}，举，抬，搬。捡kue^{33}，扭，不顺，别扭。茶车，茶打翻了；车，翻倒，滚。摎笑，开玩笑，说笑话，闹着玩儿。翁某，夫妻。家兜，家，家庭。

262. 如梦令·呵咾某乜侬

iŋ$^{53}_{45}$kue^{21}m$^{33}_{21}$tsai$^{45}_{33}$laŋ$^{23}_{33}$sit^{21} hian$^{33}_{21}$tsin^{45}e$^{33}_{21}$tsai$^{45}_{33}$k‘aŋ^{45}zit^{21} lo^{23}suaʔ$^{21}_{53}$

往过伓知侬失，现真会知空跙。啰煞

u$^{33}_{21}$t‘iã$^{45}_{33}$t‘au^{23} k‘uã$^{53}_{45}$k‘uã^{53}ts‘ai$^{53}_{45}$tĩ$^{45}_{33}$hua$^{45}_{33}$bit^{121} lan$^{23}_{33}$tit^{21} lan$^{23}_{33}$tit^{21} au$^{33}_{21}$

有听头，款款采甜花蜜。难得，难得，后

kue$^{21}_{53}$a^{53}bo$^{23}_{33}$laŋ$^{23}_{33}$p‘it^{21}

过仔无侬匹。

注释：呵咾，夸奖，表扬。某乜侬，某人。往过，过往，以前。伓知侬，不觉得，未悟到。现真，现在，眼下。会知空，能懂得，能意识到。跙zit^{21}，追，逐。啰，啰嗦，唠叨。煞，倒，却，反而。后过仔，以后，往后。

263. 五绝 • 古今读册

kɔ$^{53}_{45}$ laŋ^{23} t‘ak$^{121}_{21}$ ban$^{33}_{21}$ kuan^{21} kim$^{45}_{33}$ tsia^{53} tu$^{21}_{53}$ ts‘iŋ$^{45}_{33}$ tsai^{53}

古 侬 读 万 卷，今 者 拄 千 指。

ku$^{33}_{21}$ te^{53} kau$^{21}_{53}$ k‘am$^{45}_{33}$ si^{45} hian$^{33}_{21}$ tsin^{45} tiam$^{53}_{45}$ kik$^{21}_{5}$ t‘ai^{21}

旧 底 校 勘 书，现 真 点 击 态。

注释：读册，读书；册，书，书籍。古侬，古人。拄千指，以手指点击手机等（屏幕）。旧底，过去，以前。

264. 七绝 • 杨老洲

kɔ$^{53}_{45}$ ts‘u^{21} k‘iau$^{21}_{53}$ bue^{53} aŋ$^{23}_{33}$ tsuĩ$^{45}_{33}$ ts‘iɔ̃^{23} laŋ^{23} ts‘io^{21} ke^{45} t‘i^{23} lo$^{53}_{45}$ tsiu^{45} iɔ̃^{23}

古 厝 翘 尾 红 砖 墙，侬 笑 鸡 啼 老 洲 杨。

tua$^{33}_{21}$ tsui^{53} k‘e$^{45}_{33}$ lau^{23} lak$^{121}_{21}$ gueʔ^{121} tsim^{21} tsui^{53} kue^{21} tiam^{33} piã^{21} ts‘iŋ^{45} t‘ɔ$^{23}_{33}$ siɔ̃^{23}

大 水 溪 流 六 月 浸，水 过 恬 摒 清 涂 疡。

注释：杨老洲，又写作“洋老洲”，漳州老城外西南角西溪边一地名，于江堤之南，原水中之洲，每年洪水汛期几乎必遭水淹。古厝，老房子；厝ts‘u^{21}，房子，家。翘尾，屋脊两头有燕尾形翘起造型。溪流，洪水，又说“出溪流”。恬tiam^{33}，安静。摒piã^{21}，打扫。涂，泥，土。疡siɔ̃^{23}，黏液，泥浆。

265. 木兰花 • 日头雨

hia^{45} hɔ^{21} si^{23} p‘uaʔ^{21} ts‘ɛ̃$^{45}_{33}$ kɔŋ$^{23}_{33}$ hɔ^{33} zit^{121} p‘ak^{121} kuĩ^{45} sio^{45} t‘ɔ$^{23}_{33}$ pɛʔ^{121}

桸 戽 匙 泼 青 狂 雨，日 曝 光 烧 涂 白

p‘ɔ^{53} piã$^{21}_{53}$kŋ^{45}ts‘ia^{45}aŋ^{21}to$^{53}_{45}$bi$^{23}_{33}$hua^{45} iap$^{21}_{5}$kau^{53}ku$^{45}_{33}$laŋ^{23}tsɔŋ$^{23}_{33}$kin$^{33}_{21}$pɔ^{33}

浦。摒缸 车瓫倒敉花， 挹狗 痀侬 赲 近 埠。

lim^{23}tsɛ̃^{23}hɔ^{33}tiã^{33}tsun^{23}io$^{23}_{33}$lɔ^{53} zit^{121}ts‘io^{33}t‘ĩ^{45}hiã^{23}laŋ^{23}taʔ$^{21}_{53}$tɔ^{33} kaŋ$^{53}_{45}$

霖晴雨定船摇橹，日 炤天熔侬搭渡。港

kĩ^{23}lɔ^{23}hãʔ^{21}lɔp$^{121}_{21}$mãi$^{23}_{33}$t‘ɔ^{23} tsui$^{53}_{45}$uã^{33}ue^{45}haŋ^{45}kiã$^{23}_{33}$am$^{53}_{45}$lɔ^{33}

墘炉颬䟜 糜涂，水岸锅烘行饮路。

注释： 日头雨，又称“饭匙雨”，太阳雨，几乎都在夏季发生；饭匙，饭勺儿。桸hia^{45}，木勺儿，泛指勺儿。戽，泼（水），戽（水）。匙，饭勺儿，水瓢。青狂雨，暴雨。曝p‘ak^{121}，晒。涂白，俗写成“土白”，漳州老城东边一村名，其靠近浦头港。摒缸车瓫，翻缸倒瓫；摒piã^{21}，清洁；车，翻弄。倒敉花，雨下得大，落到地上如满地茉莉花般；倒，倾倒；敉，即“万敉花（茉莉花）”。挹狗，夹着尾巴的狗，又说“挹尾狗”。痀侬，低着头弯着背（避雨）的人；痀ku^{45}，驼背，弯腰。赲tsɔŋ^{23}，奔，冲。埠，码头。炤ts‘io^{33}，照，射。熔hiã^{23}，燃，烧。墘kĩ^{23}，边，沿。颬hãʔ^{21}，烤，烘。䟜lɔp^{121}，踏（泥等）。糜涂，烂泥，又说“涂糜”。锅烘，（热）锅烘烤。饮am^{53}，米汤，稀烂。

266. 西江月·旧时大厝底

ts‘u^{21}k‘uaʔ^{21}paŋ^{23}hai^{45}oʔ$^{21}_{53}$siau^{21} laŋ^{23}tsap^{121}tai^{33}tse^{33}t‘au^{23}hiŋ^{23} zit^{121}

厝阔房奓恶数，侬杂代侪头眩。日

uan^{45}mɛ̃^{23}ts‘a^{53}sio$^{45}_{33}$pun$^{45}_{33}$piŋ^{23} laŋ^{23}be$^{33}_{21}$ua^{53}gau$^{23}_{33}$tsɛ̃$^{45}_{33}$t‘iŋ^{33} aŋ$^{45}_{33}$tsia^{53}

冤暝吵相分盼，侬艌倚势争滕。 翁姐

ts‘u$^{21}_{53}$pĩ^{45}piã$^{21}_{53}$hut^{21} ke^{45}pue^{45}kau^{53}ka^{33}bo$^{23}_{33}$liŋ^{23} laŋ^{23}kap$^{21}_{5}$laŋ^{23}ts‘u^{21}t‘ĩ^{45}

厝边拼揔，鸡飞狗咬无宁。侬佮侬处天

in^{45}siŋ^{23} sioʔ$^{21}_{53}$ian^{23}aŋ^{45}po^{53}laŋ^{23}hiŋ^{33}

恩承，惜缘尪保侬幸。

注释：大厝底，大宅院里，大杂院里头；底，里面。厝阔，房子宽敞。奆hai^{45}，巨，大。恶oʔ^{21}，难，不易；读ɔk^{21}，凶，恶。代侪，事儿多；代，是“代志（事情）”的简略说法；侪tse^{33}，多。冤，动词，吵架，闹矛盾。暝mɛ̃^{23}，夜，晚上。相分朌，分派别，分帮结派；朌piŋ^{23}，东西的一半/一边。侬𫧃倚，人不依，接受不了。𫧃gau^{23}，擅长，擅于。媵t‘iŋ^{33}/t‘in^{33}，争，比。翁姐，夫妇。厝边，邻居。拼、捴，吵，闹，干架。佮kap^{21}/kaʔ^{21}，和，与。尪aŋ^{45}，神，神像。保侬幸，保佑人幸运/平安。

267. 五绝·面线话

kɔŋ$^{53}_{45}$ kiam^{23} k‘iam$^{21}_{53}$ suaʔ$^{21}_{53}$ iam^{23} lun$^{33}_{21}$ luaʔ^{121} be$^{33}_{21}$ sɛ̃$^{45}_{33}$ hiam^{45}

讲咸欠撒盐，论辣𫧃生莶。

k‘an$^{45}_{33}$ lai^{23} iau$^{53}_{45}$ giu^{53} k‘i^{21} zim$^{33}_{21}$ kɔŋ^{53} bo$^{23}_{33}$ kɛ$^{45}_{33}$ hiam^{23}

牵来犹摸去，任讲无加嫌。

注释：面线话，如面线般又长又无物的谈话；面线，极细面条儿，为闽南特产，也见其余闽语区。𫧃be^{33}，不会，不。莶hiam^{45}，辛辣、刺鼻味儿。摸qiu^{53}，扯，拉。加，多，增。

268. 七绝·大热时

tua$^{33}_{21}$ zuaʔ^{121} sian^{23} ki^{45} hue^{53} toʔ^{121} t‘ĩ^{45} am$^{21}_{53}$ mɛ̃^{23} pɛʔ$^{121}_{21}$ zit^{121} sio^{45} bo$^{23}_{33}$ pĩ^{45}

大热蝉吱火着天，暗暝白日烧无边。

tsa$^{23}_{33}$ pɔ^{45} t‘uĩ$^{21}_{53}$ pak^{21} k‘e$^{45}_{33}$ lau^{23} tiʔ^{21} tsa$^{45}_{33}$ bɔ^{53} tam$^{23}_{33}$ sã^{45} kuã$^{33}_{21}$ tsui^{53} tĩ^{23}

查夫褪腹溪流滴，查某澹衫汗水缠。

注释：大热，最热的时候。火着，火烧，烧火。暗暝，夜晚。白日，白天。查夫，男人，丈夫。查某，女人，老婆，女儿。褪腹，光膀子，裸上身。溪流，洪水。澹tam^{23}，湿，潮。

269. 如梦令 · 樣仔花雨

suãi^{33} a^{53} hua^{45} k'ui^{45} uĩ^{23} pɛʔ^{121} tiɔŋ$^{23}_{33}$ t'aʔ^{121} ɔŋ^{33} hua^{45} pai$^{23}_{33}$ bɛʔ^{121} hɔŋ^{45}

樣仔花 开黄白， 重 沓 旺 花 排 密。 风

suaʔ^{21} tsuaʔ$^{21}_{53}$ ki^{45} hua^{45} hɔ^{33} p'aʔ^{21} tɔk$^{21}_{5}$ kiau$^{45}_{33}$ hua^{45} t'ɛʔ^{21} sim^{45} tɛʔ^{21} sim^{45}

撒 迊 枝 花， 雨 拍 砮 娇 花 澈。 心 硩， 心

tɛʔ^{21} zuaʔ$^{121}_{21}$ t'ĩ^{45} kau^{21} bo$^{23}_{33}$ lau$^{23}_{33}$ sɛʔ^{21}

硩， 热 天 遘 无 留 萮。

注释：樣仔，芒果。樣suãi^{33}，古百越语词，今越南语xuai，与此同源。重沓，重叠；沓，层叠。撒风，刮风。迊tsuaʔ^{21}，摇，抖。拍，打，击。砮tɔk^{21}，掉，落。澈t'ɛʔ^{21}，净，光。硩tɛʔ^{21}，压，轧。遘kau^{21}，到，抵。萮sɛʔ^{21}，果实，果实遗留物，如"挠萮（拾遗，捡漏）"等。

270. 临江仙 · 溪墘

tik^{21} bat^{121} tsiam$^{45}_{33}$ gɛ^{23} sɛ̃$^{45}_{33}$ puʔ^{21} k'ue^{21} tai^{23} kuan^{23} k'am^{53} kia^{33} k'e$^{45}_{33}$ pĩ^{45}

竹 密 尖 芽 生 㯷 侩， 台 悬 坎 崎 溪 边。

zue$^{23}_{33}$ sã^{45} bin$^{53}_{45}$ ts'ioʔ^{121} nuã$^{53}_{45}$ hu$^{45}_{33}$ kĩ^{45} zit^{121} tsaŋ^{23} mɛ̃^{23} se$^{53}_{45}$ tŋ^{33} laŋ^{23} k'eʔ^{21}

挼 衫 播 席 攔 炢 碱， 日 淙 瞑 洗 盪， 侬 揳

ui^{33} e^{45}_{33} $ts\tilde{\imath}^{45}$ $tsui^{53}$ kip^{21} lo^{23}_{33} $m\tilde{a}i^{23}$ lau^{23} si^{21} $k'uai^{21}$ $tsun^{23}$ $ki\tilde{a}^{23}$ $t'i\eta^{53}$ $hiam^{53}$

位挨攕。 水急醪糜流逝快， 船行艇险

ho^{23}_{33} $k\tilde{\imath}^{23}$ siu^{23}_{33} $k'e^{45}$ se^{53}_{45} ik^{121} $s\eta^{53}_{45}$ $ts'ia^{45}_{33}$ $t'\tilde{\imath}^{45}$ $ts'iu^{53}$ $p\varepsilon^{23}$ $k'a^{45}$ $luan^{33}_{21}$ $li\textipa{o}\eta^{21}$ $si\tilde{a}^{45}$

河墘。泅溪洗浴损车天， 手扒骹乱踉，声

$hua\textipa{?}^{21}$ $hu\tilde{a}^{33}$ hue^{23}_{33} $t'\tilde{\imath}^{45}$

喝岸回添。

注释：溪墘，河边，江边。爆puʔ[21]，生，长，冒出。佮k'ue[21]，容易，不难。悬，高，高处。峇kia[33]，陡，峭。挼zue[23]，揉，搓。揞bin[53]，刷，擦洗。攋nuã[53]，揉洗，搓洗。烌碱，应说"碱烌"，火碱，草木灰碱。淙tsaŋ[23]，冲洗。暝mɛ̃[23]，夜，晚。洗盪，洗涤。依揳，人拥挤。位挨攕，位子拥挤；挨，拥；攕tsĩ[45]，塞，挤。醪lo[23]，混，浊。糜，烂，粥样。墘kĩ[23]，边，缘。泅，游。洗浴，游泳，洗澡。损车天，闹翻天；损，玩儿；车，翻，抄。扒，划（水）。骹k'a[45]，腿，脚。踉liɔŋ[21]，蹬，踹。

漳州闽南语古体格律诗词读音基本规则

1.“漳州闽南语古体格律诗词读音”不是“古体格律诗词漳州闽南语读音”，前者是以纯闽南语土语俗词写作的古体格律诗词，其读音基本是白读音（即口语音），后者则是以“八股共同文”写就的古体格律诗词，用的多是雅语僻字，读音基本上是读书音（即文读音），这些雅语僻字以及相应的造句习惯在日常闽南语生活中甚为罕见，是过去读书人圈子里部分小众的玩物。

2. 漳州闽南语的文白异读几乎各成系统，即平日说话归说话，读书则有另一套读音，前者即白读音，后者为文读音，例如唐代杜牧的《山行》，前二句“远上寒山石径斜，白云生处有人家”中的“远 huĩ^{33}→uan^{53}，上 tsiɔ̃^{33}→siaŋ^{33}，寒 kuã^{23}→han^{23}，山 suã^{45}→san^{45}，石 tsioʔ^{121}→sik^{121}，白 pɛʔ^{121}→pik^{121}，云 hun^{23}→in^{23}，生 sɛ̃^{45}→siŋ^{45}，处 ts‘i^{21}→ts‘u^{21}，有 u^{33}→iu^{53}，家 kɛ^{45}→ka^{45}”等，前者为白读，后者为文读，诵读这类“八股共同文”写就的诗词，都得用文读音。

3.“漳州闽南语古体格律诗词”的遣词造句以土语俗词为主，读音理所当然用白读（口语）音。在平仄格律方面，与“八股共同文”写就的诗词并无不同，基本一模一样，而韵脚押韵合辙用韵，则多少有些差异，这些均是口语音与读书音的差距所致，如本书中的《家治厝埕仔团》“树密闸光䜬，竹疏透暗影。老藤牵澶悬，新草檏生显”中之韵脚“䜬、影、显”都读iã韵，但“影”和“显”两字在“八股共同文”韵书里显然属不同韵部。还如同书中的《菜市早市》“喝鸟天瞎光，讲早店开门”中的“光”和“门”在其他韵书中属两个不同韵部，而在此却是同押uĩ。这类例子并不多，在绝大多数情况

下，闽南语的白读音仍与其相应的文读音都有各自的系统，例外或碰巧的情况仍属少数。

4. 虽说“漳州闽南语古体格律诗词”读音几乎全部以白读音诵读，但因一字多音的缘故，也有需要文读迁就韵辙的情况，虽然仍属少数，例如《漳州双门顶》“坊悬石重皇恩设，街狭侬挨众闹热”中的“设”“热”都读iat韵，而“热”白读音读zuaʔ^{121}，在“闹热”中则本来就读ziat^{121}。还如《东山大[illegible]方言》“讲话七调闽南白，砥致猪除治的直”中的“白”和“直”都在此读ik，但“白”白读音本应读pɛʔ^{121}等。

5. 闽南语中有许多字本身不仅一字多音，还是多义之不同词语，如“猛”读mɛ̃^{53}，大多表示“快，猛烈”之意，而读biŋ^{53}，则是“厉害，欺负”之意；还如“刺”，读ts‘iaʔ^{21}，是“织，编；刺眼，刺人”等意思，而读ts‘iʔ^{21}，则是“刺、棘”之意；又如“微”读bui^{45}，是“微笑，笑”之意，而读bi^{23}，而是“细微，微小”之意等。

6. 诗词诵读的目的是让人听明白，同身感受，因此，读什么音，吟诵者仍可自己斟酌，本规则仅供参考。

主要参考文献

[1] 社科院语言所词典室. 现代汉语词典，北京：商务印书馆，2005.
[2] 刘正埮，高名凯，麦永乾，等，汉语外来语词典. 上海：上海辞书出版社，1984.
[3] 吕叔湘，现代汉语八百词. 北京；商务印书馆，1994.
[4] 刘月华，潘文国，故韡. 实用现代汉语语法. 北京：外语教学与研究出版社，1983.
[5] 黄伯荣，廖序东. 现代汉语（上、下册）(第二版). 北京：高等教育出版社，1997.
[6] 袁家骅，等，汉语方言概要（第二版）. 北京：文字改革出版社，1983.
[7] 社科院语言所. 方言调查字表（修订本）. 北京：商务印书馆，1981.
[8] 福建方言调查组. 福建省汉语方言概论（上、下册）(内刊). 福州，1962.
[9] 厦门方志办. 厦门方言志. 北京：北京语言学院出版社，1996.
[10] 周长楫. 厦门方言词典. 南京：江苏教育出版社，1993.
[11] 王建设，张甘荔. 泉州方言与文化（上、下）. 厦门：鹭江出版社，1994.
[12] 林华东. 泉州方言研究. 厦门：厦门大学出版社，2008.
[13] 张振兴. 台湾闽南方言记略. 福州：福建人民出版社，1983.
[14] 董忠司. 台湾闽南语词典. 台北：五南图书出版有限公司，2001.
[15] 李新魁，黄家教，等. 广州方言研究. 广州：广东人民出版社，1995.

[16] 陈正统，等，闽南话漳腔词典. 北京：中华书局，2007.

[17] 张晓山. 新潮汕字典. 广州：广东人民出版社，2009.

[18] 沈定均，吴联薰，漳州府志. 漳州：芝山书院本，1877（清光绪三年）.

[19] 李竹深. 漳州古代诗词选. 福州：海峡文艺出版社，2004.

[20] 李竹深. 漳州近现代诗词选. 北京：作家出版社，2005.

[21] 李竹深，漳州诗乘·唐宋卷. 漳州：漳州市图书馆，2014.

[22] 蘅塘退士. 唐诗三百首. 长沙：岳麓书社，1988.

[23] 上彊村民. 宋词三百首. 北京：中华书局，2010.

[24] 高然. 语言与方言论稿（一）. 广州：暨南大学出版社，1999.

[25] 高然. 语言与方言论稿（第二辑）. 广州：世界图书出版广东有限公司，2017.

[26] 高然. 交际广州话九百句. 梅州：广东嘉应音像出版社，2003.

[27] 高然. 张燕翔，现代粤语口语（上、中、下）. 广州：世界图书出版广东有限公司，2016.

[28] 高然，等. 对粤港澳普通话教程（第2版）. 北京：北京大学版社. 2010.

[29] 高然. 粤语区适用普通话口语（第一、二册）. 香港：普通话研习社，2010.

[30] 高然. 大学汉语. 北京：中国戏剧出版社，2005.

[31] 高然. 中山方言志. 广州：广东经济出版社，2018.

[32] 高然. 交际闽南话九百句. 梅州：广东嘉应音像出版社，2002.

[33] 高然. 漳州闽南语口语. 广州：世界图书出版广东有限公司，2019.

[34] 高然. 漳州闽南语歌谣. 广州：世界图书出版广东有限公司，2019.

[35] 高然. 漳州少儿闽南语. 广州：世界图书出版广东有限公司，2020.

[36] 高然. 漳州闽南语谚语. 广州：世界图书出版广东有限公司，2021.
[37] 高然. 漳州闽南语熟语. 广州：世界图书出版广东有限公司，2021.
[38] 高然. 漳州闽南语笑话. 广州：世界图书出版广东有限公司，2023.
[39] 高然. 漳州闽南语趣谈. 广州：世界图书出版广东有限公司，2023.